China Miéville
寻找杰克

[英]柴纳·米耶维 —— 著
李懿 —————— 译

LOOKING FOR JAKE AND OTHER STORIES
Copyright © 2005 by CHINA MIÉVILLE
This edition arranged with THE MARSH AGENCY LTD & Mic Cheetham Agency, UK
through BIG APPLE AGENCY,INC.,LABUAN,MALAYSIA
Simplified Chinese edition copyright: © 2023 Chongqing Publishing House Co., Ltd.
All rights reserved.

版贸核渝字（2019）第 229 号

图书在版编目（CIP）数据

寻找杰克 /（英）柴纳·米耶维著；李懿译.—重庆：重庆出版社，2023.11
书名原文：Looking for Jake and Other Stories
ISBN 978-7-229-15867-5

Ⅰ.①寻… Ⅱ.①柴… ②李… Ⅲ.①幻想小说—小说集—英国—现代 Ⅳ.① I561.45

中国版本图书馆 CIP 数据核字（2021）第 106857 号

寻找杰克
XUNZHAO JIEKE

[英] 柴纳·米耶维 著 李懿 译
责任编辑：邹 禾 唐 凌 王靓婷
装帧设计：抹 茶
责任校对：朱彦谚
排版设计：池胜祥

重庆出版集团 出版
重庆出版社

重庆市南岸区南滨路 162 号 1 幢 邮政编码：400061 http://www.cqph.com
重庆出版社艺术设计有限公司 制版
重庆市国丰印务有限责任公司 印刷
重庆出版集团图书发行有限公司 发行
E-mail:fxchu@cqph.com 邮购电话：023-61520646
全国新华书店经销

开本：890mm×1230mm 1/32 印张：9 字数：256 千
2023 年 11 月第 1 版 2023 年 11 月第 1 次印刷
ISBN 978-7-229-15867-5
定价：68.80 元

如有印装问题，请向本集团图书发行公司调换：023-61520678

版权所有 侵权必究

关于柴纳·米耶维的赞誉

《帕迪多街车站》
令人欲罢不能。其中的场景,难以从记忆中抹除。——《华盛顿邮报图书世界》

《地疤》
奇妙的设定,难忘的故事,皆因米耶维生动的语言和丰富的想象。——《费城问询报》

《钢铁议会》
一部杰作,充满想象的故事。——《连线》杂志

《伪伦敦》
拥有无尽创意。融合了《爱丽丝漫游奇境》《绿野仙踪》和《神奇收费亭》。——"沙龙"网站

By China Miéville
柴纳·米耶维

King Rat
鼠王
Perdido Street Station
帕迪多街车站
The Scar
地疤
Iron Council
钢铁议会
Looking for Jake and Other Stories
寻找杰克
Un Lun Dun
伪伦敦
The City & The City
城与城
Kraken
鲲
Embassytown
使馆镇

尊敬的读者：

如有了尽善尽美建议问题，我们将尽力去完善改进，感谢您的理解与支持。

24小时服务热线：15023072830
15823537938

문학과 비평

설립 공고음 : 80

作者简介

柴纳·米耶维，1972年出生于英格兰，伦敦政经学院国际法学博士，以"新怪诞"风格奠定国际声誉，21世纪重要奇幻作家。代表作品有《鼠王》《帕迪多街车站》《地疤》《伪伦敦》等。他的写作风格多半带有诡异幽默感，擅长借助奇境探讨真实人生和社会文化议题。多次囊获世界各项幻界荣誉大奖：轨迹奖、雨果奖、阿瑟·克拉克奖、英国奇幻奖、世界奇幻奖等。

译者简介

李懿，重庆移通学院钓鱼城科幻学院教师，毕业于厦门大学外文学院，科幻奇幻译者。代表译作有长篇小说《海伯利安》《日本合众国》《钢铁心》《逆时钟世界》，短篇小说集《寻找杰克》，以及短篇小说《雪》《斯逐》《六月夜半》《叠余历史》《浮冰》《隐娘》等四十余篇。

献给杰克

目　录

寻找杰克 …………………………001

根　基 ……………………………019

海洋球池 …………………………031

伦敦某事件报告 …………………047

召唤兽 ……………………………071

医学百科词条摘录 ………………087

细　纹 ……………………………093

瓜　葛 ……………………………111

不同的天空 ………………………129

消除饥荒 …………………………147

过节啦！…………………………165

杰　克 ……………………………179

赶往前线 …………………………193

镜　银 ……………………………207

寻找杰克

我不知道是怎么失去了你。我记得找了你那么久，手足无措，忙乱心慌……焦虑得快要发狂。后来我找到了你，万事大吉。只是我又再次将你失去了。我想不通是怎么回事。

你一定还记得这块平屋顶，现在我就坐在这外头，俯瞰眼前这座危险的城市。你应当记得，从屋顶望出去是一片晦暗景象。城市单调地延伸，中间没有插入一座公园，没有突起一座该死的塔楼。只有无穷无尽的砖和混凝土，绘出平淡无味的交叉影线；房后纵横交织的敝街陋巷延绵不绝，死气沉沉，狼藉一片。刚搬到这里时我很失望，彼时我尚未观赏到那般景致，它发生在篝火之夜①。

我尽情呼吸着寒冷的空气，聆听风吹动湿布发出的声响。当然，什么都看不见，但我知道刚有一只早起的鸟从身边飞过。我看到暮霭从储气塔背后扑面涌来。

那一晚，十一月五日，我爬上屋顶，望着廉价的焰火在我周围呼啸升腾。它们在我眼前炸开，我反向追踪着它们飞舞的路径，想一一找到它们发自哪座小花园或阳台，但实在分辨不清，太多了。于是我在那绚烂的红光金焰中间坐直，瞠目结舌地惊叹。这座褪色的灰色城市，多少天来一直不入我眼，此时竟喷吐出如此刚健的力量，纯粹而华丽的能量。

我立时入迷了，那番美景使我永生难忘。从卧室窗户望出去，后街死寂一片，但我的双眼再也不会被此蒙蔽了。它们很危险。仍旧很危险。

不过，现在的危险当然不同了。一切都变了。我心乱如麻，找到了你，又失去你，现在被困在这些人行道上方，没人能营救我。

我听到风里传来嘶嘶声和含混不清的轻语。它们栖息在附近，随着黑暗悄悄临近，它们开始躁动，逐渐苏醒。

---

① 每年11月5日是英国传统节日"盖伊·福克斯之夜"，也称"篝火之夜"。

你来看我的次数太少了。我新搬到沙稍大路的公寓房，楼下有彩票点、廉价五金店、杂货店。这套公寓便宜又热闹。我像个在泥地里打滚的猪，快活似神仙。我在当地印第安饭馆里吃饭，去上班，勉为其难地光顾狭小的独立书店，它的存书真是少得可怜。我们通电话，你甚至来过几次。跟你在一起的感觉总是很棒。

我知道自己从没去找过你。你住在该死的巴尼特。可我只是个凡人。

你之前到底在忙些什么呢？对一个如此亲密、爱得如此之深的人，我竟然会对他的生活知之甚少！你提着塑料袋飘荡到伦敦西北部，搪塞你到过的地方，支吾你下一步的去向，对你要见什么人、要做什么，都含糊其词。我仍不知道你哪来的钱挥霍在喜爱的书和音乐上。我仍不理解你和你相好的女人之间发生了什么事。

情爱对我俩的关系影响不大，我总是喜欢这一点。我们会花上一整天玩街机游戏，漫天胡侃，讨论这部或那部电影、漫画、唱片、书籍，直到你收拾停当准备离开之际，我们才提及各自遭受了怎样的心痛，又有多么令人心悦的完美新欢。

但你对我是随叫随到。哪怕几周没有说话，也只需要拨一个电话。

可现在不行了。我不敢再碰电话。很长一段时间里，连拨号音都听不见，只是偶尔爆出不规则的静电噪音，像是电话在搜索信号，或是在干扰别的信号。

上一次拾起听筒时，有什么东西的低语沿着电话线传到我耳朵里，用尊敬的语调问了我一个问题，说的是我听不懂的语言，全是嘶嘶声和齿音。我把电话小心地放下，再也没有拿起它。

于是我学会了来到屋顶上，端坐在火树银花之间欣赏美景，并回报以恰当的赞叹与梦呓。美景已逝，起了变化。变化的不是外形，它与向来的外表分毫不差，但内部被掏空，填入了新内容。那些黑暗的大道和从前一样壮丽，只是一切都变了。

从我的窗户看出去，房顶的高度遮断了楼下的沥青和铺路石：我看见对面房屋的屋顶、墙壁、瓦砾、吊斗，却看不见地面，我从没见着一个人从那些街道上走过。我眼中这片了无生气的全景图，溢满了潜在的能量。路上也许人山人海，也许在我看不见的地方，街上正在举办狂欢派对，或发生了交通事故，或有人打砸抢烧。我学会了从空虚中想象出充实，在篝火之夜，那是一番躁动欲出的凄凉。

而今，躁动已止，唯余凄凉。现在我看不见任何人，因为没有人在。路上没有人山人海，外面街道上根本没有狂欢派对，也不可能再举行。

当然，如果偶尔有人坚定而紧张地大步走过街道，比如说我离开屋子，大步流星地走上沙稍大路时，就一定绷紧了神经集中注意力。这种情况下，那人通常就能幸运地平安抵达废弃超市，找到食物，然后离开超市回家，就跟一直以来的我一样幸运。

但是，有时人们会掉入人行道上的断层线，伴随着绝望的嚎叫消失，而街道恢复空旷。有时人们会看到一座温馨小屋，闻到里面飘来诱人香味，便急切地一溜小跑进敞开的前门，随即消失。有时人们触到凶险树木上悬荡下来的闪光细丝，便被卷走。

这些都是我的想象。我不知道在这古怪的年月，人们是怎么失踪的，成千上万的人，几百万的人消失了。伦敦的主要街道，譬如我从家门口就能望到的大路上，就只有几个焦虑的人影——那人像个醉鬼，还有个表情茫然的警察，听着收音机里的吼里咕噜，还有人一丝不挂地坐在门口——每个人都躲避着别人的眼睛。

后街几近荒芜。

杰克，你在的地方是怎样？你是不是还在巴尼特？那儿人多吗？人们是不是都蜂拥往郊区去了？

我怀疑它没有沙稍这般危险。

再没有像沙稍这么危险的地方了。

我发现自己生活的地方就是荒原。

这里有它的一切，这里是中心，现在只有几个像我这样的傻瓜还住这儿，而且还在一个接一个地消失。好几天没见到灯芯绒男了，还有那个在面包房前扎帐篷，成天横眉冷眼的年轻人，也早已不在了。

我们不该待在这里。毕竟，我们得到过警告。

杀。烧。

为什么要留下呢？我可以前往相对安全的南方，往正中心前进。我去过那里，知道该怎么走。正午上路，把地图大全当护身符牢牢抓紧。我发誓它能保护我，它已成了我的魔法书。步行到大理石拱门①要花大约一个小时，整条路都是主干道。胜算还是挺大的。

我去过那里，走过麦达维尔，走过运河，这些日子里那些地方只剩残垣断壁。走过艾吉华路上的高塔，红色梁桁搭接而成的外墙突入天空，比平坦的屋顶高出了二十英尺。我曾听到那座高耸囚笼的地界里，传来什么东西轻行和响鼻的声音，偶尔可以瞥见亮锃锃的肌肉和油光水滑的皮毛，愤怒地摇撼着金属梁。

我想，是那些扑扇着翅膀的东西从空中往笼里丢食物。

只要走过去，我就能重享自由，走上牛津街，伦敦就那里还有些生气。我上次去那里是一个月前，他们把那里弄得还像个样子。开着几家商店，随手在纸片上涂画个女王，就可以堂而皇之地当作钞票使用，一切抢救出的、制造出的，或在清晨发现从天而降的商品，他们都卖。

当然，他们逃不掉，甩不开城市的变故，种种迹象俯拾皆是。

人们纷纷消失后，城市开始自己产生垃圾。建筑的裂缝间、废旧轿车下的黑暗空间里，一小团一小团的物质自我组织，形成油污的包装纸碎片、损坏的玩具、香烟盒，绷断连系在地面的纤细脐带，在街上胡乱飘

---

① 伦敦著名景点。

游。甚至在牛津街,每天清晨也能看见一堆新的垃圾,每一件脏兮兮的新废品上,都标记着一个皱巴巴的微小肚脐。

即使在牛津街,报纸捆也会每天准时出现在书报摊前,风雨无阻:《每日电讯报》和《兰贝斯新闻》。它们是无声剧变后唯一幸存的报纸,每天照常生产、写作、刊发、投递,由看不见的一个或几个人,或是什么看不见的力量完成。

杰克,今天我曾爬下楼,到街对面取来我那份《每日电讯报》。头条是《本地民众流着口水嚎叫》。副标题:《珍珠、粪便、破碎的机器》。

但即使有这些异象,牛津街也是一个令人宽心的地方。在这里,人们起床上班,穿上看得出已穿了九个月的衣服,上午喝咖啡,决心忽略徒劳的无用功。那么,我何不继续在那里逗留?

我认为是高蒙帝国诱使我留在了这里,杰克。

我不能弃沙稍而去。这里还有我尚未找到的秘密。沙稍是新城的中心,而高蒙帝国又是沙稍的中心。

高蒙的设计受到了纽约帝国大厦的启发,真荒唐。它可算是个缩小版,但棱角和曲线不输原型的高贵冷峻,傲视四周低矮的砖泥伪装。在我儿时,它还是家电影院,我仍记得里面对称的双子楼梯,奢华的枝形吊灯、地毯、大理石拼线。

多间放映厅、辉煌的银幕、劣质的装修,这对一家电影院来说,实在是不敢恭维。高蒙修建的年代,电影还是个奇迹。它最初是一座教堂。

后来它停业了,变得破败不堪。然后重新开业,门廊里一排老虎机奏出的电声此起彼伏。外面,两块巨大的霓虹广告灯宣布了高蒙新的营业内容,五个字母,从上往下:BINGO。

得知发生了变故之后,我第一个想起的就是你。印象中,火车慢吞吞开进伦敦时,我没有醒。我最早的记忆是走下车厢时,傍晚凉意袭人,我

寻找杰克

心里发怵。

不是超感知觉,也不是第六感告诉我出了岔子。是我亲眼所见的景象。

如你想象,月台站满了人,但我从没见过人群这样移动。没有波潮,指示器板、售票窗口和小卖部之间也没有往返的人流。庞大人群中没有出现一块不规则图案。车站角落的蝴蝶振翼诱发不出台风效应或者风暴,激荡不起别处的一丝风声。混沌根源的秩序已然崩溃。

我心想着,炼狱看上去无非就这样。一间巨大的屋子里塞满空虚的灵魂,像原子运动般漫无目的地乱转,每个人都陷入绝望。

我看见一个守卫,他和别的所有人一样孤单。

出什么事了?我问他。他迷惑地摇摇头,不肯看我。出事了,他说。出事了……崩塌了……没一样东西运转正常……出了……故障……

他的描述很不精确。那不是他的错,是天启本身非常不准确。

我在火车上,就在闭上眼再睁开的当儿,某个组织规则失效了。

我喜欢在脑海里将变故具象化。我总是想象有一幢不可思议的庞大建筑,一座核心不稳定的精神发电站,向全世界排泄能量,让一切互相连通。我的想象中总有形态怪异的机械,螺母和齿轮过热,接触到某些临界物质……机械装置走走停停,齿轮卡塞,核心无声炸裂,剧毒的燃料向整座城市和郊外四散喷发。

博帕尔①的联合碳化物公司曾吐出猛烈的致命毒汁。切尔诺贝利的放射尘,是隐藏得更深的隐患,无处不在的恐怖。

而现在,沙稍也喷发出模糊的熵量。

我知道的,杰克,我知道,你忍不住要笑出来了,对吧?从一开始的威严,到后来的可怕,到最后的荒唐。这里的墙边没有高高堆叠的尸体,消失的伦敦居民几乎从未留下血迹。城市一天天土崩瓦解,杰克,沙稍是

---

① 印度中部城市,中央邦首府,1984年12月该市一美国农药厂毒气泄漏造成2500人死亡。

毁灭的震源。

我留下守卫一个人继续糊涂。

去找杰克，我想。

看到这里，你也许会自嘲地笑笑，但我发誓这一切都是真的。变故发生时，你就在城里，你**亲眼**见到了。仔细想想，杰克。我当时睡着了，在旅途中，既不在此处，也不在彼地。我不熟悉这座城市，从未来过这里，而你亲眼见证了它的诞生。

我在城里没别人可依靠了。你可以当我的向导，或者至少带我和你一起失踪。

天空全无半点生气。它看上去像哑光的黑色剪纸，贴在高塔的剪影上方。所有和平鸽都不见了。那时我们不曾察觉，看不见的东西扑扇着翅膀突然出现，体形壮硕，如狼似虎，几个小时内就把空中的猎物一扫而光。

街灯仍亮着，和现在一样，但无论如何，黑暗里都没有什么值得深究的。我紧张地四处瞎逛，找到一个电话亭。它似乎不肯吞下我的钱，但好歹电话通了。

是你母亲接的。

喂，她说道，声音无精打采，迷惑不解。

我顿了太久太久。在这个新的时代，我还没熟练掌握新的礼节。我对社会规则本就不敏感，结结巴巴说不出话来，不知道是不是该谈论世界的变化。

请问杰克在吗？我终于说出口，还是这句，感觉好别扭。

他走了。她说，他不在家，今天早上出去买东西还没回来。

那时你弟弟接过电话，唐突地说起话来。他去了一家书店，他说，我知道，就是你们去过的那家。我谢过他，挂了电话。

那是你离开威尔斯登公园前，我们在地铁站右边找到的书店，位于公路斜坡突然变陡的地方。书很便宜，但分类混乱。我们被橱窗里无可挑剔

寻找杰克

的完美版《大角星之旅》吸引了过去,却见克尔凯郭尔和保罗·丹尼尔斯的著作并排陈列,令我们啼笑皆非。

如果让我选择,伦敦分崩离析的那一天去哪里,我会选择那个地区。那里的城市最引人注目的是天空,山巅周围是一片低矮的街道,声音可以逃逸到云端。沙稍,这个炸弹着地点,就在后街那脆薄的堡垒之上。也许那天早晨你有不祥的预感,杰克,大崩塌发生时你准备就绪,在完美的制高点等候。

外面屋顶上漆黑一片。天已经黑了一阵子,但在街灯折射来的光芒映照下,我勉强能写字,也许还有月光的作用。那些看不见的饿鬼在空中往复扑食,但我不害怕。

高蒙塔楼高高凌驾在毗邻的房屋和商铺之上,我能听到它们在塔楼内厮打、筑巢、求偶。就在刚才,也传来沉闷的拍翅声和碎裂声,现在到了夜里,还持续伴随着低沉的嗡嗡声。

我已经适应了那个声音。霓虹的低语。

高蒙帝国在荒废的狭窄人行道对面,射出明亮光辉朝我传递信息。

在那些飞翔的活物叽叽喳喳的杂声之上,在风中那些新生垃圾无时不在的低语之上,它召唤我近前。

我以前全都听过看过。我正把自己该死的大好青春耗费在这封信上。写完我就去看看,它要让我做什么。

我坐地铁去了威尔斯登。

现在我不敢想这件事,还是赶紧想想别的。我不该知道的。不管怎么说,早些天里那儿安全得多。

好几个月里,我数次潜入地铁站,亲自调查低语声传出的流言。我曾看见火车开过,所有窗户上都映出大声号叫的脸,倏忽而过,看不真切,有点像狗。我曾看见火车上闪耀着冰冷的光,长长的列车缓慢前行,空空荡荡，只有一个面如死灰的女人直直瞪着我的眼，去向鬼也不知道的地方。

它跟以前完全不一样了，失去了所有的喧嚣繁华。我记起，那里太冷太安静。我不确定火车上是否有司机，但它好歹把我运走了。我来到威尔斯登，走出车门来到露天车站，察觉到世界有什么异样。在夜的外壳之下，有什么神迹在极为缓慢地逐渐显现，从城市的各个毛孔渗出，缓缓吞噬我。

我踏上楼梯，走出这座地下城。

杰克，俄耳浦斯的回头并非愚蠢①，神话都是造谣诬蔑。令他转头的，并不是突然间害怕她已不在，而是自头顶洒下的凶险的光明。要是阳间已不同从前会怎样？人非圣贤，当你所熟知的一切已然改变，回程路上总会想转身看着爱人的眼，渴望分担那一刻的恐惧。

我无人可回望，而我所知的一切俱已改变。推开门走上大街，是我所有过最勇敢的举动。

我站在高架铁路桥上，风扑面而来。铁轨深入峡谷，峡谷那优雅的曲线从桥下、从我脚下延伸向对面街道，直至很远很远。它的两旁是灌木丛生的陡峭河岸，低矮的树丛和野草在不依不饶地与碎石坡地较量。

四周几乎没有声音。我只能看见几颗孤星，感觉整个天空似乎在我头顶疾旋。

商店没亮灯，却没有关门。步入沉静的空气中，不觉松了一口气。

该死，我们出不去了，有人说。他的声音听起来很绝望。

书香扑鼻，我沿着书堆间的蜿蜒过道向收银台走去。在这朦胧的黑暗中，依稀能辨认出人形和影子。一个秃顶老人懒散地倚在收银台后的凳

---

① 俄耳浦斯是希腊神话中音乐与诗歌的发明者。他在妻子欧律狄克被毒蛇咬死后来到冥府，用琴声感动了冥后，冥后答应他带回妻子，但一路上不可回望。欧律狄克的幽魂跟在他身后，行动悄无声息。快到地面时，俄耳浦斯不放心地回头察看，于是妻子重新坠入冥界。

寻找杰克

子上。

我不是来买东西的。我说,我在找人。接着我描述了你的长相。

看看周围吧,伙计。他说,人少得要命。你想从我这里打听什么?我没见过你朋友,谁都没见过。

我随即感到一股歇斯底里的冲动,我想跑到书店的每一个角落,把周围一堆堆的书丢出去,大声叫你的名字,看看你藏在哪儿。但我压抑住疯狂的想法,强作镇定和老人交谈,老人带着鄙夷而又怜悯的神色,对我叹了口气。

倒是有个人跟你说的挺像,一整天都在这儿进出游荡。上一次进来大概是两小时之前,他要是再来也该滚蛋了,我打烊了。

什么事会让你觉得不可思议?古怪的事,令人难以置信的巧合。

我很快明白了,城市的规则已然瓦解,常识已告无效,伦敦支离破碎,鲜血淋漓。我麻木不仁地接受一切,心中几乎没有一丝波澜。但当我走出书店,看见你等在那里,顿时惊喜交加,几乎有些眩晕。

你站在报刊亭的屋檐下,半边身子隐在阴影中,那剪影我不可能认错。

如果我曾停驻,那么你为我在此等待,是多么顺理成章,平淡无奇。当时我看见你,好似见证一个奇迹。

看到我,你可曾欣慰得战栗?

你可曾怀疑自己的双眼?

我曾独自在这里的房顶上,那些看不见的饿鬼在四周扑扇着翅膀,你不在身边。现在那情景似乎已难以记起。

我们相遇在书店正门前,黑暗从门楣上滴下。我紧拥住你。

老哥……我说。

嘿,你回答。

我们傻傻地站在那儿,好久没说话。

你明白出什么事了吗?我说。

你摇摇头,耸耸肩,张开双臂,笼统地指向周围的一切。

我不想回家。你说,我觉得家已经不在了。当时我就在这家书店,看着这本诡异的小书,突然感觉有什么很大的东西……溜走了。

我在火车上睡着了,醒来后,世界就成了这副样子。

现在出了什么事?

我以为你会告诉我答案呢。你们手里不是都发有……规则手册什么的吗?我觉得我是因为打瞌睡受了惩罚,所以才什么都不明白。

没有什么手册,伙计,你知道的,大群大群的人……我发誓,他们是凭空消失了。刚进书店的时候,我明明看到里面有四个人。再抬头看时,就只剩我和另外一个人了,外加店主。

他喜欢笑。我说,总是开开心心的。

对。

我们又静静地站了一会儿。

这就是世界走向末日的方式,你说。

没有爆炸声,我接过话,只是……

我们想了想。

……呼出最后一口长气?你说。

那时我告诉你,我准备回家,步行到沙稍,不远。跟我来吧,我说,留在我家。

你犹豫了。

傻呀,真傻,太傻了,我知道一定是我的错。我们一直为此争执,只是现在换上了世界的新语言。我总是怪你不怎么来看我,来了也不多待一会儿。换了以前,早在秋天还没来时,你就会用绝望的口气闹着要去什么地方,含糊其词地支吾说身负无法解释的要务,然后消失。可在这新的时代,那些借口都变得荒谬。你编造托词的精力被引流向了别处,融进城市。城市像嗷嗷待哺的婴儿般饥饿，它吸光你的焦虑，消化你那些尚在萌芽中的渴望，替你满足了它们。

至少陪我走到沙稍吧。我说，可以等到了那里之后，再商量接下来做什么。

行，当然了，伙计，我只想……

我看不出你想做什么。

你心不在焉的，视线总越过我的肩膀看着什么东西，这时我就迅速扫视周围，想看看有什么引起了你的兴趣。虽然夜和往常一样寂静，却总感觉周围有什么东西在嘈杂，我得时时回头看你，拉着你往前走，你总说行啊，行啊，伙计，稍等，我想仔细瞧瞧，接着就往路对面走，目不转睛地盯着什么我看不见的东西，我有些生气，手却不由自主地松开了，因为我听到铁路桥东头的山顶传来什么声音。

我听到马蹄的声音。

我的手依然向你伸出，但已触不到你了，我转头朝声音的方向望去，瞪着山顶。时间延伸开来。人行道上空的黑暗被划破，邪恶的隙缝逐渐被撑开，膨胀——山头上方出现了某种又长又细的锋利物体，它把夜晚割开一道利落的切口，从中探出一只戴着手套的拳头，紧握着那凶器。它是把剑，一把气派凛然的仪仗军刀。随剑跃出一人，那人戴着古怪的头盔，头上有长长的银刺装饰，一条白色羽尾飘扬在脑后。

他疯狂疾驰而来，但在他冲入视野的时候，我没有要赶紧避开的反应，而是仔仔细细将他打量了个遍，研究他的服饰、他的武器、他的脸，想辨认出他是谁。

他是当年在王宫外执岗的骑手之一……是不是叫皇家骑兵？头盔完美的锥尖上垂下一缕鬃缨，靴子亮可鉴人，马尥着蹶子。他们的沉着名扬四海。游客总爱拿他们取乐，盯着他们，模仿他们，抚摸他们坐骑的鼻子，他们仍不闪现一点人类的情感，不辱自身使命。

来人的头破山而出，我看见他的脸起了褶子，线条绘出勇士战吼的磅礴气势，好似一只进攻的狗在咆哮。那种愚蠢的勇武当年一定牢牢刻画在轻骑旅士兵的脸上。

他的火红上衣敞开着，像一团火焰摇曳在他周围。他脚踩马镫，抬胯伏身，左手紧握缰绳，右手高举，刀刃冷艳的寒光反射到我脸上。他的马跃入眼帘，白色皮肤下粗大的静脉鼓突，双眼乱转，像是患了斜眼疯病，森森的白牙后涎水涌出，马蹄践踏过威尔斯登铁路桥破败的柏油路面。

士兵大张着嘴，像是在呼吼临别誓词，却没有传出一点声音。他继续骑行，高举利剑，击败莫须有的敌人，策马奔向多利士山，行过日式餐馆、音像店、自行车行、吸尘器维修工。

士兵从我身边掠过，那么不合时宜，令人震惊，与世界格格不入。杰克，他策马行过我们中间，那么近，汗珠溅到了我身上。

我在脑海里勾勒出这幅场景：当剧变降临，执岗的他感应到万物秩序之变，知道他宣誓保护的女王已然薨逝或离位，他的风度在衰败的城市中毫无意义，他的训练已归荒谬无用，决心履行一回士兵的职责。我仿佛看见他脚跟踢动，发出嘚嗒声响，驱马跑过伦敦中央混沌的街道，解甲归田的境遇令他怒火横生，速度逐渐加快，他感到马儿惊逸于新居民区陌生的天空，索性松开辔头任其狂奔，直到它急如风驰电掣，方拔出武器，为证明自己的战斗力和战士身份，奔向伦敦西北部的平原，消失或湮灭。

我望着他经过，脑子发蒙，钦佩之情油然而生。

当我转过身，杰克，当然了，我转身时，你已不在。

我疯狂地寻找、呼唤，凄苦之状你尽可想象，端庄几乎荡然无存。我找了你很长时间，虽然在我抬头发现你不在时就已知道，我无法找到你了。

我最终回到了沙稍，走过高蒙帝国时，抬头看见那道霓虹的消息，花哨俗气，平庸乏味，令人背脊发麻。它还在传递那个消息，今晚，我想，

寻找杰克

在这么多个月之后,我终于打算勉强答应它的要求。

我不知道你去了哪里,你是怎么消失的。我不知道怎么会失去了你。长久以来我一直在寻找藏身之处,高蒙正门映出的消息不可能是巧合。不过,当然了,它也可能是误导,是取乐,是圈套。

可我等得好难受,你知道吗?成天胡思乱想也让我难受。那么,让我告诉你接下来的打算吧。我要写完这封信,马上写完,把它装进信封,写上你的名字,贴上邮票(不疼的),勇敢走上街——对,哪怕是在月黑风高之时——把它放进邮筒。

我不知道从此会发生什么。我根本不知道本地的规矩。它也许会被邮筒里的某种存在吞食,也许会被吐回给我,又或许会被复制一百份,粘贴到伦敦所有仓库的窗户上。但愿它能到达你手上。也许它会出现在你口袋里,或你家门前,不论你身在何处,只要你尚在世间,愿它找到你。

希望很渺茫,我承认。我当然承认这点。

可我拥有过你,又再度失去了你。我在记录你的足迹,还有我的。

因为,你瞧,杰克,我接下来要走上沙稍大路,走过那短短的路程前往高蒙帝国,我要再看一遍它的请求,它的命令,我想这一次我会听从。

高蒙帝国是航标,是灯塔,我们忽略了它的警告。它无动于衷地刺入云层,犹如城市的缔造者将根基植入岩石。它那乳白色的外墙污秽不堪,涂抹了上百个污迹,人类留下的、动物留下的、风雨留下的,以及其他各种各样的印渍。它那低矮而宽敞的方形塔楼里筑着巨大的巢窠,铺满破布、骨头、毛发,那些会飞的东西在里面叽叽喳喳,产卵孵化。城市已不同以往,高蒙帝国向四周产生自己的引力。我怀疑,现在所有指南针都指向它。我怀疑,在它那壮丽的入口,那些开阔楼梯的脚下,有什么东西在等候。高蒙帝国生发出肮脏的熵占领了伦敦。我怀疑,里面有许多引人入胜的东西。

我准备自投罗网。

LOOKING FOR JAKE

那两扇巨大的桃红色招牌，昭示着高蒙已重生为低廉游戏的圣殿——它们也变化了，变得有选择性，对特定字母视若无睹，自那晚之后就不再完全亮起。现在两边都对首字母B不屑一顾。左边的招牌只亮起第二和第三个字母，右边只有第四个和第五个。两块招牌应和着轮流亮起熄灭，花里胡哨的光字传达出它的挑战。

I、N……

G、O……

I、N。

G、O、I、N。

G、O、I、N。

走进①。

好的，没问题，我会走进的。我要打扫干净屋子，邮出信件，站在那幢大厦面前，眯起眼睛，细看它守护着秘密的不再透明的玻璃窗，然后走进。

如果你正看着信，杰克，我并不诚心相信你在里面。我不再诚心相信了。我知道那不可能，但我不能无视它。为达到目的，我不惜千方百计。

该死，我太寂寞了。

我要登上那些精美的楼梯，如果能到那里的话。我要走过富丽堂皇的走廊，穿过蜿蜒的隧道，来到开阔宽广的大厅，我相信那里一定灯火辉煌。如果我能到那里的话。

也许我能找到你。或找到别的什么，或别的什么找到我。

此行不是回家，我很明确。

我要走进。城市分崩离析的途中，无须我陪伴在周围。我要列出它的秘密，投我自身所好，与城市无关，这挺不错。

我要走进。

---

① G、O、I、N四个字母构成词组go in，意为"走进"。

很快就会见面了,但愿如此,杰克。但愿如此。

致以我所有的爱。

根基

你望着那人走来，对建筑物说话。他绕房屋转一圈，站在人行道上、站在混凝土花园里抬头仰望，又低头俯视夯进土里的支柱。他走进每一间屋，敲敲窗户，摇摇没装严实的窗玻璃，戳戳涂料，钻进阁楼。他在地下室倾听支柱的话语，自己也一直不停地低语。

他说，建筑会低声回应。他察看全城的褐石建筑、住宅、银行、仓库，它们会告诉他，自己身上哪里出现了裂纹。结束之后，他会告诉你为什么裂缝在延长，为什么墙壁是潮湿的，哪里腐朽了，花多少钱能修好，弃之不顾会有什么代价。他从不出错。

他是测量员吗？还是结构工程师？他没有正式的证书，但有厚厚一沓推荐信和十年的名声。他还收藏了全美各地有关他的剪报。人们叫他房语者，很多年前就凭这项才能出名了。

他说话时，脸上总有坚定爽朗的笑容。他总要笑着把话挤出来，语句简短，支离破碎。周围吵吵嚷嚷，但他知道你听不见那些声音，所以努力压低音量。

"嗯，没问题，只是那扇承重墙粉化了。"他说。近距离看他的话，你会发现他飞快地瞟着地下，一遍又一遍，看着建筑物下沉的地基。他往下走，去地下室时，神经紧张，语速加快。在下头，建筑物对他说话的声音最大，再上来时，他的笑脸上冷汗涔涔。

他开车时，会注意路的两边，视线掠过整片地基，脸上浮现出难以磨灭的深深震惊神色。经过建筑工地时，他会瞪着重型推土机。他看着它们缓慢行驶，像是看见了洪水猛兽。

每晚他都梦见自己身处险恶之地，空气似乎在肺里凝成块，天空像一团毒气四溢的泥浆，布满了大地呕出的乌云和暗红云朵，地面被烤炙成干粉，迷失的少年们满面惊愕，蜕下血迹斑斑的皮肉。他们与他擦肩而过，却看不见他，也互相视而不见。他们口中嚎着不成词句的声音，也许是由

寻找杰克

零碎的黑话、缩略词、简称构成的语言，曾经的含义现已失却，无异于猪猡的哼哼唧唧。

他住在城市边缘的一所小房子里，本想扩建一间屋，可地基尖叫得太响，只好半途而废。十年后，地层中还只留着一个坑，坑中露出管道，那是他打算立墙的选址，但是不会填上了。当时他挖着挖着，突然一股黑漆漆黏糊糊的浓稠液体从这块郊区的地皮下喷涌而出，糊上铁锹，甩也甩不掉，可除了他以外没人看得见。他只得住了手。就是在那时，他开始听见地基对他说话。

梦里，他也听见地基对他说话，像是很多人在一同咕咕哝哝。最后，他终于看见紧夯热土中的房基，他惊醒，干呕，良久才发现自己仍躺在家中床上，地基还在絮絮叨叨。

——我们待在这里

——我们好饿

每天清晨他都会吻别全家福。家人多年前弃他而去，被他吓跑了。地基向他讲述秘密时，他总是正色倾听。

城中心一幢公寓楼产生裂缝，直穿过两层，居民们想知道情况怎样。那人测量过后，把耳朵贴在墙上。他听到下面传来话语的回音，穿过建筑的骨架，传到上层来。没法再推诿了，他下楼来到地下室。

灰色四墙上渗出些许水点，画着一小片涂鸦。地基讲话的声音很清晰。它告诉他，它很饿，体内空空。它的声音由许多人的声音混合而成，保持着节拍，有气无力。

他看见了根基。他的视线穿过混凝土地板和大地，到桁梁深植的地方，又越过它们，抵达根基。

一堆死人。虬曲纠缠的尸首器官构成牢固的根基，他们被紧压成建筑的一部分，严严实实，为表面的规整而碎骨磨骸、姿势扭曲，拼得严丝合缝。他们烧焦的皮肤和褴褛的衣衫被碾得平平整整，活像盖了一块玻璃，不见一丝凹凸。他们延伸在公寓楼的墙垣之下，陷入地下六英尺深，这条由人体填筑平整的小沟，像混凝土地基那样支撑着其上的支柱和墙壁。

根基的无数双眼睛全看向他，所有人异口同声说起话来。

——我们憋得难受

他们的声音里没有恐慌，只有死者绝望的忍耐。

——我们无法呼吸，我们支撑起你们，却只能吃沙子

他也低声回应，不让旁人听见。

"听我讲。"他说。他们的视线穿透泥土打量着他。"告诉我，"他说，"告诉我墙壁的情况。它建在你们身上，它的重量全压在你们身上。告诉我感觉如何。"

——很重，他们说，我们只能吃沙子。那人好说歹说，终于暂时让死者从绝望的自我世界中走了出来。他们抬头看看，又闭上眼睛，动作完全一致。他们嘈嘈杂杂地告诉他，我们身上这扇墙老化了，侧面半中间腐朽了一块，裂缝会扩张，两侧会沉降。

根基把墙壁的信息一五一十告诉了那人，他立时瞪大了眼睛，但很快明白了，没什么，没有危险。如果不加处理，只有一扇墙会倒塌，不过让房子更难看而已。房子不会垮的。听到这，他放松下来，起身退回，根基望着他离开。

"不必担心，"他对居委会说，"只需要修缮修缮，填平裂缝，这样就可以了。"

城郊一家商场肆无忌惮地向荒地扩张，私建小屋的楼梯俱已损毁，修造钟塔使用的全是劣质螺栓，公寓房的天花板未作防水处理。这些都是埋在地里的死人墙告诉他的。

每座房屋都建在他们身上，他们筑成连绵不绝的整块根基，位于他的城市下方。每扇墙的重量都压在尸身之上，他们向他低语，用同样的声音，同样的表情。他们衣衫褴褛，血迹早已干涸，大多肢体残缺，截下的

部分用以填补身体间的空隙。他们的身体气鼓肿胀，体腔中漏出尘土，四肢和头颅整齐地掩在缝隙之中，一具具尸体联构成整片死亡之基。

在每条街道的每一座房屋，他聆听建筑的声音，聆听维系着它们的根基的声音。

梦中，他一步一陷地走在土地上。迷失的人们排成首尾相接的大圈，拖着沉重的腿脚，在焦急中举步循环。他经过他们身边，尘土底下溅起糖浆般浓稠的液体。他听到根基的声音，转身却发现它立在眼前。它升高了，突破了地表。这道死人筑成的墙高及大腿，边缘和顶端平坦无褶。墙内镶嵌了数以千计的眼睛和嘴，随着他走近，它们躁动起来，涕泗横流，表皮和泥沙簌簌下落。

——我们没有尽头，我们好饿，好热，好孤单

根基上方，增建不断。

多年来，小型建设时有开工，或是开发商的小盘策划，或是人们急于改善住家环境。他执着地让根基告诉他一切。哪里没有问题，哪里有点小问题，他都将消息一一传递。哪里问题太大需要及早停工，他也如实传达。

他聆听建筑的声音已经十来年了。许久以后，他才找到自己一直找寻的东西。

这栋大楼有数层高，竣工于三十年前，使用的是劣质混凝土和廉价钢筋，当年的包工头和政客借着这项豆腐渣工程赚得腰包鼓鼓。腐朽的遗迹随处可见。房屋大多在不经意间逐渐陷落，多年来，时有门扇湿粘，电梯故障，地基沉降。那人倾听根基的声音，得知这里出现了异样。

他警觉起来，呼吸急促。他对埋在地底的死者之墙低语，央求他们确认。

这块根基位于沼泽地中——死者能感觉到淤泥在上涨。地下室的墙体

纷纷剥落，支柱表面渗出纤细的水纹。撑不了多久了，房子要塌了。

"你们确定吗？"他又低声问道，根基数不清的眼睛看着他，给出肯定的答案。那些眼睛嵌在血块之中，覆满厚厚的灰尘。他抖抖索索地站起来，转身面对负责人，物业经理。

"这些旧楼房，"他说，"外表不光鲜，里头也不是真材实料，没错，会受潮，但没什么可担心的。没事。墙壁很结实。"

他朝身边的柱子拍了一掌，感受那振动传到下方的水里，穿过侵蚀得窟窿遍布的房基，抵达众死者终日里咕咕哝哝的根基。

他做了一个噩梦，梦见自己跪在皮开肉绽的墙前。根基现在高及胸脯。它在生长，长成了一堵墙，一座庙宇。

他大叫着醒来，跌跌撞撞走进地下室。根基低声对他说着话，它现在已经高过地面，延伸到他家墙里。

那人等待了数周。根基在生长，虽然生长得极缓慢。它向上突入墙里，也往下扎进土地，它的根据地逐渐扩大，深入越来越多的建筑之下。

经他查验后的第三个月，那幢高楼上了当地新闻。电视上的它像个中风的老人，半身不遂，颤抖不已。它的南角塌陷，垮塌的梁石把剩余部分夹成一块肉饼，皮肉掀开，露出坍塌半边的凄惨内室，颤巍巍地立在半空外缘。担架上抬出男男女女。

屏幕上掠过人影，许多都已死去。有六个是孩子。那人把音量调大，盖过地基的低语。他大哭起来，接着开始抽噎。他双臂抱胸，发出悲伤的哀吟，又以手掩面。

"这就是你们要的，"他说，"我们两清了。求你们别再烦我了，已经完成了。"

他躺在地下室的泥地上哭泣，根基在他身下，仍旧摆着形态各异的扭曲姿势仰望他。它眨着死气沉沉的眼睛，赶出灰尘，继续凝望。它的凝视让他脸上发烧。

"你们有吃的了,"他低声说道,"上帝,求求你们了。已经完成了,完成了,别再烦我了。你们已经有吃的了,我们两清了,我给你们东西了。"

他在一个烟雾缭绕的梦里走着,听到迷失的孤独的战友一成不变的呼唤。根基从夷平的沙丘间延伸开去。从第一天起,它便一直声音哽咽地低语。

他曾参与根基的修筑。那是在万里之外,两个异国之间,国界尚未划定之处。十年前那个二月末的日子,他随第一(机械)步兵团抵达。敌军士兵伏在沙漠中的战壕里,手里的家伙从刺线网孔中探出,"突突突"地开火。

那人随队前来。他们干得热火朝天,备齐所有原料,像研磨机搅拌水泥砂浆一样,将水泥与榴弹炮、火箭炮混合在一起,掺上沙粒,以及低沟里的人群连同其持有物品,捣碾半小时,把最终产物糊成一块极厚的红色方基。坦克像玩具一样横冲直撞,高射机枪无声旋转。这些机械的任务别有新法,它们前方挂上犁,沿泥土中挖出的线条一路开过去。它们效率稳定地将热沙导入战壕,倾泻而下,倒出热羹一样浓稠的粗糙砂浆,人们四散逃跑,企图开火或投降,拼命尖叫,直到沙漠的尘土涌进,封住他们,严严实实,沙从嗓子眼漏进去,掩埋了他们的声音。他们先是疯狂挣扎,接着动作迟滞,最后静立不动,与上千个朋友及朋友的身体碎块挤在一起,待在各自的孔洞中,填满一条条几英里长的壕沟。

坦克后面,改装上拖拉机附件的 M2 布拉德利步兵战车横跨新堆起的沙垄驶过。修建尚未完成,下方屡见人们的臂腿伸出,有些仍像昆虫一样在抽搐。战车用口径 7.62 毫米的机枪扫射建筑工地,确定探出路表的所有材料均已扫平,确保扼杀了最后的一口活气,保证平整。

他和战友驾驶ACE（装甲战斗重型推土机）跟在后面，铲干净路面最后残留的细小胳膊。他的任务已告完成，用铲斗推平了一切。建筑工作剩下的零乱泥沙、木屑、枯枝、像枯枝一样塞满泥沙的步枪、如枯枝一般的手臂和腿、糊满沙尘的头颅，曾经随着泥土缓慢翻滚，冒出路面，此时已被他抹平。他把突出地表的东西往土里掖，也往坑洼里填补更多的泥土，把它们收拾整洁。

1991年2月25日，他出力修筑了根基。他眺望着绵亘数英亩的平坦地表，经过数小时的努力，沙漠已打扫、清理得干干净净。正在那时，他听到可怕的声音。他的视线突然穿透灼热的红沙和泥土，看到死者可怕的景象，他们在整洁的壕沟内，壕沟像墙壁一样线平角直，阡陌交错，向两方散布，延伸出好几英里，不像单栋房屋或宫殿，更像是一座城市的规划图。那时，他就见到活人被制成水泥砂浆，见到他们凝望的视线。

根基延伸到万物之下。它对他说话，无休无止，不管在梦里还是梦外。

他以为只要离开沙漠，离开那人为夷平的地段，就能将之抛在脑后。他以为到了数千英里之外，低语声会自然消散。他回到家，却开始做梦。梦里，牺牲的战友迷失在炼狱之中，凄苦伶仃，状如野人，周围井火熊熊，天空与沙丘俱是血红。还有其他人，根基，其他的死者，数目成千上万，无穷无尽。

——美好的清晨，他们低声对他说道，死者的声音干渴沙哑。光辉的清晨

——赞美上帝

——你把我们造成这副模样

——我们又热，又孤单，我们好饿，我们只能吃沙子，我们满肚都是沙子，肚里塞满了，可是很饿，我们只能吃沙子

他在夜里听到他们的声音，他努力想忘记，想忘记所见的景象。后来

027

寻找杰克

他在院子里挖坑,为房屋的扩建奠基,却发现根基已在土里。妻子听到他尖叫,赶紧跑出来,只见他两手扒着坑,挖得手指都渗出血来。他后来告诉她,虽然她听不明白:只要掘得够深,就能遇见它。

一年前,他修造了根基,并首次看穿了它,如今他再度与之接触。他周围的城市修建在那面深埋地底的死者之墙上。骸骨填满的壕沟延伸过海底,将他的家园与沙漠相连。

他想尽一切办法甩开他们的声音。他乞求死者,直面他们的目光。他祈祷他们闭嘴。他们只是等。他体会着他们承载的重压,倾听他们的饥饿的呼喊,最终确定了他们的渴望。

"这是给你们的。"他大喊,接着又哭了出来,为那多年的搜寻。他脑海中浮现出公寓楼里那些遇难的家庭,他们翻滚坠下,长眠在根基中间。"这是给你们的,可以结束了,别那样了,啊,别再烦我了。"

他倒地睡着了,睡在地下室的地板上,蜘蛛从他身上爬过。他走进梦里的沙漠,漫步沙中,听到迷失士兵的嚎叫。根基延伸到成千上万码之外,达数英里远。焦黑的天空下,它已变身为塔,通体是同样的材料,死人,但他们的眼睛和嘴还在动,一开口就飞散出小团的沙雾。他站在塔的阴影里。他受命修造那座塔,它的墙壁由军装布条、血肉和赭色皮肤筑成,垂下缕缕黑色或暗红色的头发。它周围的沙里渗出深色液体,和他在自家院子里看到的一模一样,是血或者油。这座塔活像地狱里的宣礼塔①,又像倒转的巴别塔,它触及天空,说着唯一的语言。所有声音依然讲着同样的话,多年来他一直听到的那些话语。

那人醒了。他倾听良久,一动不动,周围也没有任何动静。

他终于叫出声来,喊了很长时间,声音越来越大,越来越响亮,持续了几十秒。他听见自己的声音,像梦里那些迷失的美国士兵。

---

① 伊斯兰教清真寺用以宣礼及观月的建筑。

他一直喊个不停。因为这一天终于来临,这是他献祭的第二天。在他双手向根基奉上他认为对方渴望的东西之后,在他偿还血债之后,他仍能看见它的影像,听到它的声音,死者依然说着同样的话。

他们凝望着他。那人待在根基旁,形单影只。他知道他们不会消失。

他为倒塌公寓楼中的死难者哭泣,他们死得毫无意义。根基不要求他给予什么。他的献祭对整个世界上阡陌交错的壕沟里那些死者没有任何意义。他们无心嘲弄他,或惩罚他,或教育他,也无意复仇或讨还血债,他们没有怒意,也没有坐立不安。他们只是他周围一切的根基。没有他们,世界会崩塌。他们曾见过他,教会他如何看见他们,却没想从他手中得到什么。

所有建筑都传出同样的话语。根基在它们底下延伸,构筑根基的死者断骨裂骸,说着同样的话。

——我们好饿,我们好孤独,我们好热,我们肚里塞满了东西,可是好饿。

——你们修造了我们,你们在我们身上修房子,我们身下只有沙子。

海洋球池

我并不是这家店面的员工,给我发工资的不是他们。我是一家保安公司派遣来的,他们与这里签订了长期合同。这里是我主要的工作地点,也是我主要的社交场所。我在别的地方也当过保安——包括现在,偶尔有临时的活计,随叫随到——要不是最近发生了一些事,我一定会说这里是我工作过的最好的单位。在一个人们乐于前来的地方工作,感觉很不错。之前每每有人问我做什么工作,我就告诉他们,我在这家店上班。

店面位于市郊,是一座大型的钢结构仓库,隔出上百个小铺位,一条小道穿越其间,我们卖的全部家具都有样品摆出,向顾客展示外观。待售的同款产品没有组装,扁平封装着高高地堆积在仓库里,都不贵。

我知道,平常我来大多是走个过场。我穿着制服走来走去,手背在背后,给人们安全感,让人觉得那些货物的安全有保障。但这些东西并不是随手就能偷窃走的,基本上没有什么需要我出面的场合。

我上一次以保安身份出面,是在海洋球池。

到周末,这个地方门庭若市,顾客接踵摩肩,人多得难以前行,基本上都是情侣和刚有小孩的夫妻。我们努力为顾客提供更舒适的购物环境,建有平价咖啡厅和免费停车场,最主要的是设有托儿房,大门进来上一段楼梯就到。走出托儿房的侧门,就来到紧挨着它的海洋球池。

海洋球池的四墙几乎是全玻璃,逛店的人能把里面看得一清二楚。所有顾客都喜欢看那些孩子:屋外总是有人开心地傻笑着,目不转睛地看着里面。我时时留心那些看起来不像父母的家伙。

海洋球池并不大,其实只是个附属建筑而已,它已经有多年的历史了。里头有一个攀爬架,绳子都互相纠结,下面接了一张粗绳打成的救生网,旁边有座温蒂屋[①]。海洋球池四墙上贴了画,整间屋子五颜六色的,亮闪闪的塑胶球堆了两英尺深。

要是孩子们摔倒了,球池能给他们缓冲。海洋球齐他们的腰深,他们

[①] 供儿童在里面玩耍的小型玩具屋。

像涉过洪水一样蹚过这间屋子,捧起海洋球互相朝玩伴抛撒。每颗球约网球大小,中空,很轻,不会砸伤孩子。它们在墙面间和孩子们头上弹来弹去,发出轻柔的嘭嘭声,逗得他们咯咯直笑。

我不知道他们怎么能笑得如此卖力。我不知道海洋球有什么魔力,能比普通游戏屋给予他们多得多的欢乐,他们就是*喜欢*在这儿玩。一次只能进六个,而他们宁愿排老长老长的队等待一次机会。一次只能待二十分钟,看得出,他们为了多待一会儿宁愿付出任何代价。时间到的时候,他们有的会大哭大闹,把那些看见他们离开的伙伴也惹得嚎啕大哭。

那天我正趁着休班时间看书,突然接到通知去海洋球池。

半道上我就听见附近的叫喊和哭声,走过转角,看见一群人正站在巨大的窗前。一个人紧紧护着儿子,朝护理员助理和仓库经理大喊大叫。小男孩约摸五岁,正是刚允许进海洋球池的年龄。他紧抓着爸爸的裤腿在抽泣。

助理桑德拉正极力让自己不要哭出来。她也才十九岁。

那人在大吼,骂她连该死的本职工作都做不好,说屋里的孩子太多太多,完全管不过来。他情绪非常激动,像旧时默片中的人物一样做着夸张的手势。要不是儿子紧抱着他的腿,他肯定会不停地来回走动。

经理在不卑不亢地同他交涉。我也闪身进去站到她身后,以防事态恶化,不过男人渐渐被她劝服。她干这行驾轻就熟。

"先生,我已经说过,您儿子受伤之后我们立即把所有人叫了出来,也和其他孩子谈过——"

"你就连是谁干的都查不出来。要是你真的*看着*他们点儿,我认为这是你他妈该尽的**本分**,你可能还稍微地不会……这么没用,*真该死*。"

说完这话,他突然顿住了,终于闭了口,而他的儿子也平静下来,抬头看着他,脸上带着迷惑而敬重的神情。

经理告诉他,她非常抱歉,并给了他儿子一个冰淇淋。事情逐渐平息，可我正准备离开时，却看见桑德拉在哭泣。男人好像有些内疚，打算向她道歉，但她心里正烦乱着，没有理他。

后来，桑德拉告诉我，那男孩一直在攀爬架后边靠近温蒂屋的角落里玩耍。他慢慢地钻到海洋球下面，直到自己被完全淹没，有些孩子就喜欢这样玩。桑德拉一直关注着那个小男孩，她看见他周围的海洋球随着他的动作纷纷跳起来，说明他平安无事。可最后他突然东倒西歪地尖叫着冒了出来。

店里到处都有孩子。小一点的，还不太会走路的孩子，都在托儿房主室里面打发时光。年龄大一点的，八到十岁的那些，通常都跟在父母屁股后面逛店，为自己选择被褥、窗帘、带抽屉的小书桌等商品。处于这两个阶段之间的孩子们通常会来海洋球池。

他们非常有意思，在攀爬架上爬来爬去，注意力完全集中。他们不停地开怀大笑，当然，也会把伙伴弄哭，但通常哭上几秒就止住了。我总好奇他们是怎么做到的：明明在放声大哭，却突然被别的什么吸引，就高高兴兴地跑开了。

他们有时几个人一起玩，但好像总会有一个人落单，心满意足地把一捧捧海洋球往球池里丢，从攀爬架的网眼里投下，或是像鸭子一样钻入海洋球中间，开心地独自玩耍。

桑德拉离职了。自那次口角之后已经过了快两周，但她还是心烦意乱。我觉得有些不可理喻，去找她聊天，她却好像总也听不进去。我想告诉她，是那个男人太过分了，她没有错，可她总不听。

"不是他的问题，"她说，"你不明白，我再也不会进那里了。"

我为她感到惋惜，她太过敏感了。针对这件事，她的反应太过激。她告诉我说自打小男孩被弄哭的那天起，她一进海洋球池神经就绷得紧紧的，总想每时每刻关注到所有的孩子，而且老像个偏执狂一样不时清点

寻找杰克

人数。

"我总觉得人多了,"她说,"我数一数,六个人,再数一遍,六个人,可总还是觉得人多了。"

也许她可以要求继续在这里,但只承担托儿房主室的工作,管理下姓名牌,检查下进出的孩子,替换下录像带什么的,但那些好像根本不是她想做的事。孩子们喜欢那个海洋球池,他们一遍又一遍地嚷着要进去,她说,总是不停缠着她,让她放他们进去。

既然是孩子,就难免有失禁的时候。每到这时,就得有人把所有海洋球全铲出来,清洁地板,随后把所有海洋球浸到水里,掺上一点漂白剂。

这段时间,意外发生得特别频繁,基本上好像每天都会有那么一两个小孩尿裤子。我们经常得把屋子清空,好处理那些小水洼。

"我每秒钟都得陪那些该死的小家伙玩,一个都不能漏掉,以免出岔子,"一个托儿房工作人员告诉我,"然而他们离开之后……又能闻到那味道。就在该死的温蒂屋旁边,我发誓没有一个小调皮蛋去过那儿。"

他名叫马修,在桑德拉辞职一个月之后也走了。我感到不可思议,我是说,看得出来他们有多喜欢小孩子,就是天生喜欢,即使工作包括擦口水和清理呕吐物之类的繁杂内容。看见他们离开,也证明了这项工作有多难。马修辞职时一副得了重病的样子,面如死灰。

我问过他出了什么事,但他不肯告诉我。说不准他自己也不清楚。

你得时时照管着那些孩子。我做不了,受不了那压力。孩子们都不服管教,又太小。我得一直提心吊胆,害怕少一两个,害怕他们受伤。

那之后,这个地方弥漫着不祥和的气氛。我们失去了两个员工,当然,主店面换人的速度跟发动机似的,但托儿房的情况通常好些。要在托儿房或海洋球池工作,都得有相应的资格证。他们的离开感觉不是个好兆头。

我很清楚自己想去照顾店里的小孩。巡逻时，我感到他们都在我身边。我总觉得自己得时刻准备着跳进去拯救他们。不管往哪里看，我都能看见孩子们。他们跟往常一样高兴，在铺位之间跑来跑去，跳上双层床，坐在摆出的样品桌旁。但现在他们到处奔跑的样子让我有些惧怕，我们那些符合最严格的国际安全标准，甚至做得比标准更到位的家具，似乎都在静静等待着伤害他们。我仿佛在每一张咖啡桌的角边都看到头部撞伤的场面，在每一盏灯上都看见烫伤的情景。

我巡视海洋球池的时间比以前频繁了。屋里总有个面色疲惫的年轻姑娘或小伙子试图把孩子们召到一起，而孩子们却在潮水般的鲜艳塑胶球中间奔跑，跃入温蒂屋中，把海洋球堆到屋顶上，海洋球朝四处弹开。孩子们还大笑着转圈圈，转到自己头晕。

他们喜欢待在里面，但出来时又都那么疲倦，脾气暴躁，眼泪汪汪。这样对他们不好。那些孩子呜呜咽咽的，到走的时候都扑到父母怀里，拽着他们的衣服啜泣。他们不想离开小伙伴。

有些孩子每周都来。我觉得他们的父母大概把该买的都买得差不多了。逛一会儿之后，他们会象征性地买点杯蜡之类的小东西，轮到他们的孩子进海洋球池时，他们便坐在咖啡厅里边喝茶边看窗外灰色的立交桥，脸上好像没有太多逛街该有的高兴神色。

这种情绪影响到了我们，店面里氛围不太好。有人说海洋球池太麻烦了，应该关掉，但管理层明确表态说不可能。

夜班早晚会轮到。

那晚我们有三个人值班，负责不同的区域。我们定时到各自负责的区域巡视，其余时间里就在值班室或者没亮灯的咖啡厅里小坐、聊天、打牌，静音的电视屏幕上闪过各种各样的垃圾节目。

又到执勤的时间，我出发来到前面的停车场，把手电光芒上下照过沥青路面和身后巨大的店面，店面周围黑黢黢的灌木丛似乎在窃窃私语。我把光束扫过栅栏、公路，以及从我身边掠过的夜班车。

我又回到店内，走过床品展室，走过所有的松木门框和隔墙。光线昏暗，所有大房间里只开一半的灯，摆满了从没人睡过的床和没接水管的洗脸池。我一动不动地站着，什么都没有，没有动静，没有声音。

有一次，我与在岗的其他保安商量好后，带女友去了店里。我们手牵手穿过舞台布景一般的格子间，手电的光芒拖曳在身后。我们像孩子一样玩着过家家，扮演生活的各个瞬间——她从淋浴间走出，接过我递出的毛巾，又在早餐吧台分纸巾。然后我们找到最大最昂贵的床，上面放置的特制床垫一侧能看见横切面的构造。

过了一会儿，她叫我别玩了。我问她出了什么问题，她却像是生气了，不肯解释。于是我带她出去，用磁卡刷开一扇扇闭锁的门，陪她走到车旁，看着她驾车离开。她开着停车场里唯一的这辆车，没有选择近路，而是沿着长长的单行斜坡和环形路面前行，很久以后终于走出了我的视线，我们再也看不见彼此了。

我走在仓库中，两旁的金属货架有三十英尺高。我听着自己的脚步声，感觉自己活像个狱监。我想象着那些扁平封装的家具在我周围自行组装起来的情景。

我沿着通往咖啡厅的路往回走，穿过橱柜展区，上楼走进没开灯的过道。同事们还没回来：沉寂的海洋球池正面大窗上没有映出一丁点亮光。

一团漆黑。我把脸贴上玻璃，看着里面一个黑乎乎的轮廓，我知道那是攀爬架，温蒂屋的颜色浅一些，是个小小的方块，漂在塑胶球中间。我打开手电照向屋子内部。光线触及的海洋球瞬间变回缤纷的色彩，光线移开，它们又转为黑色。

我坐在托儿房主室内助理的椅子上，面向摆成半圈形状的婴儿椅。我就这样在黑暗中坐着，四周鸦雀无声。窗外照进一点点橘黄色的灯光，每隔几秒，停车场外的那头就有一辆汽车开过，声音隐隐约约。

我拿起椅子旁的一本书，就着手电的光芒打开。童话故事集，《睡美人》《灰姑娘》什么的。

传来一个声音。

轻微的撞击声。

又听到一声。

海洋球池里的球在互相撞击。

我立即站起身来，透过玻璃望着隔壁黑暗的海洋球池。嘭嘭，声音又传来了。过了好几秒钟，我才挪动脚步，举起手电走近窗户。我屏住呼吸，感觉皮肤绷得很紧。

手电光芒缓缓地左右扫过攀爬架，扫过屋对面的玻璃窗，阴影投入走廊。然后我把光束往下，指向弹跳的球，就在光束触到它们之前，黑暗中分出一条细线，海洋球抖动着往两边滑开，像是有什么东西在下面潜行。

我咬紧牙关。光线现在停到海洋球上，却没有东西在动。

我一直用手电照着那间小屋，直到自己的手不再颤抖。我小心地上下照过墙面，照过每一寸地方，最终看见攀爬架顶上堆了些海洋球，才放下心来，无声地长吁一口气。那些海洋球的位置非常靠边，我明白了，之前肯定是有一两个掉下来，撞上别的球，轻弹了几下。

我摇摇头，一摆手垂下手电，海洋球池又回到黑暗之中。就在黑暗降临，阴影蜂拥而入之时，我感到一阵彻骨的寒意。眼前的温蒂屋里分明出现了一个小女孩，她正抬头盯着我。

值班的另外两人怎么也没法让我冷静下来了。

他们发现我在海洋球池里，一边高喊快来人，一边把海洋球往洞开的两扇门里扔，海洋球被丢进托儿房和走廊里，在地上四处乱滚乱跳，跳下入口处的楼梯，跳到咖啡厅桌子底下。

起初我努力让自己放慢动作。我知道首要的是不再吓着那个女孩，她一定已经吓坏了。我进了海洋球池，本想笑容洋溢地打个招呼，声音却粗哑木讷。我把手电慢慢扫向温蒂屋,免得晃花她的眼睛,我嘴里嘟囔着零落的词句,想到什么说什么。

转念一想,她可能会又钻到了海洋球下面,于是我口气轻多了,尽量假装在和她捉迷藏。我非常清楚,自己的块头和制服加上语调,会在她眼里营造出怎样的形象。

可我来到温蒂屋前,却什么都没有看到。

"她被落下了!"我一直大喊着。他们听明白后,也和我一起钻到海洋球池里,捧起一把海洋球丢到一旁,但他俩很快就停下不干了,而我还一直在继续。我又一次转身去扔海洋球,突然注意到他俩光是站在一旁看我做这些。

他们不相信她曾经在里面,也不相信她已经跑出来了。他们告诉我,可能她从他们身边偷偷溜走了,所以他们没看见她。他们一直劝我说我在犯傻,却也没有上前阻止我,最终我清理完了屋子里所有的海洋球,而他们在替我报警之后,就站在原地等待警察的到来。

海洋球池空了。温蒂屋下有一块地板湿湿的,一定是助理疏忽了。

好几天里我都提不起劲去上班。我发烧了,不停地想起她。

我只是在那一瞬间看见了她,很快黑暗就把她吞没了。她大约五六岁,面色苍白,衣服邋遢,整个人的颜色看上去惨淡又冰冷,好像我眼前隔了个玻璃水缸似的。她穿的T恤也脏兮兮的,上面有一幅卡通公主的画像。

她睁着大大的眼睛望着我,小脸抽紧了,小手苍白,那胖乎乎的手指紧紧抓着温蒂屋的边缘。

警察没有找到任何人。他们帮忙把海洋球收拾起来放回球池后,送我回了家。

我总是禁不住想,要是有人相信我的话,事情会不会有什么改观。我也说不清楚会是怎样。好几天之后，我回到工作岗位上时，已经发生了太多事。

干这行一段时间之后，会有两种情形令人深为害怕。

一种是，来到工作地点时发现有一大群人，紧张又激动地大吵大嚷，一边推开碍事的旁人，一边互相叫对方冷静。你看不出他们心里所想，但你知道，他们只能以这种方式对坏事作出无助的回应。

另一种是，遇到一大群看不清心里想法的人，而他们基本上一动不动，也基本上不说话。这种情况少见些，可一旦遇上，往往更糟。

当事母女已经被带走了。我是后来才在监控录像带上看到了来龙去脉。

小女孩是几个小时内第二次进海洋球池了。她和前一次一样独自坐着，非常开心地唱歌，自言自语。时间结束，她妈妈也将新的园林家具装车完毕，过来带她回家。妈妈微笑着敲打玻璃，小女孩十分开心地蹬过来，终于意识到妈妈的意思是叫她走。

从录像上能看出，她整个的肢体动作发生了彻底的转变。她生起闷气来，呜咽着，突然间转身跑回温蒂屋，一跃扑到海洋球中间。而她妈妈似乎很有耐心，站在门口向她招手。助理站在旁边，看得出来她俩在聊天。

小女孩一个人坐着，对着温蒂屋空荡荡的门口说话，背对大人固执地独自玩着最后的游戏。而其他孩子继续玩自己的，有的在朝这边望，看发生了什么事。

最终，她妈妈发火了，大声叫她过去。女孩站起来转身面对着她，两人之间隔着那片彩球的海洋。她下垂的两手各拿了一颗海洋球，接着她抬起双手，盯着它们看了看，又看看妈妈。*我不走*，她说。过一会儿我听了出来。*我不想走，我们在玩呢。*

她退回到温蒂屋里。她妈妈大步走过去，弯腰探身进门口，往里瞅了

041

寻找杰克

好一阵。她得四肢着地才能爬进去,双脚都伸在外面。

录像带没有声音,但看到所有孩子惊得浑身一颤,助理也跑了过来,立马就能明白,女人在尖叫。

后来,助理告诉我,她努力朝前跑,却好像无法涉过那些海洋球,它们像是变重了。孩子们都挡在她面前,其他大人跟在她身后,想走过温蒂屋前那几英尺的距离却仿佛难如登天,诡异得离谱。

没法把母亲弄出来,因此他们站到两旁,拆开温蒂屋的墙,把小屋从她身上抬起。

她的孩子快窒息了。

当然,当然,海洋球大小的设计是考虑到避免此类事故发生的,不知道她怎么能把球塞到喉咙里那么深的地方。这种事是不可能发生的。它卡得太深太紧,很难取出来。小女孩的眼睛睁得老大,双脚和膝盖不停往内侧屈。

能看见她妈妈抱起她来,用力拍她的背。孩子们站成一排靠在墙边看着这一切。

终于有个人拉开母亲,抱起女孩对她施行海姆利克急救。她的脸在录像带上看不太清楚,但看得出她现在脸色发黑,跟瘀青的颜色一样,头耷拉着。

就在急救者双手抱住她时,脚边发生了什么怪事,害得他抱着她滑倒在海洋球上,两人一起沉了下去。

他们把孩子们带进了另一间屋。当然,消息很快传遍了整个店面,所有不在场的父母都跑来了。第一个到达的母亲看见那个见义勇为的男人正朝着孩子们大吼,而助理拼命地想尽办法让他平静下来。他要求孩子们交待另外那个小女孩在哪儿,就是之前一直挡在他面前,而在他正要救人时又跑到他身边叽叽喳喳的那个。

这是我们一遍遍播放录像带的原因之一,我们想看清楚这个小女孩从哪里来,又去了哪里。但怎么也找不着她的影子。

当然,我想过调动工作,但这段时间经济不景气,所有行业都是如此。我非常清楚,要保持不失业,最好的办法就是留在原地不动。

海洋球池关闭了,一开始说是要接受查验,接下来说是要"翻修",时间越拖越久,关于它的去向进行了多次讨论。传来小道消息说它会永远关闭,最后是官方宣布了这个消息。

那些知道内幕的大人(我总是很惊诧怎么知道的人这么少)推着系在婴儿车中的小孩,大步流星地经过这里,眼神冷漠地扫过那一排样品陈列室,但孩子们仍旧想念海洋球池。那种神情,在他们随父母走上楼梯时全都清楚写在脸上。他们以为要去海洋球池了,激动地讨论起那个地方,高声讲述着攀爬架和缤纷的色彩,可接下来当他们看见巨大的窗玻璃覆上了牛皮纸,意识到海洋球池已经关闭的时候,总会流下泪来。

跟多数大人一样,我的视线会自动绕开那间锁起来的屋子。哪怕是在它还没从我的巡夜路线上抹去的时候,我也总是刻意避开它。既然都封了,还有什么必要去检查呢?尤其是它感觉仍旧那么阴森,那种毛骨悚然的气氛,好像一旦招惹就无法脱身,糟糕透顶。每巡完一个区域就得刷卡登入系统确认,但我刷海洋球池大门那处时总是不敢往里看,而是望着那些堆积在楼梯顶上的新品宣传册。有时候我想象自己听到身后传来声音,轻柔的嘭嘭声,但我知道那不可能,也没有必要去核实。

不过一想到海洋球池会永远关闭又觉得怪怪的,特别是想到再也没有孩子能去那里玩了。

有一天,公司以优厚补贴请我加班。店面经理介绍我认识了总店派来的盖恩斯伯先生。谁料想她说的不是英国总店,而是总的集团母公司。盖恩斯伯先生那天晚上打算在店里工作到很晚,得有人来照顾他的安全。

十一点过后好久，我正以为他要向时差屈服，让我轻松度过本夜的时候，他再次出现了。他有着古铜的肤色，衣着光鲜。他给我讲了一大堆公司的情况，一直对我以教名相称。我好几次想打断他，告诉他我真正属于哪个单位，是做什么的，但看得出他并不是故作亲切。不管怎样，我不想失去这个工作。

他叫我带他去海洋球池。

"一有问题就得尽早解决，"他说，"这是我所学会的首要准则，约翰，而且我一直都遵循这个原则。一事不顺，诸事不遂。如果放任一件小事不管，以为能够蒙混过关，那么，不知不觉中麻烦就会变成两个，如此往复。

"你在这里已经工作一段时间了，对吧约翰？你见过它关闭之前这个地方是什么样。这些大受欢迎的小屋可是孩子们朝思暮想的地方啊，现在我们所有的分店都建起这样的小屋了。你可能觉得它只是个附属设施，对吧？有它不多，无它不少。但我告诉你，约翰，孩子们喜欢这种地方，而且孩子们……唔，孩子对我们公司真的非常非常重要。"

现在门开了，还用东西撑着。他叫上我一起从展区里搬了张折叠桌进海洋球池。

"没有孩子，我们就不会成功，约翰。我们约40%的顾客都有小孩，其中大部分人正是因为我们店亲切对待儿童才来逛这里，在他们心目中，这个因素占到第二或第三位，重要性居于产品质量之上，居于价格之上。开车来这里，在这里吃饭，成了举家出游的选择。

"好的，这是一方面。另外，事实显示，给孩子购物的父母尤为注重安全和质量等问题。他们平均花在每件商品上的钱，比单身男女或丁克夫妻多得多，因为他们希望看到自己已为孩子做到最好。而且我们的高档商品比入门级产品利润可观多了。哪怕一对夫妇的收入不高，约翰，到妻子怀孕期间，他们用于家具和日用商品的支出比例也会飞涨。"

他看着温蒂屋四散的骨架，看着周围的海洋球，它们在数月没有打开过的顶灯照耀下鲜艳闪亮。

"那么,一旦店面开始出现问题,我们首要看的是什么呢?看附属设施,看托儿房,看托儿服务。好的,勾上。最近销售业绩非常不如人意。每家分店都有下滑,当然,不过这一家,不知道你有没有注意到,不只是收入下跌,就连人流量都下降了,那可说不过去啊。通常来讲,哪怕业绩在走下坡路,人流量也会有惊人的回弹力。就算买东西的人少了,逛店的仍有那么多。有时候,约翰,我们还会遇到不降反升的情况。

"可这里呢?整体光顾量都下降了。相应地,父母开车带孩子前来的访问量下降趋势更大,他们再次光临的频率,在所有展区都有所下跌。所以说这家分店的情况不对劲。

"那他们回来的频率为什么不如从前呢?这里有什么不一样了?发生了什么变化?"他微微笑着,夸张地举目四望,然后视线回落到我身上。"明白了吧?父母仍然可以把孩子交给托儿房,但孩子们不会像以前那样,主动要求父母再来。这里缺了什么东西。故而,因此,我们得把它找回来。"

他把公文包放在桌上,朝我苦笑一下。

"你明白这个道理。怪事发生后,你向他们报告情况,希望他们解决,但他们会听吗?毕竟解决这个问题不属于他们的工作范畴,对吧?所以,一个问题最后就拖成了两个,需要控制的麻烦加倍了。"他悲哀地摇摇头,在房间内东瞧瞧西看看,眯起眼睛仔细打量所有的角落,做了几口深呼吸。

"好的,约翰,听我说,我很感谢你的帮助。现在我要在这儿待几分钟。你去看看电视,泡杯咖啡什么的好吧?我过一会儿来找你。"

我告诉他,我在值班室等他。我转过身,听见他打开了箱子。离开前,我透过玻璃墙偷瞄了一眼,想看看他在桌子上摆了些什么。一支蜡烛、一个酒瓶、一本黑皮的书、一个小铃铛。

寻找杰克

顾客人数又回升了，我们异常坚强地挺住了经济衰退的打击。我们放弃了一些奢侈品，引进返璞归真的原松木系列。店面新进的员工实际上已经超过了之前辞职的人数。

孩子们又有乐子了，他们对海洋球池的迷恋经久不退。屋外离地三英尺高一点的地方贴了个小箭头，高于它的孩子都不得入内。我亲眼见过一些孩子飞奔上楼梯打算进屋，却发现自从上次来过以后，他们已经在几个月里长高了一大截，再也不能进去玩了。我亲眼见过他们得知再也不能进去时大发脾气，他们永远也进不去了。可以想象，那个时候的他们愿意付出一切换得一次回味。其余那些只比他们略小的孩子望着他们，也巴不得不再长大，永远停留在眼下的模样。

看着他们玩耍的样子，我总觉得盖恩斯伯先生的介入也许没有起到众人期望的决定性效果。看着他们那么盼望重返海洋球池，回到伙伴的身旁，我有时候会想，这就是他想要的结果吗？

对于孩子们来说，海洋球池是世界上最美好的地方。看得出他们不在这里时会想起它，睡觉会梦见它，他们恨不得一直待在这里。这是他们迷路时最希望能回到的地方。在温蒂屋和攀爬架上玩耍，安然无恙地摔到软软的塑胶球上面，捧起海洋球互相抛撒，不用担心砸伤对方，永远在童话世界般的海洋球池里嬉戏，一个人，或是与小伙伴一起。

伦敦某事件报告

2000年11月27日，一件包裹投递到我家。这倒也不是稀奇事——自从我成为职业作家以来，收到的邮件数目大为增长。包裹的封口被撕开一条缝，让人一眼就能看见里面。这也是家常便饭：我想是因为我的政治生活所致——我不定期活跃在一个左翼团体，还曾代表社会主义联盟参选，因此经常发现我的邮件遭到偷窥，次次气得我暴跳如雷。

之所以提起这一点，是想解释我为什么拆开了寄给别人的东西。我叫柴纳·米耶维，住在××里路。这件包裹是寄给查尔斯·梅尔维尔，他家和我有一样的门牌号，不过是在××福特路。没有写邮编，于是它兜了一大圈后，辗转递到我手上。一看到有件大包裹被某个没教养的探子撕得半开，我理所当然地认为是我的，便打开了。

好几分钟后，我才意识到自己的错误：因为附信上没有明确的称呼，我也就没在意。我一路看下去，看了里面的前几页文件，越看越如雾里看花，但我相信，这应当和我曾经参与过、又早已遗忘的某项计划有关（虽然这种想法听上去很荒谬）。后来我终于想起来再看一眼封皮上的名字，这下可真是大吃一惊。

如果接着看下去，我的所作所为就不再是犯傻，而是应当受到道德的谴责了。可是我对看过的内容产生了浓厚兴趣，欲罢不能。

我将所有文件内容誊抄如下，并附注释。除特别注明之外都是影印件，有些用书钉钉在一起，有些用回形针别在一起，多数有缺页。我尽量保持它们原来的顺序；而它们并非全是按时间先后排列的。起初我还没弄明白眼前的文件是怎么回事，看过后就随手放下了，因此也不能保证最初顺序没被打乱。

....

［附言。写在一张明信片上，蓝黑墨水，字迹潦草。背面图片是一只湿漉漉的小猫，从一池浮满泡沫的肥皂水中冒出头来。小猫神情焦灼，憨态可掬。］

你在哪里？这是你要的资料。你到底要这个做什么？我在一些材料上写了点看法。一半的东西都找不到。我觉得应该没人注意到我翻过档案，其余资料是我设法去你老地方找到的（谢天谢地，你挺有收拾）。来参加下次会议吧。你可以博取人们的支持，但小心周旋。赶紧地。你加入一方阵营了吗？快跟我说说。这份资料你能收到吗？来参加下次会议吧。我一找到新资料就给你邮过去。

··

［本页原件由老式手动打字机打印。］

BMVF会议，1976年9月6日

议程
1. 上期会议回顾
2. 命名
3. 资金
4. 研究笔记
5. 实地调查报告
6. 其他事项

1. 上期回顾。
讨论批准JH提案，附议人FR。投票结果：全票通过。

2. 命名。
FR提议更名，认为"BWVF"过时。CT提醒FR尊重传统。FR坚持认为"BWVF"概念偏狭，提议采用"S（学会）WVF"或"G（集会）

WVVF"。CT反对。EN提出"C（密会）WVF"，引发哄笑。①会议气氛焦躁。FR就更名事项发起表决，DY附议。投票结果：4票赞成，13票反对。提案否决。

［有人用笔添了一句："又是这样！蠢猪。"］

3. 资金/财政报告。

EN报告了本季度的几项支出，总共××英镑。［数目用黑笔涂掉了。］一致同意实时通报财务收支，以防格尔蒂-史塔腾崩溃重演。会费基本上收取齐全，同时

［本页到此为止，此外没有其他的会议纪要资料。］
....
［下一份资料仅有一页，看似经过编排。］

1992年9月1日

备忘录

友好提醒各位会员，操作中务必爱护馆藏标本。标准已经宽松得无以复加。尽管保管员次次提醒，还是发现了各类污迹，包括修复木料及玻璃上留下的指纹印、檐口上的墨迹、排水建材及铁器上的卡钳印、钥匙上的蜡痕。

不可否认，研究必然涉及操作，但诸位如不爱惜这些绝无仅有的标本，调用条件或将加严。

进馆之前，务必牢记：
· 谨慎使用仪器。

---

① BWVF中的B为brotherhood的缩写，原意为"兄弟会"，因而女会员FR不满意。于是EN索性恶搞，提出密会coven，原意为"女巫集会"。

· 勤洗手。

....

［下一页标了页码"2"，开头段落被拦腰斩断，幸而有页眉。］

BWVF文件223号，1981年7月

不确定，但没有什么理由质疑他的信誉。两件标本的测试结果都与VD完全吻合，这就意味着VD和VF甚至在分子水平上也没有区别。即使有分别，也必然关乎总体形态，进而无从比较；或属于非物质层面的差别，以当前的测量水平无法获知。

不论事实如何，至少BWVF新添两份VF砂浆标本，可喜可贺。

本研究预计年底结题。

在研课题报告：VF与诠释学研究
报告人：B. 巴斯

本研究关注知识之惑与认识之疑，将VF视为城市的圣典，采用卡巴拉[①]解释模型，对VF进行干涉模型考察。研究目前进展顺利，论文完成时间待定。

在研课题报告：VF近期行为变化
报告人：E. 纽金

要追踪VF的活动，任务之难尽人皆知。［*此处插入潦草的字迹——*

[①] 指犹太教的秘传哲学。

"开国际玩笑，他妈的，你以为我们来干什么吃的？] 从 longue durée① [e 上的一撇是手加的] 的视角重建运动模式，必然得追溯历史记录，而究其定义，"历史记录"本质上就带有不完善、不严肃及不确定的因素。看过笔者文章的读者大多知道，笔者已钻研本土的社会编年史多年，力求从中搜寻到长时段周期的证据（详见工作文件19号，《再论史塔腾曲线》），迄今为止，小有成绩。

笔者对伦敦过去三十年间可靠的主要目击证据作了整理（有两次是笔者亲眼所见），由此得出结论，VF在出现场所逗留的时长减少了三成。VF的移动频率在加快。

此外，对它们每次现身后行踪的预测更为复杂，（甚至）更加难以确认。在1940年，应用德斯切内矩阵，代入已知VF的出现及逗留时间，并计算再现参数，正确率为23%（时间±两个月、地点±两英里）；而今天使用同样的方法，准确率仅有16%。VF的行动比以前更难以捉摸（或许应把1876—1886这"失落的十年"排除在外）。

该行为变化并非线性发展，而是时断时续，多年来曾几度突然出现密集的剧变：一次是在1952—53年间，接着是1961年末，然后是1972和1976年。缘由及结果尚不清楚。而上述关键时间点均触发变化步伐的加快。我们都听说VF最近变得更加躁动不安，传闻在此似乎得到了印证。

本研究预计将于18个月之内完全结题，感谢CM对研究的帮助。[这个CM多半就是查尔斯·梅尔维尔，包裹的收件人。这份BWVF文件上别了张手写字条，内容如下：

---

① 法语，意为"长时段"，该术语由法国历史学家布罗代尔首次提出。布罗代尔将历史时间分为"长时段""中时段"和"短时段"。长时段即"结构"，指长期不变或者变化极慢的因素，如地理、气候、思想传统等；中时段即"局势"，是指一定时间（几十到一百年）中有一定周期和节奏的趋势或现象，比如人口消长、物价升降、生产增减等；短时段即"事件"，是指一些突发的事变，如革命、条约、地震等。

寻找杰克

没错,埃德加就是个自负的傻帽,不过这瞎猫逮着了只肥耗子。

埃德加·N在研究什么呢?我自然感到好奇,而且现在仍很好奇,虽然我已隐隐约约猜到了答案。]

⋯⋯

[接下来这份文件,与先前看的都不一样。这是本小册子,有几页厚。我就是在翻开它时停了下来,皱皱眉头,拿起包裹封皮瞧了瞧,才意识到自己不经意间侵犯了别人的隐私,但几乎又立即拿定主意要继续看下去。说"拿定主意",并没有传神地描述当时的心情,因为我感觉迫不及待,好似别无选择一样。我这么讲,只是想粉饰自己本可避免的偷窥勾当罢了,所以就说"拿定主意"吧,虽然当时心里还在打着小鼓。总之,我继续看了下去。这份文件双面打印,类似传单。下面的第一行字使用了大号红色字体,兼作小册子的封面。]

急件:目击报告

第一目击者:FR 第二目击者:EN

1988年2月11日,星期四,大致在凌晨3:00到5:17之间,邻近SE18邮区普拉姆斯特德大街南侧,害茧路现身了。

由于空间有限,害茧路的形态发生了扭曲,比起上次出现时的形态甚至缩短了(巴特西1983,详见《VF索引》)。它一头邻接普利特路44号和46号之间,距桑德斯路北端约四十英尺;另一头则横插在里珀尔森路30号和32号中间,呈压扁的S形(详见所附地图)。[未见地图。]

害茧路分别将两条街道一截两段,交接处原先高低错落的房屋如今隔路相望。里珀尔森与之相接处一侧房屋无人居住,我们暗访了两条街上的居民，询问对邻街的意见，受访者却反应淡漠，没有过多评论。例如：FR询问一名男子是否知道"那条胡同"的名字，他瞥了一眼自家旁边新冒出的街道，耸耸肩回答说："谁知道谁是小狗。"当然，这也是VF出现地周围通常收到的典型回应（详见B.哈曼，《谈视若无睹现象》，BWVF工作文件5号）。

只有普利特路上一名三十五岁的男性居民是个例外，他所住的砖房恰好毗邻新出现的害茧路北端。据研究人员观察，他去桑德斯路的途中横穿害茧路，在新出现的街沿上绊了一下。他低头看看沥青路面，又抬头看看街道连接处的砖砌墙角，踟蹰四五步，神情迷惑。他顺着害茧路望了望，却没有走进去，又回头看了两眼，才继续赶路。

[至此，是小册子前半部分内容。这里夹了一封折起来的手写书信，因此我决定照顺序抄下来，夹在正文中间。内容如下：

查尔斯：

时间很赶，非常抱歉没能及早与你联系——显然电话是不行的。我告诉过你，我能搞定一切：菲奥娜是我带到现场的，但出于政治原因，我只能退居其次，将她列为第一目击者。查尔斯，我们马上就要进去了，告诉你吧，就连我站在这里都能看到证据，这是真的。下次你也来吧，下次，或者现在就来！我给你寄特快（当然了！），你收到后就赶紧过来。不过你也知道害茧路的德性——老爱东奔西跑，等你来时它兴许已经走了。但你可以来找我！至少我会在这儿。

埃德加

这张信笺底部附有评论，是包裹附言作者的笔迹：

寻找杰克

这个杂种!没记错的话,他写这封信的时候,你俩已经分道扬镳了吧?他当初那样排挤你,现在怎么又来惺惺作态?

继续小册子的内容:]

初步调查显示,普利特路上被害茧路分隔开的房屋出现了新的外墙,是平坦的混凝土墙面。而里珀尔森路上那两扇新外墙却与其房屋正面类似,是砖墙,带有VF形态的典型印记,顶端开了许多小窗,透过窗内悬挂的网帘看去,里面空空荡荡。(详见《论新壁饰变体》,H. 伯克,WBVF工作文件8号)

站在与之交叉的街上可以看到,害茧路的内部结构具备VF形态的一贯风貌(换句话说就是显然无甚新意),符合早期文件记载中形态学的相关描述。由于它本次现身期间长度缩短,FR和EN得以开展鲍厄里回声实验,二者分别位于VF的两端,向对方喊话(最终迫于客观因素停止)。[这里又插入埃德加的笔迹:"一个地痞威胁我说,要是不闭嘴就做了我!"]声音传过害茧路盘曲的外形,两人都能听清对方。

接下来将有更多实验。

⋯⋯⋯⋯⋯⋯⋯⋯⋯⋯⋯⋯⋯⋯⋯⋯⋯⋯⋯⋯⋯⋯⋯⋯⋯⋯.

[看到这里,我浑身发抖。我不得不放下材料,离开屋子,喝点水,强迫自己呼吸慢下来。我忍不住想多加两句,想说说看了这些文件以后,心里突然冒出来的姑妄推测,但又觉得还是别讲出来为好。

紧随目击报告之后的,是另一份装帧相似的小册子。]

急件：调查中止报告

涉及人员：FR、EN、BH［这里又附了一则新的评论，出自查尔斯未具名的寄信人之手。内容如下："真不敢想象，布莱恩取代你成为新宠，你该有多么黯然神伤！你究竟做了什么，把埃德加恼成这样？"］

1988年2月13日，星期六，晚上11：20，在害茧路与里珀尔森路交叉的那头，对它进行初步考察，拍照确认这名VF的身份（见图1）。［图1是一张影印照片，清晰得出人意料，照片上是一块立在墙边的街道牌，下面支着两根高及腰际的细柱子，不知是金属还是木质。图片的拍摄角度挺特别，我想是因为拍照人所站位置不在其正前方，而是稍远的里珀尔森路。标志上用罕见的老式衬线字体写着"害茧路"。］

一行人正准备进一步考察，却突然发生了那种事，至少出现了些预兆，导致出发时间推迟，小组赶紧在普拉姆斯特德大街的一家午夜咖啡馆重新集合。［"那种事"是什么事？明显的闪烁其词，让我觉得文件作者在撰写时刻意避讳，而这份报告的读者，或者其中一部分人能心领神会。这份文件在科学的精确中掺杂了含糊，甚是奇怪——竟连咖啡馆的具体信息都不提供，着实令人惊讶。但始终萦绕我心的，是对"那种事"的隐瞒，似乎蕴含着不祥。］夜里11：53，小组回到里珀尔森路，此时害茧路已经消隐，众人大失所望。

［这份资料结尾是两幅黑白图片，没有注释或说明，都是白天拍的。左图上是两座房子，一条小街从中间穿过，两旁林立着有上百年历史的低矮平房，街右边似乎拐了个陡弯，但太远看不清楚。右图上也是两座房子的正面——从窗户的裂缝、窗框下的一抹涂料污迹、低矮的前花园、明显疏于打理的醉鱼草丛可以看出来，就是左图那两座，但二者紧密相邻，中间没有被分隔开，更没有街道横亘其间。］

［这就是说……

我停了一会儿，必须休息一会儿，接着又忍不住继续看下去。

单页纸。除名字之外也是打字机打印，这次是电子打字机。］

你看出来了吗，查尔斯？害虫路中段的损伤，就在那儿，报告中的照片上很清楚。［他一定是指左边那张。我使劲瞧了它好多眼，瞪大眼睛，还用上放大镜，可看不出来什么。］跟占卜山口道的石板一样——我曾经在藏品里指给你看过。你看它的纹路和疤痕，那么清楚，虽然连一个该死的保管员都没发现。害虫路不止是路过而已，它在休息，在修整，它被攻击了。我的看法没错。

埃德加

［我继续看下去。

下边的几页虽然没有署名，但从打印字体判断，来自埃德加的另一封信。］

……我所能找到关于它现身的最早记录，是在18世纪初（一般说是1790年或1791年之类的——放屁，那只是基于档案的官方说辞——我的说法还没得到证实，但相信我，没错的）。我们发现，光荣革命过去仅几年后，安东尼娅·切斯特菲尔德在日记里提到"一条街在滑铁卢广场和蓓尔美尔街之间上窜下跳，一副老鼠的德性，名字叫害虫，可就真是只实至名归的害虫。当心——摸一下老鼠，老鼠会咬人，大家发现，不仅耗子会咬人，害虫的流浪同胞也会咬人"。这里讲的正是害虫路——切斯特菲尔德夫人所在组织就是本协会的前身(压根没听到她抱怨协会名称——菲奥娜,记清楚了!)。

瞧瞧她的发现,我想她是第一人,但也说不准,查尔斯,整理相关数据真是相当棘手,不过,看看另外这列候选名录吧。荚壳路、网膜街、刺伤街、畸语大道(我觉得最后这个非常贪得无厌)等等。目前的研究显示,害茧路和刺伤路在那个时期水火不容,不过,如今它们基本上完全握手言和了。不足为怪:这年头,独巢路才是大反派——还记得1987年吧?

(顺带提一下,说起害茧的第一次露面,我寄给你的早期密卷资料你通读过吗?

斯员查勘缩影路
迟暮路隐无觅处

十四世纪,想象一下,我跟你赌一块钱,肯定有满腹牢骚的不列颠检察官写信抱怨密特拉神庙周围出现的迷途小巷。但在切斯特菲尔德夫人之前,鲜有人谈及它们之间的争斗。)

不管怎样,你明白我的意思了吧。惟有这样我们才能解释,解释我长久以来研究的所有一切。群路在交战,我认为它们一直有打斗。

这里没有愚蠢的民族主义,因为

[本页到此结束,下附另一则消息,显然是对这封信的评论,来自CM未具名的寄信人。"我相信,"他/她说,我认为字迹出自男性之手,但这个推测不一定准确。"一段时间之后,我才终于相信埃德加的交战理论。可我了解你,查尔斯,跟你说'纯研究'简直就是对科学的侮辱。我知道埃德加在做什么,但看不出你与之有何牵连。"]

....

寻找杰克

急件：异乡来路报告

1992年6月17日，星期三

我们反复收到有关国际访问的报告，并力图确认。访客落脚之处，位于威尔斯登公园和多利士山之间某地（具体细节不明）。它叫紧张街，来自克拉科夫①，据我们工作于合作研究社②的同志描述，是一条善变的中世纪小巷，非常难以捉摸。初期报告接近合作研究社对它的描述，可惜事实证明无法拍照。我们仍在努力，希望能抓拍到这名行踪诡秘的新来客，甚至计划一场徒步考察，如果风险不太大的话。

没有伦敦街道去过别处稍事逗留（也许反而是万幸——1956年，新月堡的造访就导致了著名的BWVF芝加哥分部大分裂），但过去的十年间，另有六条异国野生道路来访伦敦，均有案可查。详见下表。

日期	访客名称	常住地	备注
1982/9/6—1982/9/8	魅力大街	巴黎	在尼埃斯登逗留三天，从NW10邮区的普劳特路南侧伸出，逗留期间一直安居不动。
1984/1/3—1984/1/4	西五街	纽约	生性好动，在坎伯韦尔和海格特各地乱跑，一处待的时间不超过两小时。
1984/2/11	咆哮大路	柏林	相对宽阔的一条大道，路上空旷的店面横切过伦敦东区弓路火葬场的北面，待了半天后，趁夜深搬到西德纳姆，在敝街陋巷间移动了三个小时，主要是为了躲避调查人员。

---

① 波兰城市名。
② 指位于波兰的姊妹研究机构。

续表

日期	访客名称	常住地	备注
1987/10/22，1987/10/24	愚人路	格拉斯哥	这是条狭窄的鹅卵石小巷，粗看之下，似乎只是屋后偶然留出的空隙。它于周四上午出现在W1邮区，从旧康普顿街中段探出，当天偷偷摸摸往索荷区深处推进，周五消隐，周六再临，直插入皮卡迪利广场南侧，之后消失。
1990（？）/4/15	本源大道	巴黎	这条野道与众不同，它不是调查人员发现的；当时有一位独具敏锐力的市民，询问卡特福德中心地区何以冒出一条法文名的街道，而且规模宏伟，建筑独特，从而引起了协会的注意。
1991/11/29—1991/12/1	静梦小路	加尔各答	由灰白黏土构成，坚实的土路表面被矿车碾出条条车辙，在它穿越卡姆登和康蒂什小镇溜达的途中，TY和FD对其作了详尽的记录。

[一张厚厚的签收卡，上面盖的章模糊不清，左栏均为粗体字打印，右栏用碳素水笔填写。]

BWVF藏品

时间：1992/8/7

姓名：C.梅尔维尔

经手保管员：G.本尼迪克特

出借物品：藏品117号，半块石板，采自占卜山口道，1958/11/7

藏品34号：一块玻璃碎片，采自网膜街，1986/2/8

藏品67号：一把套铁圈的钥匙，采自刺伤街，1936/5/6

寻找杰克

［下一封信的信笺上有抬头，印刷精美。］

野 生 道 路 研 究 学 会

亲爱的梅尔维尔先生：

　　多谢你发来消息，恭喜你有访客到来。1988年，我们巴黎也曾有幸与这条俊俏的波兰街道相遇，可惜我没亲眼见到。

　　我可以证明你是对的。本源大道和魅力大街都流传出他们的故事，我们称之为骑师，有人认为他们生活在这样的街道上，凭自己的意志驾驭它们移动，但这些只是童话故事而已。巴黎的野生道路上没有这种人，我认为伦敦应当也没有。没人知道这些街道为什么那时去了伦敦，一如没人知道为何十二年前，你们的纠缠大路会到今新凯旋门附近地区移动。

你真诚的

克劳岱·桑蒂尔
1992年6月20日

....

［一封手写的信。］

我亲爱的查尔斯：

　　我完全理解你受冷遇的委屈心情，并为此道歉。我认为，重申我们之间的分歧没有任何意义，而由此招致的不快的小摩擦，就更不值一提了。但是，我看不出你的这些调查产生了什么成果，何况我也没有足够的年月，或者足够的勇气，来支持你的想法（要是我年轻些就好了……啊，可话说回来，就算我年轻一些，难道就能掌握好分寸吗？）

　　入会期间，我参加了三次徒步考察，也亲眼见证了道路给彼此留下的伤痕。我追踪到了交战者的身份，也发现对峙阵营成员摇摆不定。与此相对，你的论调背后有什么证据支撑呢？为什么大家要听从你的直觉，摒弃那些或许生死攸关的告诫？我们的工作是带有危险的，查尔斯，你急于推翻的那些条条框框，它们的存在是有原因的。

当然，没错，我听说过你所有的故事：街道出现时华灯闪烁，屋里还有人居住！轻摇路的墙外，仍能听到古时摊贩的吆喝声！还有道路骑师！我不是说我不相信——实际上，就跟你所谓草木灰街和倒霉路恋爱、云雨、生下害茧路的故事，以及关于野道们消隐后去处的故事一样，信或者不信，说不出所以然来。我无从判断。那群神秘住民和驯路师的故事也许是真的，但只要迷雾没拨开，你就等于一无所获。我很乐意旁观，查尔斯，但不愿牵涉其中。

英明的上帝呀，谁知道这些街道的日程会是怎样的？查尔斯，你当真，当真打算冒险进入吗？不顾规定吗？不参考你所做的详细阅读和广泛听取吗？你会冒险加入某一阵营吗？

抱歉，爱你的

埃德加

[还有另一则手写的便条。我认为是埃德加的手笔，但也很难确定。]

1999年11月27日　星期六

害茧路回来了。

[现在我们已临近文件的尾声。包裹里的下一份材料，外观和小册子的装帧与目击报告相似，封面一角有一条粗黑线标记。]

急件：徒步考察报告

考察人员：FR、EN、BH（笔者）

寻找杰克

1999年11月28日，星期天，晚上11：20，笔者一行沿害茧路进行徒步考察。大多数成员都会意识到，本次调查的氛围非比寻常——自野生道路有史可考以来，档案中从未有记录表明野道会重返上次现身的地点——随之也将带来悲剧的结论。此时，害茧路重新出现在普拉姆斯特德地区的普利特路和里珀尔森路之间，同它曾于1988年2月落脚的地点分毫不差，令人深为震惊，也使得本次徒步考察势在必行，奈何筹划上过于仓促。

FR作为接应，仍然留在里珀尔森路（扎营地点在仍旧无人居住的32号前院）。BH和EN携上工具袋，系好索具，带上绳拴箱，外面罩上一件理事会工作服，出发。他们的安全绳拴在FR旁边一根栅栏桩上。三小时的步行途中，两人通过无线电与FR保持联系。

本次现身的害茧路全长约100米出头。[此处有改动："你能想象埃德加也用上公制单位了吗？这是在向谁致敬啊？"] 我们缓慢前进。[这里插入又一句："啊，人心善变。"现在我越来越反感这些打岔，因为我老觉得它们非看不可，这就破坏了阅读的连贯。这些字句满口幸灾乐祸的意味，隐隐透出深藏不露的嚣张，我觉得就算是查尔斯·梅尔维尔本人也会如我这般动怒。为保持连贯，下面我把这句再抄一遍。]

我们缓慢前进，走过害茧路上未画线沥青路面的中央，保持与两旁的街灯等距。这些灯与附近街道上的并无二致。两边都有房屋，所有窗户都没亮灯，看上去挺像维多利亚时代，葡萄酒产区下层工人居住的小屋（虽然有关害茧路最早的文字报告始于1792年——它外表上明显的沧桑使我们相信

[后面几页都没有，手里的报告就此结束了，我深感失落。不过，资料当中还夹了个小信封，装着些照片。一共四张，效果都糟糕得出奇，闪光要么太近，要么太远，因此照片的主角要么曝光过度，要么笼罩在黑暗中朦胧不清，不过还是勉强能分辨出来。

第一张是堵疮痍的砖墙，布满砂浆剥落后留下的斑驳印记。街牌斜横在照片上，是俯视的角度，上面写着害茧路，用一种老式的铁线字体。照片背面用圆珠笔写着：标志。

第二张照片是顺着街道拍的，几乎看不见什么东西，只有黑暗中描出的浓黑色透视线条。所有房屋都不带前花园：大门直接对着人行道，全都关得死死的，至于是这样关了数个世纪，还是新近关闭的，自然不得而知。考察人员和房屋之间没有了荒芜的花园，门显得阴森可怖。这张图片背后写的是：街道。

第三张是一座房屋的正面。它受了损伤，黑洞洞的窗户裂了，砖弄污了，掉落的房顶砸得下方的墙砖崩裂。背面写着：伤口。

最后一张照片，是绑在登山扣上的绳端，握在一个年轻人手里。绳子磨毛了，散出几丝纤维；金属扣夹诡异地扭成了螺旋形。照片背后什么都没写。]

\...

[接下来是包裹里最后一张纸。没标日期，字迹和其他的都不同。]

你做了什么？怎么做到的？你这个杂种，到底做了什么？

我看到了证据。埃德加说得对，我亲眼看见了害茧路的伤口。你是知道的，不是吗？

你对害茧路干了什么，把它伤成这样？你对埃德加做了什么？

你想拍拍屁股就走人么？

\...

没有别的了。看完后，我急急忙忙地四处寻找查尔斯·梅尔维尔。

我想，既然他们不允许通电话，那么禁令一定也延伸到了电子邮件和网页。当然，我曾在线搜索BWVF，试过"野生街道""野生道路""野生通衢"等等，一无所获。直接输入BWVF，出来的都是轿车或者技术文章。我还试了"野生街道见证人协会"和"野生街道观察员协会"，也没蒙对。实际上"野生街道"搜出了几千条结果：那些文章，有的讲述新奥尔良的马蒂·格拉斯狂欢节，有的谈到硬核的无目的漫步，有的提及老式电脑游戏，还有一篇关于冷战的文章，全不挨边。

残缺不全的材料中提到的那些地方，所有的目击地，我都一一走访了。数个周末，我徘徊在伦敦南端或北缘那些狭窄凌乱的偏僻小巷，有时也去静谧的林荫道，甚至有一次（探寻愚人路的故址）走过索荷区中心。我想，我必须时常回普拉姆斯特德看看。

我会一遍遍拿起里珀尔森路的对比照片，看着同样的那两幢房屋，门窗紧闭，阳台完好无损。

为什么我没有把这些东西全部重新封装好，转寄给查尔斯·梅尔维尔，或者亲自送往他的住所呢？包裹上的地址是××福特路，却误投到××里路。可是伦敦没有××福特路。我不知道怎样才能找到查尔斯。

另有一个理由令我犹豫，那就是查尔斯开始让我感到害怕。

前几次漫步途中，我仍感觉像是要见证某出弑父情结的戏剧，还秘密地拍了照片。然而，屡次重读这些材料后，我意识到，最重要的不是查尔斯对埃德加做了什么，而是他如何做到的。

我在普拉姆斯特德大街所有咖啡馆用过餐、喝过茶。多数店面都平淡无奇，一两家特别糟糕，一两家非常不错。在每一家喝完茶后，我都会问老板是否认识一个叫查尔斯·梅尔维尔的人，问他们是否介意我张贴一张小启事。

启事写道："寻找 CM。我有一些你遗失的文件——各地地图之类的，还有错综复杂的街道！请联系……"下面留了我申请的匿名电子邮箱。然而，杳无音讯。

我越发静不下心工作。这些天里我对转角非常敏感。走在路上，我会留神盯着脚下街道与另一条道路相交的墙砖（或者混凝土、石料）的边缘，努力回忆之前是否看到过它。步行途中，我会突然抬头，想截获什么倏然闪现的东西。我总恍惚看见鬼鬼祟祟的动静，猛然抬头却只看见风中的树枝或打开的窗户。我至今仍心存焦虑——或许我应当实事求是地称其为预感。

就算我真的看到了别的东西，又能做什么呢？也许我们，我们大部分人，与他们并无交集。他们动机隐秘，超乎想象，正如我们无从得知古人为何用砖砌狮身人面像。倘若他们对我们真的有所顾忌，我怀疑他们在乎的也不是我们的利益；我想正是那种冷漠在我心中滋生出了无法平静的恐惧，也让我愈加好奇查尔斯究竟做了什么。

我说贴出启事之后杳无音讯，其实不太准确。事实上，2001年4月4日，也就是收到第一件包裹五个月后，又来了一封给查尔斯·梅尔维尔的信。当然，我立即打开了。

只有一页，手写的，没留日期。我现在正看着它呢。内容如下：

亲爱的查尔斯：

你在哪儿呢，查尔斯？

不知你现在是否知道——我怀疑你已经得知——你被协会开除了。没有人说你应当为埃德加的意外负责——没人敢说，否则就是对你一直从事的研究有了太多认可——所以他们的理由是你长期拖欠会费。我知道，这很荒唐。

我相信是你做的。我从没想过你能做到——其实我以为没人能做到。那儿有别人吗？你有伙伴吗？

如果你收到信，请回答我。我想知道答案。

你的朋友

令我惶恐不安的不是信的内容，而是信封。这封信贴了邮票，盖了邮戳，投送到我家，收件人写的却是"害茧路　查尔斯·梅尔维尔"。

这次误投很难再假装是巧合。要么是皇家邮政在错误投递史上显示出前所未有的执着，要么就是我被人盯上了。如果后者为真，我不知道盯上我的是谁或什么组织：是恶作剧，还是目击者，或者组织中的叛徒，甚至研究对象。不论这些信是他们人工投的，还是别的什么奇异方式，我对这些寄信人都无计可施。

所以我把这些资料都公布了出来。我想不通寄信人想从我这里得到什么。也许这是场我没有通过的测试；也许他们打算拍拍我的肩膀，低声邀我加入，也许这些是发给新会员的手册，但我又把这些猜测否决了。我不知道为什么他们要给我看这些，难道我是他人计划中的什么棋子吗？这想法让我害怕。我不愿意独享他们的秘密，希望把它尽量广泛地传播出去。我要保护自己，而这是我能想到的唯一办法。（也不排除另一个可能，兴许这么做正中他们下怀。）

对于这些，我不能说查尔斯·梅尔维尔欠我一个交代，但我希望有机会劝他向我解释，我理所应得。他的文件还在我手里——如果正阅读本书的你知道怎样能联系上他，请告知我，我好还给他。可以通过本书的出版商与我取得联系。

我说过，伦敦没有××福特路。我走访了所有名字和它沾边的地方。我去过××法斯特街、××兰德街和××内尔街，还有××尼尔路、××霍德路，以及××登巷，登门拜访与我家相同或相近的门牌号，甚至还去了些名字差得挺远的地方。没人听说过查尔斯·梅尔维尔。事实上××法斯特街××号已经不存在了：由于街道翻修，它已被拆毁。于是我陷入思索。你不必怀疑，我陷入了思索。

"××法斯特路怎么了？"我想道，"它的前路是什么样？"

我无法得知查尔斯·梅尔维尔是否伤害了害茧路，是否驯服了它，是否驾驭着它像野马一般穿过城市，奔向远方。我无法得知他是否加入某一阵营，插手伦敦野生街道冤冤相报的野蛮战争。又或者他和埃德加都错了，也许根本没有争斗，野生街道只是和平的浪客，而查尔斯只是厌倦了离开。也许根本没有这种野生的街道。

我无从得知。然而我发现自己仍在思索，想知道在这个街角和那个街角附近，有什么新闻在上演。我居住的××里路尽头正大兴土木，戴着安全帽的人们爬在脚手架上，拆除摇摇欲坠的危墙，或粉饰一些小到没有名字的空寂陋巷，狭窄到只有猫能挤过去的隙口堆满垃圾，尿臊刺鼻。他们快要下班了。他们看上去是在翻修街道。我想他们会拆掉一座空房，拓宽巷道。

我们处在新的时代。也许野生道路变聪明了，行踪诡秘。也许他们当今的现身换了新的方式，披上平凡的外表悄悄溜进，不是突然出现，而是经历绵长的时间，由我们引领进来，身置梁桁，铺上全新的水泥和块石路面。我心里生出一个想法，查尔斯·梅尔维尔是不是派害茧路来找我，伴着轰隆隆的搅拌机和钻机悄然来到我的身边。我又想到另一种可能，这次也许不是现身，而是消隐，查尔斯唤醒了我的家园××里路的野性，它打起呵欠，很快会像狐狸一样浑身一抖，嗅嗅空气，前往野生街道休养时间之外去的未知所在，我和邻居们像跳蚤一样在它背上颠簸流离，几个月后，它突然天衣无缝地与另一条正街为邻，左右分别是爱尔兰博彩公司和殡仪馆，××里路将与独巢路凶狠厮杀，你来我往，双方窗碎墙裂，两败俱伤，偶尔回来休养。

召唤兽

巫师得能镇住客户。替他安排见面的经纪人告诉他，这位女客户非常老——"至少一百岁"——而且有种说不出的咄咄逼人的气势。巫师直觉出一丝不寻常，钱权之类的。他辛勤地做了仔细的准备，并坚持在经纪人预定时间的一个月后见面。

他的作坊是一间小屋，位于伦敦北部公用地上的一座花园棚。客户走过一块块种植红花菜豆和西红柿的菜地，走过凌乱的耕用蔬菜地与搭架，走过巫师的邻居身边，那些人比她年轻几十岁，但已然很老。他们在照料篝火，礼貌地把视线转开。

巫师准备就绪。狭小的木头房子重新刷漆，前窗糊暗。箱子码得整整齐齐。施术所需的草药和有机原料都收拾整洁，摆放在显眼位置——利爪、皱得像毛巾的可怕兽皮、紧封的瓶子，还有小心堆起来的药粉和各类物件。老太婆一一仔细察看。她盯着一只脚有残疾的鸽子，健全的那条腿用细链拴在栖木上。

"那是我的召唤兽。"

老太婆没有答话。鸽子"啪"地拉了一泡屎。

"别跟它对视，它会偷走你的灵魂。"巫师在鸟面前挂上一块黑布。他也不愿直视客户。"它是个蛇怪①，不过你现在是安全的，我把它藏好了。"

天花板上悬挂着一盏枝形烛台，由残破的衣架和数块瓷片拼凑而成，上面燃着三支蜡烛，烛身上附了一溜蜡油疙瘩。滴下的蜡油在木桌上积起几个小尖堆。巫师就在火光的摇曳中开始施行法事，摆弄木橛形状的符咒。他摇动比萨店里拿来的佐料瓶，给客户提供的照片撒上碎叶、尘土、塑料末。

很快起了效果，就连冷峻的老太婆都显示出兴趣。空气干燥起来，炽燥的感觉往四周扩散，棚屋闷如机舱。架子上传来噪声：干制的动物器官焦躁地抖动。大多数法事都不至于做到这种程度，但巫师的预期还不止

---

① 在中世纪时期的绘画、纹章、雕刻、建筑中大量出现的鬼怪形象，拥有公鸡的头和腿，蛇的尾巴，身体像鸟，却浑身覆盖蛇的鳞片。其目光和气息有令人石化或致死的能力。

寻找杰克

于此。

热气当中,蜡烛变得晶莹。蜡珠一串串往下淌,层层堆叠,尖端承不住地向下滴落,溅开的印渍迅速凝结。烛台底部的"蜡钟乳"不断长长,好似烛架下巴长出了胡子。蜡烛燃得太快了,蜡油流泻而出,先前还是细细一条线,不久就积附了手指粗。

三堆蜡块大小各不相同,互相缠绕,现在偏向一边,没有正对着桌面。尖端的蜡油滴滴飞溅,似乎坠落的不是油脂,而是端头上开了几张小口,口中淌下涎水。接着出现了舌头,前后伸缩,随后形成苍白的眼球,包裹在瞬膜[①]里。这堆东西忽而像是随机造型的雕塑,忽而又像是生龙活虎的有机体。它们末梢源源汇积的蜡油,好似奶白色小蛇聚成一穗,有几英寸变成了活的肉体,身体与蜡交融,紧附其上。它们出于本能扭动着饥饿的身体,发出嘶嘶响声。

老太婆尖叫起来,巫师也失声惊呼。不过,椅子上的他把叫喊转为了吟唱,他微微晃动身体,那一窝垂悬的蜡蛇纷纷把注意力转向了他。黑色布帘背后传来鸽子的悲啼。烛台下的蛇群伸长了头想攻击巫师,却够不着。它们的毒液滴上他施法用的药粉,混合成湿黏黏的泥团,下方,老太婆的照片起了变化。

就代人祝祷而言,巫师自己也觉得这系列法术有些虚张声势,甚至奸邪;但报酬丰厚,而他也知道,为维持名望,必须震慑客户。仪式持续了不到一个小时,蜡蛇嘶声不断,毒液渗漏不止,鸽子的惊恐一刻不停。最后,巫师无力地起身,大量汗水让他像融化的蜡烛一般发光。他以快如闪电的速度直冲过去,群蛇还来不及进攻,便被一斩两段,身体与蜡堆分离开,掉到桌上表演垂死的蠕动,切口流出浓稠的苍白血液。

客户微笑着站起身,拿起群蛇的半截尸身和照片,小心地不碰到上面的污秽。她眼神清澈,心情愉快。巫师打开门,被亮光刺得一缩,而她则

[①] 脊椎动物中的无尾两栖类、爬行类和鸟类等特有的一种半透明眼睑,可以遮住角膜,借以湿润眼球,却又不影响视线,有保护整个眼球的作用。

直面天光跨出门去。他告知她回访的日期，接着目送她走过菜园，等到她消失在视线之外，才再次关上棚屋的门。

巫师收起遮挡的布帘，准备杀了这只惊慌的鸽子，可他盯着斩断蛇群后剩下的蜡簇，便打消了念头，开窗让鸟儿飞了出去。他到桌旁坐下，呼吸沉重地望着棚屋后部的箱子。空气平静下来。巫师听到抓挠声。声音来自一个塑料工具箱内部，那才是他隐藏起来的真正的召唤兽。

他真有召唤兽。他曾考虑过很久，大致知道它会引导他获得更强的法力，就是这种信念支撑他忍受住召唤术带来的痛苦与厌恶。聆听着那诡异的沙沙声，他抚摸着大腿和胸前的血痂。这些地方多半会留疤。

技术方面他没有找到精确的信息——都是些游民中代代相传的乡土魔法、记事本上删改重写的手稿、电话簿里的旁注。施术的细节均不明朗。巫师自我安慰地想，误解的错不在于他。他曾经期待前来的召唤兽会适合这间城里的作坊。他期盼能来一只皮毛肮脏的大老鼠，或者狐狸，或者鸽子，像他之前展示的那只就成。他还以为自己提供的肉团是祭品，没想到竟然是本体。

盖子打开，工具箱俨然一个小摇篮，召唤兽正在熟悉这个小天地。巫师看着它，感到反胃。它现在全身裹了一层灰，不那么湿漉漉的了。它侧身长出一溜难看的褶边，倒有些像海蛞蝓。它跟一只苹果差不多重，是巫师用自己的脂肪和血肉，糅合自己的痰和精液，再施以巫术聚合而成的。它蜷成一个球，忙着在牢笼的四角之间滚动。它在光亮之中抱成一团，软体不断抽搐。

即使把它藏在容器里，远离视线，巫师也能感应它的存在。他能感到它在身后的黑暗中摸索，正是由于这种感应，他才能一股血气上涌，变幻出蛇群，这是前所未有的能力。召唤兽让他恶心，令他胃部痉挛，使他厌恶，而他不清楚原因。出于职业需要，他曾给动物剥皮，有时甚至是活剥，对此他已习惯。出于仪式需要，他还吃过屎和车碾的动物尸体。然

075

而，那团自己的血肉却带给他无法抑制的憎恶。

那东西刚动起来的时候，他意识到那将是自己的召唤兽，立时尖叫起来，吐空了肚里的一切。现在他仍旧不敢直视，但强迫自己尽量去了解，到底是什么引起了他的厌恶。

巫师能感应到召唤兽求知的热情。就是对万物本能的好奇心给了它活力，它每次收缩，沿着塑料小囚室蠕动，那种无声而求知若渴的兴致仿佛也猛地一紧，传过巫师的身体，让他不由得深弯下腰，无言而炽烈的求知欲令他恍惚。巫师能感到它翻滚在尘土中间，逐渐了解尘土，开始是无意间使用了它，接下来是有意识地利用它。

他想要它的力量，以重现先前在老太婆面前的表演，虽然变蛇让他精疲力竭。他的召唤兽能操控事物，亦能协助人操控他物；它存在的意义就是变化、使用、领会。巫师垂涎它曾给予的力量，他闭上双眼，说服自己可以，能坚定意志。但一睁眼看到这团赤红的东西身裹灰尘探来探去，他又蓦地颓丧下来，心生疑惧。他感知到它的心思，空无一物。每次施法都得被嫌恶的念头穿身走一遭，他无法忍受，哪怕能借此获得强大的力量。它让他体内秽液逆流，只要召唤兽处在身边，每过几秒就得咽一口倒涌的胆汁。他时时感受到它热切的兴趣，就如恶臭一般，天知道怎会这样。不值得留下它。巫师做了决定。

可是，它杀不死，或者是他不知道如何才能杀死。巫师拿刀砍它，可它在刀刃之下分成两半，又融回一体，渴求地仔细研究着刀片，想抓住那块金属。

他抓起熨斗打它，它往后退缩，又重组身体物质，上前绕着凶器蠕动，打算把熨斗当滑板玩，糊得熨斗脏兮兮的。火烧只会让它略感不适，它在酸里也待得安安稳稳。面对种种险境，它都像对待灰尘一样细致研究，想加以利用，这种孜孜不倦的学习让巫师作呕。

于是他把那坨恶心的东西倒进麻布袋。他能感到它往麻布经纬的孔隙里挤，便迅速驾上车，工具箱摆在身边，里头的粗麻布拱来拱去（他不敢放在后座上，万一它跑出来，凑到他身边打量周围环境，就不能及时发现了）。

他将车停在大联盟运河畔时，几近夜晚。这里是伦敦西部的市政园林，两旁破旧的桥梁画满涂鸦，远远听到滑板公园中最后一伙小混混打闹的声音。巫师打算把召唤兽溺死。他倒是没有傻到认为真能溺死，但给这东西绑上一块重石，丢进冰凉的脏水，让他如释重负，不由得长吁一声。看着它被运河完全吞没，永远摆脱了。随后他溜了。

召唤兽惬意地待在淤泥中间，努力学习。它生出雏肢触探世界，毫无畏惧地舒展全身贴上袋壁。

它将新发现的一切与已知的一切相比较。它的力量就在于变化。它使用工具，除了实际使用之外，没有别的渠道可了解事物。世界充满了无限的工具。现在，召唤兽对尘土了如指掌，对刀和熨斗略知一二。它感知到麻袋的纤维纹理和水，尝试着使用它们，发现与以前使用的工具大不相同。

它爬出麻袋，在黑暗的泥泞中笨拙地划水，姿势丑陋。它认识了垃圾碎片和小型生物。不久它又发现，即使在如此污秽的河渠中也有顽强的鱼类生存。它小心撕扯开几条鱼的身体，学习如何利用。

召唤兽摘下它们的眼珠，糅在一块，提着视神经晃荡。接着它突出微小的细丝，对接上血块斑驳的神经桩。召唤兽的生命力迅速传染开来。它把眼珠吸入体内，第一次接收到视觉信号，虽然没有光（它正钻在淤泥里），也突然明白自己身处黑暗。它滚进浅滩，刚入手的角膜结构让它看到街灯光芒刺穿暗黑河水的景象。

它又返回去找到鱼的残尸（现在运用视力协助），把它们分解了个彻底。它把鱼皮的黏液抹在自己身上，把鱼肋骨一根根拧下来，像是拆解骨骼模型。它把鱼骨刺入皮下（随即便有毛细血管和微小的肌肉纤维偶然滑

077

入骨质），以此支撑行走，像海胆一样，一步一点地平稳前行。

召唤兽不知疲倦，几小时后就摸清了运河河床。它尝试使用发现的每一件东西，有的试用多种方法，有的与之组合，有的用过即弃。通过每一次使用和操纵（只有通过那样的操纵和变化），它从中读懂意义。它的基础学识逐渐积累，过目不忘，频频领悟洞悉，越学越轻松，深入愈加丰富的环境。它认识的第一样东西——灰尘，倒成了学得最费劲的。

黎明降临，召唤兽浮上水面，被水波冲入一个牛奶瓶外壳。它那丛小眼睛从瓶颈探出，用指甲剪做的嘴咬了一口。它采来大小恰到好处的石子，在玻璃瓶壁上敲出数个小孔，探出浸饱水的木枝和破钢笔，这就是腿了。为防止陷身烂泥，它用硬币和石片做脚，看起来连得不牢靠。它还把先前栖身的棕色麻袋拖在身后。虽没发现其用处，但它觉得好像对粗麻布产生了感情，尽管不知道这种感情如何用言语表达。

它的所有肢腿得到了彻底改装。先前那些它已然厌倦，在甩丢之前也一一钻入其中汲取骨髓。细如蛛丝却又较之强韧数倍的微小肌肉和肌腱植入各片琳琅小物，将之维系在一起，构成它的躯体，核心那块肉团也有所生长。

召唤兽仔细研究了青草，用粗糙的眼睛凝望飞鸟。它四处爬动，乐此不疲，像一只肢腿斑驳的甲虫。

整整一昼夜，召唤兽收获良多。它遇上了一些小型哺乳动物。它找到一窝老鼠，详细研究它们的器官。它把鼠尾制成捕捉触手，把鼠须改装成体毛，给自己换上更高级的眼睛，学会了使用耳朵。它把新发现与灰尘、刀刃、水、细枝、鱼肋、泡水的垃圾相比较，从而认识了老鼠。

它以执着的兴趣，领会了新入手的耳朵。伦敦的年轻人在花园里嬉戏，召唤兽躲起来倾听他们新潮的语言。从他们轮流的怪叫声中，它听出了规律。

花园里有捕食动物。召唤兽和猫差不多大小，有时会受到狐狸和狗的追赶。玻璃瓶甲壳已经装不下它，被撑爆了，它继而学会了战斗。它以瓷片、直钉和螺钉抓挠——并非出于愤怒，而是永恒的学习热忱令它开心。那无数垃圾做的腿载着它前行，稳当得难以置信，要是哪个前来进犯的跑得不够快，就会被逮过来仔细研究，加以利用。召唤兽指头尖利，是用狗牙做的。

召唤兽离开花园，沿运河河岸来到墓地，来到工业铁路线，来到垃圾场。它又变化了形态，给自己装上轮子，把血管和组织扎入一个手推车斗。到后来它丢下车斗，抽出身体时，轮子都渗出血来。

有时它沿袭工具原主人的用法，比如从鸟身上取下的腿（它驱动四只或六只鸟脚，像岩兔一样跳过报废的汽车）；有时也改变用途，它在烈日下用猫耳毛茸茸的耳尖给眼睛遮荫。

它学会了进食。它的饥饿和进食，也像以前的尘土一样，是一种工具：它不需摄入营养，这么做只是为了心理满足，如此足矣。它用湿毛巾的布条做了舌头，又给嘴里装上互相咬合的齿轮。轮齿在它口中转动、咀嚼，把食物碎渣送往后部的喉咙。

凌晨时分，在一块被化学泄漏污染的废地，召唤兽终于把运送它用的麻袋制成了工具。它找到两把破伞，一把只剩骨架，另一把还留着些布头。它忙乎着用发卡做的手紧握伞骨，利用鼠尾触手进行改造。它用有机根把麻袋布牢牢绑在上面，一边在心里操练积累的英语单词，一边进行精准细致的修理，几小时后，改装的雨伞在它的肩膀部位抖抖索索地开合，迎着一阵强风，召唤兽飞了起来。

它扑扇着伞面，活像在拍打弯翘的蝠翼。它的身体裹在油脂浸润的粗麻布中，像蝴蝶一样飞出杂乱的轨迹，用猫眼和狗眼盯着月亮，摊开无数的肢腿。它躲在城中灌木下捕猎，用荆棘抽打猎物，使之无法动弹；空中飞的，地上跑的，都被它悉数降伏。它飞掠过野猫群生的灌木丛地，在摩天大楼间疯狂振翅，每扇翅膀的收缩都扯得它在空中摇晃。它无声地吼叫

寻找杰克

着新学的词汇。

它只飞了两晚,就大得飞不动了,但它非常珍惜那两个晚上。它意识到自己的喜悦,并在生长途中保持愉快。盛夏里酷暑难当,召唤兽躲进葱茏蓬勃的醉鱼草丛中。它发现了贯穿城市的通道,住进垃圾场和阴沟,生长,变化,使用。

虽然召唤兽会定期换上新的眼睛,但旧的也仍然保留着,并往下移,这样,它的背上就有了一列眼珠,视力从上至下越来越糟。它学会了小心,而且理解深刻:他明白,即便是两条空空荡荡的街,危险系数也并非完全相同。它分析砖石与空旷厂房的基本性质,它在门口倾听,把塑料片卷成漏斗,利用锥形延伸听觉范围。它的词汇增加了,成为了一个地道的伦敦客。

召唤兽在经过的每栋房屋上做标记,像狗一样用塑料瓶做的腺体撒尿画地盘。它用獾的鼻子嗅探,使用采自垃圾山的污水与巫师的血混合成的液体,在平坦的北部城区中地铁跃上地面的地方,大致喷洒出一个圆圈。召唤兽宣告了那片高低错落的地景的归属。

这似乎是一项仪式。它观察过垃圾堆里的小型哺乳动物,明白地盘也是一种工具,它使用并掌握了,或者是以为自己掌握了,直到某天晚上,它巡查地盘时来到边缘所在的郊区范围,闻到了另一个臭迹。

召唤兽气坏了,怒火中烧。它窜进那间散发出陌生臭迹的院子,在里面大施拳脚,嚼碎轮胎吐出残渣。最终它俯身于不速之客的踪迹上,舔了舔,一波怒火涌过巫师血肉和垃圾拼合成的身体。新的气味竟比它自己的还要浓烈,混合的是另一种血。召唤兽开始搜寻。

踪迹延伸过后花园,直到篱笆那边,它轻松地跳了过去,尿迹洒过玩具和草料,印上花台和假山。目标很老练,挺难对付:从尿里都知晓了。召唤兽运用嗅觉追踪,掌握了这种技巧,并明白自己才是不速之客。

市郊的建筑杂乱无章,恶臭令人晕眩。召唤兽追踪到马蹄形的岩石上，无声无息。这是个温暖的多云夜晚，它躲在空寂的市政厅后，前面是硕大的标志和风化的涂鸦。它就此止步。气味无比刺鼻，那一味挑衅的药剂，让召唤兽内脏起泡，体腔膨胀，功能不全的肺肿得像风箱：它迫使自己呼吸，以此宣扬自己的反杀意图。

周围是一圈波状钢条和带刺铁丝。巫师的召唤兽侵入了别人的地盘。没有星星，没有灯光。召唤兽站着不动，呼出战书，气流飘过小竞技场，对面站着巨大的东西。一堆垃圾在移动，起身，转身，张嘴，接住召唤兽呼出的气体。它把敌意和着空气吸进嘴里，填进肚腹。它明白了。

夜幕渐深。召唤兽眨眨眼帘，那是雨水濡湿的边角皮革。它望着敌人舒展身体。

这是个老东西，一只老召唤兽，壮如牡牛，鹤立鸡群。它应当是在许久以前逃跑了，或是被驱逐出门，或是痛失效忠的巫师。它整体由残尸、木头、塑料、石头、铁肋组成，这团东西呈放射状凌乱地凑在一起，核心里那块裸露的肌肉足有一匹马大。它湿漉漉又血淋淋的眼球旁边嵌入了相机，镜头伸出，以生物电供能。这团庞然大物拍击着一部分手掌。

年轻的召唤兽直到此刻才明白，原来先前从未想过自己还有同类。它无声地思索着城里还有别的什么——还有多少召唤兽，曾因等级次劣惨遭遗弃。然而此时，地盘主人庞大的身躯朝它冲将过来，打断了它的思路。

那东西蹬着桌腿前进，人颌骨做的钳螯一夹，夹紧进犯的小东西，撕扯它苦心经营起来的肢体。

在生命的早期，召唤兽就学会了疼痛，这次攻击又教给它钻心刺骨的感受。攻击者吞下召唤兽的血肉，它感觉身上少了一块，蓦然明白原来自己也会有完蛋的时候，惊魂不定。

它的同类教它明白，拥有更大的躯体或许反而容易受伤。它只能背水一战。哪怕血流不止，臂残腿缺，眼球碎裂，精力耗散，哪怕眼前这个体积是它的三倍的东西张开大嘴，撑开巨剪，扬起以铁铲为梢的力尾，哪怕对手的体臭浓烈熏天，它必须奋起迎击。

081

寻找杰克

它失去更多肉体，感到更剧烈的疼痛。进犯的小东西身心飞散，感到快淹溺在对手的恶臭中了。它突然想到个主意，扬身将尿液喷入对方眼中，把体内残余的血污全数排出，接着滚身离开体液的弧线。那庞然大物笨拙地磕磕碰碰，却发不出声。在那看不见的一刻，它只得以口触地，听从舌头的指引。

召唤兽躲在它身后按兵不动。它像利用工具一样利用阴影和沉默，在巨怪追踪假臭迹的期间，融入黑暗，蹑手蹑脚，把感应纤维扎入地里，触到数英寸下方的管道，迅速探出粗如肚肠的触手连上塑料壳，将管道收纳为自身的肢腿器官，往前推去，到蹲伏的对手下方一英尺处猛然折断，参差的豁口往上顶出泥土，尖利的塑料头向上突刺，扎进老召唤兽令全身的那块肉体，直直插入肉团中心。受伤的对手挣扎着脱不开身，计谋多端的小召唤兽对准断管猛吸起来。

随着它体腔鼓凸，新的这条管肠末端产生负压，从敌手身上撕下块块血淋淋的肉体，对手在抽吸当中立即泄了气儿。召唤兽将血肉吸入埋在地下的管道，吸入自己体内，大口汲取，大快朵颐。

老召唤兽骑管难下，它想起身，但木头和金属的肢腿无处借力。它一面脱不得身，一面想把管子从土里拔出，可管子嵌得很深，根本扯不断。于是乎它想把自身血管穿入管道，以其之道还治其身，将管道变为自己的食管，吸干进犯的家伙，但年轻的召唤兽已将血脉遍布管内，那日薄西山的老东西压根拨不开。随着体内组织被对手夺去，两者须臾间质量对等，顷刻，不速之客的质量比对方更大，而且越来越大。

大团大团的组织进入年轻的召唤兽体内。它肚腹渐涨，凭借新纳的肚肠稳稳端坐地面。年老的召唤兽沉重地呼出微弱气息，肉体分崩离析，从插孔源源涌出，身子迅速干瘪下去。蜘蛛网般交错的血管干涸了，东拼西凑来的肢体和器官分解开，变回轮毂罩、屠场的遗骨、报废的电视机、工具、机械残骸，生命被吸取得精光，只剩下这些死硬之物。那些肢体散落在空白的地面上，空地中间插着一截断管。

接下来的整整一天，召唤兽都静躺着，直到天黑以后才有所动静。虽然它已替换了所有受损的肢体，但姿势还是一跛一瘸：它受了内伤，每次走动、渗血或爬行，都疼痛不已。它损失了不过区区几只眼睛，可接连好几个夜晚，它都虚弱得没法捕捉动物来补充。对手的工具它几乎都看不上眼，只取走了一块曾经用作钳螯的人颌骨。虽然算不上是奖杯，但还算有一定价值。

它代谢了吸入的大部分血肉，将之消耗（老召唤兽在维多利亚矿渣场成长的记忆，如消化不良般烦扰着它），但仍旧浮肿得不像样。它用玻璃片划开肿胀的身体，想释放压力，但流出的全是新身体的物质。

召唤兽仍在生长。自现身于运河以来，它的体形一直在增大。这场艰苦卓绝的胜利之后，体积更是突飞猛涨了几倍，但它知道，即便凭一己之力，终究也能达成。

敌手的踪迹逐渐干燥。召唤兽对此产生的兴趣，甚至超越了胜利的喜悦。它在一家汽车修理厂待了好几天，使用新的工具，组建新的身形，倾听人们的话语和机器的咔哒声，感受自身能量和意识的缓慢回升。就是在这里，它被巫师找到了。

一个老太婆来到它面前。在正午的热浪之中，召唤兽像玩偶一样懒散地坐着。它听到仓库和办公楼的屋檐之外传来教堂的钟声。老太婆步入它的视野，它抬头看她。

她在发光，似乎比身后的日光还要炽烈。她的皮肤在燃烧。她看上去七零八落，像是快要变换成别的东西。召唤兽不认识她，但记得见过。她迎上它的目光，用力点点头，走出视野之外。召唤兽累了。

"原来你在这儿。"

召唤兽疲惫地再次扬起头。面前站着巫师。

"不知道你去了哪里。像那样跑掉。"

漫长的沉默，召唤兽上下打量着来人。它也记起了他。

"需要你回来继续，工作还没完成。"

召唤兽的兴趣游离到了别处。它捣鼓起一块石头来，低头看着它，探出血管把它收纳成一块指甲。它完全忘了面前的人，直到思绪被他的声音唤回。

"一直能感应到你，你知道的，"巫师假笑着说，"就是这样才找到你的，不是吗？"他回头看着退出召唤兽视线之外的老太婆，"就像是听从我的嗅觉，我的意志。"

烈日炙烤着他们。

"气色不错啊。"

召唤兽望着他。它觉察到了什么，感到好奇。巫师往后退去，传来夏虫的扑棱声。老太婆站在车辆间空地的边缘。

"气色不错啊。"巫师重复道。

召唤兽把自己打造成了人形。它的中央肉团变成了几块条形的肌肉。它又用卵石做脚，双手是砖块上探出的骨头。它站直身有八英尺高，体内和体表包含了各类东西，不胜枚举。它头上顶着摊开的书籍，书脊朝上叠在一起，书页不停翻动，好似被清风乱拂。页面间缠满血管，脉血偾张，借以散热，书中大汗淋漓。召唤兽的狗眼聚焦在巫师身上，随后又看向烈日下逐渐升温的废车。

"啊，老天。"

巫师瞪着召唤兽脸部下方，惊骇得无法直指。

"啊，老天，你干了什么？"

召唤兽利用夺自对手的人颌骨做了自己的嘴。它将嘴一张一合，咧嘴笑了，露出三次易主的牙齿。

"你他妈的都干了什么，我的老天爷啊，你这杂种，啊，不会吧。"

召唤兽用书页做的头发为自己扇风。

"你得回来。我们还需要你。"他大致指着女人的方向，后者呆立不动,仍旧发着光,"没结束。她还没完工。你得回来。"

"我一个人做不了,做不到,她不肯再付钱了,这死老太婆要逼死我。"他饱含愤怒朝身后吼出最后那句话,但女人丝毫不为所动。她伸出手,向召唤兽挥舞一把腐烂的死蛇。"回来吧。"巫师说。

召唤兽这才又注意到来人并记起他,报之以微笑。

来人等着它答应。"回来吧,"他说,"你得回来,你他妈的回来吧。"他哭起来,召唤兽兴致大涨。"回来吧,"巫师扯下衬衫,"你长大了。你他妈的长个不停,我现在没有你什么都做不成,你也要逼死我吗?"

召唤兽的视线穿过巫师的胸膛,看到擎蛇的女人发着光。来人的身上出现不规则的坑洞,身体千疮百孔,却没有流血。两巴掌长的胸骨、几英寸的肚腹、手臂上的条条肌肉俱已消散无踪,像是血肉自行放弃了存在。伤口的排列杂乱无序。召唤兽津津有味地看着那些窟窿口。它能看穿巫师的胃部,本该连接小肠的地方成了一个洞,几乎看不到脊柱,本该立着几根椎骨的地方,完全是一片空荡荡。来人脱下裤子。他的大腿也被虚空击穿,不见了阴囊。

"你得回来,"他低语道,"没有你在,我一筹莫展,你要逼死我吗?让我恢复吧。"

召唤兽摸摸自己,伸出一根鸡骨头做的手指指着来人,又笑了。

"回来吧,"巫师说,"她需要你,我需要你,你他妈的必须回来。你得帮帮我。"他张开双臂摆成个十字,阳光透过他的腔洞闪耀,给他的影子各处点缀上光斑。

召唤兽低头看着黑蚂蚁在一截烟屁股旁忙上忙下,又抬头看着来人褶皱狰狞的脸,看着表情木然的老太婆像手捧花束一样抱着她的死蛇。它笑了,不带丝毫残忍。

"结束吧,"巫师朝它尖叫,"要是你不打算回来,至少给老子结束。"他跳着脚朝召唤兽啐道,怒不可遏,却又不敢碰它,"你这混蛋。我受不了了,你这混蛋,给老子结束吧。"巫师挥拳捶打赤裸的疮痍腰身。他伸手捅进心脏下方的空洞，手指触摸着体腔内部，撕心裂肺地嚎哭，面部扭曲。他的伤口并不流血，但他颤抖着收回手时，摸到内脏的地方湿湿滑滑，手被染成了红色。他又大喊出声，把血甩到召唤兽脸上。"你要的就是这吗？要吗？你这混蛋。要么回来，要么让它停止。做点什么，替我结束。"

召唤兽的脖颈骤然飞出一团乱线，散入周围绕着它的那一圈昆虫中间。每条蜿蜒浮动的纤维刺入一个小身体，拉回。苍蝇、黄蜂、肥蜂，一小块叮满飞虫的甲壳质卷入召唤兽喉咙底部，置于人颌骨下方。细如发丝的卷须一一清点过那团活生生的昆虫，掌管它们，使用它们，把它们变成一件工具。它们紧附在召唤兽的表皮上，适时地大声嗡嗡振翅。

振动回荡在它的口腔中间。它学着别人的样子张嘴，喉腔内昆虫的鸣声从嘴中传出，它改变口形控制声音。

"太阳。"它说道，那嗡嗡的话语声令它备感好奇。它指向天空，指向巫师赤裸残缺的肩膀之上，指向老太婆上方遥远之处。它闭上眼睛，又动起嘴来，仔细聆听那细微的字词。光线在残破不堪的旧车之间跳跃，召唤兽将它用作温暖皮肤的工具。

医学百科词条摘录[1]

[1] 本文所有尾注均为原注。

病名：巴斯卡德氏疫病，也称寄生词病

发源国：斯洛文尼亚（待考证）

首发病例：普里莫兹·扬绍，曾为布莱德城（位于今斯洛文尼亚北部）一名盲牧师的诵经使。1771年，36岁的扬绍离开布莱德前往伦敦。首次提及他在伦敦的记录，也即首次对巴斯卡德氏疫病进行描述的文献，是伊格内修斯·桑丘致玛格丽特·卡科瑟吉的书信，写于1774年2月4日。

症状：巴斯卡德氏疫病潜伏期可达三年，其间感染患者可见严重头痛。随后的发病期间，症状显示为大脑机能缓慢退化及严重情绪波动，可居于以下三者中任一情形：接近完全清醒、向尽可能多的人狂躁交谈、歇斯底里的高声谵语状态。塞缪尔·巴斯卡德将三者分别称为**迟钝态**、**预备态**和**全盛态**，这套饱受诟病的术语应是以疾病为出发点所定。

3~12年之后，病情进入晚期，历来的慢性心理崩溃发展进程明显加速，几月内病人即陷入永久性植物人状态。

依据旁人所述，患者进入神志不清的"全盛态"时，会反复念叨同一个词，即寄生词，每念一遍，会稍作停顿等待回应。如有听者重复该词，患者可见明显满足。

随后，模仿者中间将出现下一批感染者。

研究史：1775年，在受人敬重的威廉·海加斯医生坚持下，该症所有患者被移交出院，由塞缪尔·巴斯卡德医生照料。巴斯卡德对病患尸体进行脑部检查之后，认为发现了致病寄生虫，并以自己的名字为之命名。证据随后交由病原学专业委员会查验，发现寄生虫标本乃是用大脑物质炮制。巴斯卡德被指利用圆头螺钉钻穿大脑组织，并捏造出"寄生虫"。委

寻找杰克

员会随即将该疾病更名为"谵语热",并以"空气质量太差"作为病因敷衍了事。

委员会勒令塞缪尔·巴斯卡德交出扬绍,但他出示了相关文件,表明病人已不治身亡,并被埋葬。颜面扫地的医生随后退出公众视线,于1777年谢世。

他的研究由其子雅各布继续进行。1782年,子承父业的雅各布·巴斯卡德医生发表著名论文,证明脑组织"寄生虫"能独立在头部运动,故而患者大脑中盘绕出错综复杂的通道,这项发现震惊了医疗界。"因此,早前那位巴斯卡德医生是正确的,"他写道,"致使谵语胡言的,不是空气质量原因,而是一种贪婪的寄生虫——且具有传染性。"

有一个词,只要说出来,就能潜伏入说话人脑中并实体化。它迫使宿主对在场人一遍遍重复自己,以诱使听众跟诵。每说一遍就会产生一条新的寄生词,直到整个大脑都遍布坑道:如听者出于好奇或嘲讽而重复该词,只要发音准确无误,也会招致寄生词在他们脑中孵化。它与家父假说的寄生虫实为大同小异,鉴于病原确为寄生虫无疑,先父可谓蒙冤。

雅各布·巴斯卡德在论文中称,他多次趁扬绍处于"迟钝态"时向其调查询问,在不计其数的交谈当中,1780年的那一场奠定了这项发现的基础。扬绍告诉巴斯卡德,他的疾病始于在布莱德为主人读书的某天。当天他发现书页中夹着一张纸条,上有两个手写单词。扬绍念出第一个词,由此导致了已知首例寄生词病的暴发。接踵而来的头疼使他松开手,纸条滑落后便消失无踪。"不幸的扬绍,"雅各布·巴斯卡德写道,"将那几个字母转译为声音,从而接生了寄生词,成为它的首个宿主。"

小巴斯卡德的突破为自己赢得了赫赫声誉,同时也带来了污名,他承认协同父亲伪造死亡证明,并将依然在世的扬绍软禁七年,作实验对象。扬绍果在巴斯卡德宅邸地下室被发现,其时已处于疾病晚期,被送往精神病院，两个月后死去。雅各布·巴斯卡德则逃往慕尼黑人间蒸发，躲过了绑架、折磨、伙同伪造文件等一系列指控。

伦敦遭遇了巴斯卡德氏疫病的周期性暴发，直到1810年通过《谵语法案》，规定将感染者于隔音病室隔离的措施合法化。从此结束了大规模感染的时代，只有零星的隔离病例见于记录。

即使在关于该病症的学术探讨中，"邪恶词语"头上也总是盘绕着超自然的迷雾。二十世纪晚期，雅各布·巴斯卡德的第八世孙女玛丽埃拉·巴斯卡德医生的研究成果，才总结性地驱散了迷信。新一代的巴斯卡德医生于1995年在《柳叶刀》上发表开创性的文章《别傻了，是突触！》，文中证明该传染病无非是一种致人不快的生化反应（诚然极为罕见）。

巴斯卡德医生指出，伴随着人体的每个动作，包括话语，大脑里都会产生独特的神经反馈，由数千种细微的化学反应组成。她论证说，当寄生词以确切的音调念出时，随之产生的神经脉冲所具备的性质，促使不幸的说话人的神经纤维转为分离的自我组织簇。换言之，这些细微的化学反应把神经变成了寄生虫。条条大脑物质在大脑中穿孔，用自己新生的独立身体重新引导神经信号，夺取大脑控制权，周期性控制宿主行为，尤其是宿主语言，以满足其繁殖的本能。

依照雅各布·巴斯卡德论文中确立的形式，寄生词通常读作"沂轧浔砬"。编者撰之心存戚戚：过去两个世纪里，巴斯卡德氏疫病的主要传播媒介，一直是关于它的研究文献。

疗法：兰道夫·约翰逊在《病瘾者的忏悔》中称香柠檬油有一定疗效，这纯属谎言：目前巴斯卡德氏疫病无药可治。然而，有一种时常被提及的假说认为，如念出扬绍丢失的纸条上的第二个词，可对大脑产生某种程度的治疗效果：也许能激活吞食寄生词的天敌"猎手"神经突触。过去数十年间出现了多个版本的"扬绍纸条"，均系伪造。经历无数次仔细搜寻，扬绍的纸条仍杳无踪迹。

细纹

楼上的男孩端起弹丸枪朝路过的汽车发射土豆粒，我也参与了进去。我参与一切游戏，不作局外人，唯独在朋友们到黄房子的砖墙上乱涂乱画，去窗下偷听的时候，我拒绝加入。

有个女孩就此取笑我，却招来所有人纷纷叫她闭嘴。他们都护着我，尽管不明白我为什么不参加。

我最早的记忆，就是替妈妈造访黄房子。

每逢星期三早上，大约九点钟，我就会带上妈妈给我的一串钥匙，用其中一把打开那幢老朽建筑的前门。走进去，是一间门厅和两扇门，一扇破败不堪，通往快要散架的楼梯。我会打开另一扇门，走进漆黑的公寓翼楼。里面的过道没有亮灯，终日空气都是不新鲜的霉湿味道。我从没踏进去两步。溃朽过道掩藏在黑暗之中，看上去好似延伸出几码外就消失了。转身，正前方即是米勒夫人的房门，我会向前探身敲门。

这里往往有别人刚来过的迹象，灰尘中留下拖沓的足迹和小片垃圾。有时我不是一个人，偶尔会看见另外两个小孩在房里溜进溜出，还有少数大人也会来找米勒夫人。

公寓翼楼外的门厅里能碰到一两个，有时甚至在翼楼里面。他们总是懒散地靠在墙漆剥落的黑暗过道上等待，要么瘫成一团，要么看一本封皮低俗的书，要么大爆粗口。

有一个化浓妆的年轻亚裔女子，抽烟抽得超神忘我，完全不顾我的存在。还有两个醉汉有时也来。一个总是含混不清又粗声大气地跟我打招呼，还张开双臂作势要拥抱我，臭气熏天的毛衣扑面迎来。我则会咧嘴笑笑，紧张地挥挥手，从他身边走过。另一个似乎不是在忧心就是在发火，我偶尔会在米勒夫人房门口遇到他，用浓重的伦敦腔恶言咒骂。记得第一次看见他时，他就站在那儿，脸色赤红，龇牙咧嘴，醉语连篇，大声抱怨。

"来呀,你这老贱人,"他哀号道,"该死的老贱人。来呀,行行好,臭婊子。"

他的用词让我害怕,但语气却是又哄又诓,我发觉能听到她的声音,米勒夫人的声音从屋内传来,向他作答,似乎不惧也不恼。

我不知道该做什么,退了回去。她不停说话,醉鬼终于满面愁容地蹒跚离去。接下来我如往常一样继续送饭。

我曾问妈妈能不能尝尝米勒夫人的食物,她笑着使劲摇摇头。那么多个星期三,我负责把食物送过来,却从没有伸出手指头往里蘸一下吮味道。

每到星期二晚上,妈妈都会花上一个钟头准备东西。她往牛奶里加入一点明胶或矢车菊,加入大量的糖或者调料,然后将一把维生素片磨碎,撒进这碗杂烩。接着她不停搅拌,搅到它变稠为止,再倒入纯白的塑料碗静置。到清晨,它就变成一碗气味浓烈的奶冻。妈妈会盖上碗布交给我,还塞给我一张单子,上面写着要问米勒夫人的问题或者要求,有时会让我拎上满满一塑料桶白漆。

接着我就站到米勒夫人门前,把碗放到脚边,敲门。然后我会听到沙沙的声音,她的话语从门缝里传来。

"你好,"她唤道,然后叫几遍我的名字,"我的早餐带来了吗?准备好了吗?"

于是我轻手轻脚靠近门边,端好食物,告诉她准备好了。

米勒夫人慢慢数到三。一数到三,就把门拉开一两英尺宽的缝,我在那片刻间把碗迅速递进门口。她一把夺过,接着"砰"的一声关上我面前的门。

门开的时间还不到一秒,看不见太多屋内的陈设,最深刻的印象就是雪白的墙壁。米勒夫人的袖子也是白的,用塑料做成。我从来没看清楚过她的脸,那张脸十分普通,中年妇女的面容,满是急切之情。

要是我带了一桶白漆,又会再把这个过程重复一遍。随后我就盘腿坐在她门前,听她吃东西。

"你妈妈近况怎样?"她会大声问起。听到这话,我就会展开妈妈小心托付给我的问卷。我先回答,她很好,很好,她说有些问题要问你。

随后我便用小孩那般小心又单调的语气念出妈妈古怪的问题,短暂的沉默后,米勒夫人会发出感兴趣的声音,清清喉咙,开始自言自语。有时她花上老长的时间才给出答案,有时则几乎脱口而出。

"告诉你妈妈,光凭这一点判断不出男人好坏的,"她曾说,"让她别忘了和你爸爸之间的问题。"或者"对,可以把它的芯取出来,只是还得刷上我跟她讲的那种特殊油漆。""告诉你妈妈,答案是七。但只有四个与她相关,另外三个早就不重要了。"

"这事儿我帮不了,"有一次,她平静地作答,"叫她去看医生,赶紧。"于是妈妈去看过医生,又好起来了。

"你长大后最不想做什么?" 有一天,米勒夫人问我。

那天早晨,我来到这栋房里时,那个满面愁容的伦敦游民又在捶她的房门,一只手挥舞着公寓钥匙。

"他在求你,你这个该死的妖婆,行行好,你欠他的,你把他气得真他妈的恼火,"他吼个不停,"而且你他妈最麻烦的问题还是别人帮你解决,是不是?*行行好*,你这头老肥猪,该死的老肥猪,我给你跪下了……"

"我的门知道你的德性,兄弟,"里面的米勒夫人凛然应答,"它知道你的德性,我也知道。你明白它不会让你打开。我当初没剜掉自己的眼睛,现在也不会让步。回去。"

那人停止了捶门,跟跟跄跄地走开,我紧张地等他离去后,回头看他不在了,才敲门说我来了。她取到食物后,便问起我问题来。

"你长大以后,最不想做什么?"

如果我当时大几岁，这句反过来问的常用问题会让我备感恼怒：真是矫情，没话找话。但那时我还小，很乐意回答。

我不想当律师，我认真地告诉她。我说不能对不起妈妈，她总是定期收到新邮件，看过后不是痛哭就是猛抽烟，然后还毒骂那些该死的律师，死滑头的混账律师。

米勒夫人高兴了。

"好孩子！"她哼了一声，"我们了解律师的一切。都是杂种，对吧？用那些细文忽悠人！千万别被那些细文牵着鼻子走！它们都在你眼皮底下，**就在你眼皮底下**，一眼看去注意不到，可是突然间，绕进去就出不来了！我告诉你，一旦看到它，就中了圈套！"她激动地大笑，"别让那些细文抓住你把柄。我告诉你一个秘密。"我没有插话，不由得将头凑近了门口。

"魔鬼就藏在细文中！"她又笑了，"回去问你妈妈，是不是真的。魔鬼就藏在细文中！"

我一般要等二十分钟左右，等到米勒夫人吃完之后，先前的程序会反过来，轮到她迅速递出空碗给我。然后我把空碗带回家，向妈妈传达她种种问题的种种答案，她通常会边点头边作笔记，偶尔会哭。

在我跟米勒夫人说不想当律师之后，她开始要求我为她读书。她让我把这份差事报告给妈妈，还叫我每次带份报纸，或者从众多书籍中指定一本。听到这个消息，妈妈只是点点头，在接下来的星期三替我准备了份三明治和《镜报》。她嘱咐我礼貌些，照米勒夫人的吩咐做，下午她来接我。

其实我不害怕，门后的米勒夫人待我从不苛刻。我心甘情愿听她的话，只是有一点点紧张。

米勒夫人会大声喊出具体的页码，让我念故事给她听，一遍遍仔细朗读。之后她会和我讨论，通常是以讽刺律师和法律细文的笑话开头。

"想不看到不想看的东西，有三种方法，"她告诉我，"第一种是胆小鬼的做法，太痛苦了。第二种是永远闭上眼，说起来也和第一种一样痛苦。第三种最难办到，却也最好：确保只有看得入眼的东西出现在眼前。"

一天早晨，我抵达时，那个妖艳的亚裔女人正对着木门低声怒吼，我听到米勒夫人的高声应答，听上去又好气又好笑。最后，年轻女人大踏步从我身边走过，香水味差点没把我熏晕。

米勒夫人大笑着，她吃饱后很健谈。

"她这是引火烧身啊，招惹上不合适的家庭！你得小心他们全部人。"她告诉我，"那一面的那些事，每个人都是该死的狡猾的杂种，只要看到你，逮着机会就要杀你。"

"有一个喉结粗大……有一个老是无事忙，我觉得他还是默默无闻的好。"她挖苦道，"所有那些老杂种，所有人都是，压根信任不得，听清我说的这句话。我早该明白，呃？不是吗？"她大笑，"相信我，相信我这一点：他们动不动就火冒三丈。"

"今天外头怎么样？"她问。我告诉她是多云。

"那你可得小心，"她说，"云里有各种各样的人脸，对吧？不由自主就注意到，是吧？"她声音低下去，"你回家找妈妈的路上，可别多事：别抬头。云里有个孩子。千万别抬头。"

不过，我离开她家时，天气变了，很热，天空很蓝。

两个醉汉在前厅吵吵嚷嚷，我小心地绕过他们身边，来到她门前。整个逗留期间，他们一直在拌嘴，含含糊糊地嘟囔，听得人徒生烦闷。

"知道吗，我马上就记不清内容了，就现在！"读完书后，米勒夫人说，"记不起来！真是件可怕的事。但基础常识总不会忘。我提不出确切的问题，说实话，我觉得自己也许只是爱管闲事或者炫耀……不能说我为此骄傲，但也不排除这个可能。有可能。但不管提什么问题，只是一种寻求答案的途径。"

寻找杰克

"有一种看待事物的方法,可以让你获得理解。只要你去观察墙上一块沥青的印子,或者一块碎砖,诸如此类的东西……总有解开它的线索。只要你找到了线索,就能按图索骥,拨云见日,看见那些躲在你眼皮底下的东西——你一直以来视而不见的东西。可首先你得学会方法。"她笑了,声音很尖,有些阴阳怪气,"得有人来教你,所以有些朋友是必须交的。

"可是,交友的同时无法避免树敌。

"必须层层抽丝剥茧,才看得清内在。将你所见的表象当作一扇窗,透过窗才能看见想看的东西。把你的所见当作一扇门。"

她沉默了许久,突然问道:"今天会不会又是多云?"但我还没回答,她又继续说了下去。

"如果你抬头看,盯着云朵看足够长的时间,就能看到一张脸。树也是一样。凝视一棵树,凝视那些树枝,很快会有同样的体验,出现一张脸,或是奔跑的人形,或是蝙蝠,诸如此类。它们突然呈现在你眼前,枝条纵横交错形成的图像,身不由己地看见,却又无法从眼前抹去。

"那就是你必须学会的,像那样读懂细节,看清事物本质,理解事物。不过,你千万得小心,小心别打搅任何东西。"她的声音冷到冰点,我突然感到毛骨悚然。

"打开那扇窗,一定要万分小心,别让细纹里的那些东西回头看见你。"

下一次去的时候,哭兮兮的醉鬼又在那里,对着她的门哭嚷着污言秽语。她大声叫我过会儿再来,说暂时不需要食物,听上去无奈又恼怒。还没等我走开,就听到她继续训斥来客。

对方也不甘示弱,大声嚷嚷,说她太过分了,胡闹了那么长时间。冤有头债有主,她终将受到严厉惩罚,不可能永远逃避,那是她自己的错。

我回来时,醉汉已经睡着了,鼾声如雷,蜷身躺在发霉的过道里,距门口几英尺远。米勒夫人接过食物,迅速吃完,交还回碗,未发一言。

下一周我又来,刚一敲门她就开始对我絮絮叨叨,门打开一小会儿,她迅速夺过碗,嘴里发出迫不及待的嘶嘶声。

"那是场意外,明白吗,"她说道,好像我问了她什么似的,"我是说,当然啦,你知道理论上任何事情都可能发生。有人警告过你,对不对?但是啊,我的……啊,我的天哪,意识到发生了什么事的时候,我差点背过气去,浑身发冷。"

我在外面等着,不能离开,因为她还没有把碗还回来,没有同意我走。她又开口了,语速非常慢。

"那是全新的一天,"她声音迷离,呼吸急促,"你能想象吗?明白我打算做什么吗?当时我已准备就绪……要改变……看清隐藏的一切。要藏匿一本书,最好选在图书馆。要藏匿秘密,最佳地点就是眼前,在我们视野中一目了然的最显眼的角度。

"经过不断求索,我终于领会观察的要诀。习得真理的时刻到来。

"我平生第一次完全睁开眼睛。

"我选择的是一扇老墙。当时我在寻找答案,可问题是什么呢,我跟你说过,现在已经记不起来了。不过最重要的不是问题,而是我睁开了双眼。

"我瞪着整面砖墙,又快速扫视一遍,放松视力。起初,眼前的砖块仍旧是实实在在的砖块,由层层水泥隔开,须臾,抽象图景浮现,眼前的整体逐渐分解为线条、形状和色块,洞悉之路启程,我不由得屏住呼吸。

"数种解构一一呈现,凹坑中写就的讯息,形态里暗藏的线索。秘密被解开,令人欣喜若狂。

"我随之看出了点门道,心脏蓦然攥紧。我看明白了那些交织的纹路。

"虽然旁人眼里只是乱七八糟的裂缝、线条和坑坑洼洼的水泥,但我在注视之中辨出了墙中的图案。

101

寻找杰克

"我凝视的那团线条真像是什么……可怕的东西——古老的食肉动物,面目狰狞——直直地瞪着我。

"随后我看到它在动。"

"你可千万别理解错了,"她说,"什么都没变,明白吗?注视过程中,我眼前一直都是墙,但就在顿悟的刹那,就好比你看见云中的人脸一样,我突然注意到了砖墙中的图案,**注意到有什么东西在看着我**。它怒火正旺。

"接下来,就在接下来的一刹那,我又……又注意到线条的另一种解读——就是一直存在的裂缝,你明白吗?一秒钟前在残破砖头上看出的图案——仍旧和先前的东西一模一样,却离我更近了些。下一刻,砖头中浮现出第三张图像,还是那东西的图像,更近了。

"它向我扑来。"

"我撒腿就跑,"她低声道,"心惊胆战地从那里跑开,双手捂住眼睛,高声尖叫,不停地跑啊跑。

"当我停下脚步,再度睁开眼时,已经跑到一座公园边,我缓缓垂下双手,鼓起勇气回头看,发现刚才那条巷子里没有东西跑出来。于是我扭头看向路旁错落的灌木、青草和绿树。

"又看见那东西。"

米勒夫人的声音涣散起来,像是在梦呓。我不由得张开嘴,缩成一团朝门靠近了些。

"我在树叶间又看到它,"她悲戚地说,"扭头就看到树叶组成这个图案……其实只是一种偶然的解读,你明白吗?我观察到一个图案,**没法不注意到**,就好像你没法选择能否看见云里的脸一样。我又看到那个狰狞可怖的东西,作势要扑向我,我尖叫起来,公园里所有的父母和小孩都纷纷转头盯着我,我别过脸不看那棵树,飞快转身,面前挡着一个三口之家。

"那怪物赫然立在眼前,同样的姿势,"她痛苦地低语,"我看到它拟

102

形于父亲大衣的轮廓、婴儿车的车辐、母亲的一头乱发之中。那只是另一团杂乱无章的线条，你明白吗？但你无法选择自己会注意到什么。我不由自主地就从整体中视觉分拣出恰当的线条，所有线条中的一部分，不多不少，恰好组成那怪兽。我再次看到它，离我更近，盯着我。

"我转头看见它出现在云中，继续朝我逼近，再转头，它又躲在池塘里随波荡漾的野草中间，朝我张牙舞爪，再闭上眼，我发誓我感觉到有什么东西触到我的裙子。

"你明白我的话吗？懂吗？"

那时我还不知道自己是否明白，当然，现在的我知道那时没懂。

"它生活在细纹中，"她语调阴冷，"它在……在人们的意念中穿行，在随机的线条交织中移动，如果你盯着云朵仔细看，也许能偶然瞥见它的影子，它也可能不经意间望见你。

"可它随时随地能看见我。它十分吝惜自己的……自己的地盘，而我却未经许可便随意窥视，像一个八卦的邻居，老是透过篱笆眼偷瞧打探。我知道那是什么感觉，明白是怎么回事。

"它潜伏在我们眼前，在平凡的日日夜夜。人们眼皮底下藏了**许多东西**，它就是头儿。那些怪物阴森可怖，丧神夺魂，大摇大摆地隐形于眼前，与之相邻而不察。

"它捕捉我随意的视线，在我的视野中穿行无碍。

"对大部分人来说，从一团乱麻中看出什么形状，只是偶然，对吗？里面有一千种图形，一眼看过去，能随机看到几种。可现在……线条里的东西替我选择图案，自行往前冲，让我看见它，想尽办法来到我跟前，借身于我所见，映入我眼帘。**我打开了一扇深入感知的门。**"

她听上去似乎吓得呆若木鸡。年幼的我不懂这种大人的恐惧，张嘴想说什么，却什么都没说出来。

"漫漫回家路上，我每次透过指缝偷看，都看见那东西爬向我。

"它蓄势待发，伺机朝我扑来。哪怕只把眼睛睁开一条小缝，门又被我打开。我看见一个女人身穿毛衣的背影，那东西躲在针织的纹样之中跃身扑向我。我瞥见一段凹凸不平的路面，眼中的线条正组成那怪物……似乎在吠叫。

"我只得赶紧闭上眼。摸索着走完了该死的回家之路。

"然后，用布条紧蒙住眼睛，集中精力思考。"

一段沉默。

"要说，简单的方法总是有的，但是我怕得浑身瘫软，因为我从来就受不了流血和疼痛。"她突然说道，语气坚决起来，"我拿着剪刀在眼前比画过几次，哪怕眼睛用布带蒙上，什么都看不见，还是无法忍受。我想，也许可以去看医生，可以托关系，找几个人帮忙，为我做无痛手术。

"可是，你知道吗，我从没……真的……想过……要那么做，"她若有所思地说，"万一能找到关上门的办法呢？呃？那剜眼睛不就亏了吗？会感觉自己很蠢，不是吗？

"你知道吗，光是戴眼垫眼罩之类的，根本不顶用。我试过，总会走漏余光，看到微光闪烁或者一绺自己的头发，要是头发滑入眼角，门就又打开了，如果恰好注意到那种线条组合……就像什么东西要朝你扑来。那也是一扇门。

"真是……难以忍受……视力没问题，却这般深陷困扰。

"我不会放弃的。瞧……"她的声音放低了，语气变得神秘起来，"我仍然认为自己能关上门，既然学会了看见，也可以忘却。我还在寻找方法，想回到看墙只见砖石的时候……仅此而已。所以我才让你替我读书。"她说："我需要研究，可自己看不了，当然啦，纸上印刷了太多边锋和线条之类的——所以才让你替我读。你做得很好，好孩子。"

我把她这番话反复想过多次，还是没法理解。我给米勒夫人读的书，都是些学校教材，年代久远的枯燥村史，偶尔有言情小说。我认为她指的一定是别的访客，也许另有他人为她朗读，而且内容比我的深奥得多。如若不然，就是在我读得磕磕巴巴的味同嚼蜡的散文中间，非常巧妙地掩藏了她所寻觅的信息。

"同时，还有另一种生存的方法，"她狡狯地说道，"不去动眼睛，也不让眼睛看到任何细纹。"

"虽然……那东西迫使我注意它的形状，但仅限于眼前。它就依赖那种方式移动。想象一下，如果我看见一块麦田会怎么样。光想想就受不了！可恶的细微边线有上亿条，可恶的线条有上万根。你们可以从中勾画出多种该死的图形，不是吗？可那该死的怪物却能轻而易举地吸引我注意，暗放冷箭的混蛋。砾石车道上有它，建筑工地上有它，草坪上也有它……

"惹不起，还躲不起吗？"她一副狡猾的声调，好像走火入魔似的，"在搞清楚怎样把它关在门外之前，先保持距离。

"我得用布包着头钉住窗户，花了我不少时间，但总归完成了。安全了。我在自己冰冷的小房间里很安全。我将墙面刷成一片纯白，遮严窗户，窗板也刷得雪白。我拿一大片塑料做毯毯披上，这样在醒来的时候，就不会不小心看见棉布织纹之类的东西。

"我将住所保持得异常……简单。完成后，我解开头上的布条，缓缓眨眼……一切正常。干净的墙壁，没有裂缝，没有凹凸坑洼。我不怎么看自己的手，不会盯着看，因为掌纹繁多。你妈妈给我做的汤很不错，像奶油一样，很健康，万一不小心瞥到碗里，也不会看见线条杂乱、边缘参差的花椰菜、大米，或者盘绕纠缠的意大利面。

"我开门关门快得要命，就因为只能开那么一小会儿。那东西随时准备着要扑过来。要是看到你的头发或者书之类的，不消一秒钟，它就会从中跳起，扑向我。"

她的声音逐渐淡去。我等着她往下讲，但过了一分钟也没动静。我终于紧张起来，敲门叫她的名字。没有回答。我把耳朵贴到门上，听到她在轻声哭泣。

105

寻找杰克

我没找她取碗,径直回了家。妈妈只是略微嘁嘁嘴,没说什么。我没有告诉她米勒夫人说的任何一句话。我完全不懂,心里也很烦乱。

下一次,我用新碗给米勒夫人送来食物,她酸楚地对我低声说道:"一片煞白,对我的眼睛真是折磨,什么都看不见,不能往窗外看,不能看书,不敢看我的指甲。对我的心也是折磨。"

"我就连记忆都所剩无几了,"她声音酸楚,"被它占领侵吞。我记得的过往……快乐时光……那东西却蛰伏在我衣裙的布纹中,在我生日蛋糕的残屑中。从前的我没有注意,而如今历历在目。记忆已不专属于我,就连想象也被它霸占。昨晚我幻想去海边,那东西竟藏身于海浪的泡沫。"

后几次我来的时候,她很少说话。我朗读她指定的章节,她仅报以或嗯或哼,聊作回答,饭也吃得飞快。

随着春天来临,其他的访客现在来得更勤了。我看到了一些新的来访者,也遇到了与以往不同的情景:年轻的艳冶女郎与温驯的醉鬼争吵;老年男子在大厅远端啜泣。气势汹汹的男人也经常在,又是哄劝又是悲叹,偶尔隔着门和米勒夫人交谈,对方的回答不卑不亢。而大部分时间里,他就跟寻常一样,朝她大叫大嚷。

寒意料峭的一天,我抵达时发现那个烂醉的伦敦佬睡在门外几英尺处,鼾声仿佛从喉咙深处传出。我把食物交给米勒夫人后,便脱下大衣垫在屁股下坐着,在她吃饭的当儿,为她读一份女性杂志上的文章。

等她吃完,我张开双臂,准备好从她手中迅速接过碗。我记得当时我很不安,感到什么东西不对劲。我焦急地看看左右,可似乎又一切正常。我低头看看大衣和压皱的杂志,又转头看看仍旧摊开四肢昏睡在大厅里的醉鬼。

听到米勒夫人的手触到门锁时,我感觉到有什么差池。醉汉的鼾声戛然停止,他屏住了气息。

那一瞬间,我以为他死了,但接下来我看到他的身体在抖擞。我瞪大了眼睛，张嘴想大声警告，但还没来得及出声，门已迅速曳开一道短短的弧线。酒臭熏天的男人一个箭步冲上前来，满眼血丝的他迅速向我逼近，速度之快超乎想象。

他碰到我时，我终于尖叫出声。米勒夫人听到我的声音，门颤了一下。那人喷出一股恶臭的酒气，一把拽起我，伸手从地上抓起我的大衣，另一只手扯下我拴在腰间的毛衣，随后用力将我朝门摔去。

门豁然打开，米勒夫人给撞到一边。我尖声大哭，眼里猝然映入四墙射来的冰冷白光，扎得眼睛生疼。我看见米勒夫人在墙角揉着头，尽力让自己回过神来。醉汉脚步蹒跚，将我的格子大衣和花格毛衣丢到她面前，弯腰伸手拽住我的脚，把我拖出房间，木刺蹭得我皮肉生疼。我怕得尖声喊叫，鼻涕横流。

身后的米勒夫人开始高声咒骂，但我听不太清楚，因为那人紧紧抓着我，把我的头顶在他胸前。我挣扎着，哭喊着，他探过身子关门，我随之一个趔趄。他使劲带上了门。

紧紧拉住不放。

我拼命挣脱他，听到他在怒吼。

"我告诉过你，你这个婊子，"他号道，语气中透着不爽，"我他妈的告诉过你，你这个傻逼老贱货。我他妈的警告过你，时间到了……"我听到他身后的屋子里传来夹杂着痛苦与恐惧的尖叫。他俩号叫呼喊、咆哮尖嘶，地板被捶得咚咚响，门板摇得哐哐哐，此外还夹有别的杂音。

房中所有高低应和的各类刺耳噪声似乎达成了某种随机组合，潜藏着不祥的因素。叫嚷声、砸门声、恐惧的哭号混合在一起，我突然幻听到别的什么东西存在。

像是野兽在嗥叫，饥饿的咆哮，经久不息。

我立即跑开，胆战心惊，放声尖叫，T恤下的皮肤冷至冰点。惶恐不安的我半是啜泣，半是干呕，嘴里不住发出咕噜噜的声音。我跌跌撞撞回

107

到家，跑进妈妈房里吐了一摊，妈妈紧抱住我，我想告诉她出了什么事，却只能不停地哭，哭到头昏脑涨，稀里糊涂，终于安静下来。

妈妈没说米勒夫人半句恶言。下一个星期三，我们早早起床去了动物园，就我们两人。寻常我敲米勒夫人房门的时刻，我正看着骆驼大笑。再下个星期三，妈妈带我去看了电影，再下个星期三，妈妈卧床不起，打发我去当地小商铺买来香烟和面包，我准备好早饭送到她房里，一起吃了。

我的朋友们也看出黄房子里起了什么变化，但他们从未向我提起，很快又对它漠不关心了。

我后来见过亚裔女郎一次，那是在几周之后，她和朋友们在公园里抽烟。令我惊奇的是，她竟然撇下与同伴的交谈，朝我点点头，走了过来。

"你还好吗？"她不容分说地问我，"你怎样？"

我羞涩地朝她点头致意，告诉她我很好，谢过她，又问她怎样。

她点点头，走开了。

我再没见过那个出手伤人的醉汉。

如果我想多了解米勒夫人当时的境遇，也许有人可以问，愿意的话，还能跟进故事的前因后果。有些从没见过的人来到我家，轻声对妈妈说话，我从他们看我的眼神中读出了怜悯或关心。我也可以问他们，但我考虑得更多的是自己的人生，关于米勒夫人故事的细节，我不想知道。

我曾回访过黄房子一次，大约在那个可怕的上午过去一年后，时值冬季。我还记得和米勒夫人最后一次对话的情景，恍若相隔数载，感觉自己长大了许多，几乎有些飘飘然。

那天傍晚，我偷偷来到黄房子跟前，试试手里那把旧钥匙，居然能开。门口冷得像冰窟，黑咕隆咚，熏天的臭气比先前还要浓烈得多。我犹豫了一下，推开米勒夫人的房门。

门一推就开了，没有一点声音。街上偶尔传来闷声闷气的响声，遥远得像一个记忆。我走了进去。

窗户盖板钉得十分周密，仍然透不出一丝外面的天光，伸手不见五指。我待了一会儿，逐渐适应黑暗，借助外头过道的光线勉强能看清周围。

没有别人。

我的旧外套和毛衣摊开身子躺在屋子角落。看到它们，我不禁打了个寒战。我走过去，伸手轻轻抚过。它们覆了一层湿润的灰尘，已然潮湿发霉。

墙上的白漆片片剥落，留下斑驳的疮痂，就像是荒废了好几年似的。我无法相信这等衰败的程度。

我缓缓转身，依次注视着每一堵墙，仔细研究着分崩离析的墙漆和湿润的灰泥，它们组成错综复杂的混沌图案，看似一张张地图，又像怪石嶙峋的山景。

我望着离衣服最远的那面墙，看了许久。非常冷。很久以后，我从疮疡的墙漆中间看出一个图形。我有些害怕，但比之强烈得多的莫可名状的好奇驱使我近前。

纷飞零落的墙面上，我逐渐解析出一种裂纹组合——从某个角度看去，配上恰到好处的那丛光影——颇像女人的轮廓。我注视着它，视线中的外部线条逐渐淡去，我不由自主地专注于它组成的形态，呼之欲出。我看见那个女人，正向外盯着我。

构成脸部的是一片腐溃的灰泥，我分辨出她的五官，看上去像是在呼喊。

她的一只手臂直直甩在身后，似乎被紧拽着，好像有谁拉着她的手将她拖走，她努力挣扎，却未能挣脱。在裂纹造就的手臂末端，墙漆掉落了

寻找杰克

厚厚的一大块,露出底下的一大片湿润而肮脏的粗糙水泥,抓她的怪物就藏匿于此。

暗沉的斑污绵延不绝,我可以把它们看成我想象的任何形状。

瓜 葛

面包里有东西。莫利正切着面包，切第四刀的中途，刀刃骤然停住。

身后，朋友们正边吃东西边聊天。莫利掰开面团，摸到一个光滑的东西，被他划上了刀痕。他看见那东西的颜色，死气沉沉的乌黑色。他皱皱眉。这种事由来已久。

"怎么了？"有人问他。他面容放松下来，转过脸去。

"发霉了。"

他把面包丢进垃圾桶，以便过后拾取。

客人都离开后，莫利取回面包撕开，从碎屑中拿出一个管筒，粗粗的灰色短棒，拿在手里正合适。筒子一端能看到细细的接缝。莫利没有打开它，而是把它翻过来。筒身上浮凸出指令，字体很小，似乎是从里面冲压出来的。

上书：至圣詹姆斯公园最东端出口，藏于垃圾箱侧。立办。YWBC。

莫利又把它翻过来，摸着开口处的缝隙，以及被他划上的刀痕。刻痕比线缝还大，边缘粗糙，让他有些焦虑。

他用硬纸板卷成筒，把它紧紧包裹起来，紧抓在手中向公园走去，半路上突然意识到自己的表现一定很不自然，于是缓缓转身，假装随意看看四周，想发现是否有人在监视他。他的手握得松了些，又担心太松了会被人一把夺走。总算来到大门口，他松了口气，站了一会儿，动作夸张地翻弄报纸，趁机偷偷放下管筒，小心地踢到垃圾桶边藏好，然后走开。

莫利反复思量着自己的行动，第二天才终于结束胡思乱想。他去外面吃了午饭，本要回家，中途又打住，买了两本新出的精装书，坐上火车，翻开一本看起来。（翻书时有些战战兢兢，所幸有惊无险）他来到电影院，候场期间去影院咖啡厅吃了个冰淇淋，电影则从头到尾看完，直到幕终最后一行制片公司信息消失。他到比萨店吃了饭，坐在外面看书，但还是无法平静下来。

113

寻找杰克

整天里他一直在等待。他想象着公园管理员和清洁工也许会对硬纸筒产生好奇，假装捡废品拾起来，并趁人不注意时据为己有。他想象着他们撕开包装，旋开灰棒，抽出自己负责交送的东西，而他自己也不知道所装何物。他明白自己应该冷静些，但毕竟这种任务已经反复执行了好几个月。两天之后，他终于认定它已抵达应去的目的地，心中释然了。

他很快让生活回到了往常的轨道。虽然不敢说这就是最后一项任务，他很高兴自己没像有时那么心神不宁。这次只烦恼了两天时间而已，而先前总会困扰他很久。本项任务完成得非常成功，到下一条指令终于来临时，他意外得大惊失色。

十月，莫利正在享受伦敦秋日的气息。他到报摊买了一份《旗帜报》，又盯着巧克力犹豫了半天。他一直培养自己吃代可可脂巧克力的习惯，其实只是骗自己罢了，他喜欢的还是真正的巧克力，馋劲突然涌来，便想着"由他去吧"，心一横付钱买下。他边走边撕开包装，吞下第一口；可是咬第二口时，牙齿磕到什么坚硬的东西，他倒抽一口凉气，停下脚步，盯着那块湿润润的半融化的甜品，里面藏着更黑的冷冰冰的东西。

他盯着巧克力想道，*我差点就选了另一块*。这种现象也已经由来已久。指令派送人准确无误地知道他会挑哪一个，他想自己早已习惯。

头几个月里，他每次都被这种事吓得惊魂不定，他曾想象，也许有看不见的线人在监视他，揣测他要买什么东西，并在他碰到商品前的瞬间，以神秘的方式塞入消息。其实那不可能，信息早已嵌入其中，等着被他带走。

莫利曾试图跟线人耍花招，虽然知道都是徒劳。在商店购物时，他总会先斟酌数秒，把手放上一件货物，拿起来，走几步，又突然返回，迅速抓起另外一个。

毫无效果。他的购物可以接连好几周、好几个月不受影响，可他们一旦要传达命令，就无论如何也躲不掉。曾经有两次，那种不透明的消息匣子就出现在他挑的货品中，不留神根本不会发现。他很明确那两件货物都是迅速地随机取来的：一次是在罐装蛋黄酱中，另一次缝在一卷垃圾袋里。

曾经有段时间，莫利只买半透明的食品，把每个玻璃瓶或塑料罐举到灯光下，确保里面看不到杂质、不可能有指令才购买，但那些东西品类太少，馋劲很快就迫使他放弃了。

巧克力里藏的东西像是个粗粗的钢笔帽。莫利庆幸没有咬到它。

上书：至维多利亚线，坐上皮米里科-沃克斯霍尔南向末班列车，留于座位上。立办。YWBC。

莫利瞪着这条命令，心生厌恶。

这一次服从命令的时候，他没有多想。厌恶背后，大概是一种破罐子破摔的心态，驱使他全心关注任务，排除出错的可能。到沃克斯霍尔站下车后，他直接回到家，画了张地图，标上小匣子可能被拦截的所有地点，并以危险程度排序。

接下来的两天，他打电话请了病假，整天关注新闻。叙利亚警察截获了一枚炸弹；希腊医生拯救了双胞胎的生命；巴黎行李搬运工的罢工得到遏止；柏林逮捕了连环性骚扰罪犯。其中任何一条都有可能，莫里想道。他盯着屏幕上这类故事，努力从记者的话中、从案件事实中，捕捉向他招手的秘密。

当然，他的行动有可能对秘密机构的工作产生了些许影响，可他们虽然精确评估行动成功与否，风声却永远不会外泄。莫利知道这一点，也知道自己无从得知是否在浪费时间。

他也知道，转交的东西也许根本不对任何事起任何作用：他知道可能如此，虽然不愿相信。

这些肯定都是重要任务。很久以前，他就认定这一点，只有这样才解释得通。就是这个念头率先改变了他对任务的看法，将他的猜疑和恐惧转为自豪。

事实上，让他放弃购买透明商品实验的，不只是清汤、白水和白葡萄酒的寡味，还有心中潜滋暗长的焦虑。他害怕这种做法真能成功避开指令：既然有大事依赖于交托给他的任务，他不能错过那些信息。

他相信，这种信息绝不可能在每个角落都嵌有，也不可能是所有人都随机收到但秘而不宣。出于某种不明原因，他被挑选为中间人。不管接触他的人是谁，那人断乎是不肯抛头露面，以防止被跟踪，故而心生此计，将消息交付与陌生人投递。

也许多年来莫利一直受人监视，自打他孩提时候开始。只有这样才说得通。他们必须确保他是合适人选，尽心执行命令，而好奇心又不致怂恿他打开那些小匣子，从而使消息内容落入错误的人——莫利自己手中。

几天后，又一根灰棒出现在面包里，仍旧写道：**至圣詹姆斯公园最东端出口，藏于垃圾箱侧。立办。YWBC**。莫利惊恐万状，他以前从未收到过重复的指令。这次似乎带着纠正的语气，他不由得抽了下嘴角。谢天谢地，这次没切到嵌入物。

曾有一个被面包刀硌出痕迹，两个被我咬上牙印，还有一个被我失手剁成碎片。他们一定知道存在风险，他如此想。他的内心曾有过多次这样的挣扎思考，如果不能有划痕，就不该放在那种容易受损的地方。也许这件和那件并无联系。但他脑中还是会浮现出不知名的接头人的形象，那人仔细检查过前一个管筒，摸摸刀痕，不敢确定它的可信度，没有打开便直接丢弃了。管筒里装载的关键信息没用上，就可能意味着在战斗中失利。

他迅速照办。伴随着重新觉醒的焦虑，他心中生发出其他情愫。莫利看着新闻特写，想象着自己在哪些英勇举动或悲剧事件中扮演了怎样的小角色，他多年来首次感到另一种恐惧的复苏：在他试图逃避指令的这些年里，或许错过了什么消息，而那些消息也许是实现某项长期计划的关键，现在无论做什么都成了马后炮。真正对所有后续信息至关重要的那个匣子，那个浮凸出指令的小黑匣子，当初本该指引他——莫利去执行任务，却阴差阳错落到了别的顾客手中，最终被困惑不解的持有者丢弃，如今已填埋入垃圾场，变得毫无价值。

莫利的整个人生中，牛奶里、蔬菜中、CD内偶尔会有投递来的信息，甚至会从书页中挖的孔里找到，从牙膏管中挤出。他虽然经常揣测从未谋面的上线是什么样，却很少思考这些藏匿的物件自身。多数时间里，他只是粗略地猜想，这些一定是不可通过电话或电子邮件传递的指令消息，捻成卷放入筒壳保护起来。但这次他无法不注意到，巧克力中那颗小小的硬东西，实在是像极了一枚子弹。

他看到一段暗杀视频，讲述苏联共和国铁腕书记被狙击手一枪毙命的一幕[1]，便突然想到了那东西。刺杀对象块头大得有些异于常人，也许是用上某种特殊武器才结果了他的性命。莫利努力想理清其中的逻辑：他不了解死人生前是好是坏，所以自然会让他觉得转交的子弹（如果真是子弹的话）不大可能用作此种用途，因为暗杀这样的人没什么好逞英雄的。不过他当然没有话语权：也许那本是恶性事件，却存在好的影响，而且必须做出相应牺牲。

莫利知道自己接下来会想什么。他曾沿这条思路想过很多次，直到他反抗那看不见的下令人为止。他知道思绪会飘向何方，虽然他不愿去想，虽然同样的结局已经被他臆想过数次，认为结论已明朗，可还是停不住。

他又猜想，自己是否可能在为某个机构跑腿，执行他们秘而不宣的恶毒计划。

---

[1] 1934年12月1日，苏联共产党（布）中央政治局委员、中央书记，谢尔盖·米罗诺维奇·基洛夫遭到暗杀。

寻找杰克

一座石油钻塔发生爆炸，一个库尔德①村庄发生袭击事件，墨西哥城发生强奸案。赛马骑手测出兴奋剂阳性，无血的政变，流血的武装干涉。莫利恍惚看见那颗小小的子弹，或形似子弹的东西，或紧塞有命令纸条的子弹状盒匣，它就在骑师手中拿着，在实施检测、最终使选手被取消资格的医生手里握着，在上台承诺和平的非洲将军口袋中揣着，在随大军进犯首都的雇佣兵枪带上挂着。

他也知道，眼下以及先前收到的匣子或许已无处可寻，就此从他眼前消失。它们一定携带了要送往他上线的命令，也许已随消息一道被掩藏了起来。

莫利看着"和平号"空间站成功与航天飞机对接，暗想，这是我干的吗？警方破获一条儿童拐卖链，这是我干的吗？俄罗斯反种族主义者遭受折磨与杀害，是这吗？一家公司业务兴隆，一场冲突结束，另一场冲突继之。

莫利带着幕后英雄的自豪睡下，半夜醒来，又觉得自己被人利用，干了犯罪的傻事，惊魂不定。他忽而觉得自己是个勇士，忽而觉得自己是个卒子，忽而又觉得与他们毫无干系。

上班期间，莫利也不禁设想是什么样的人在向他发布真正的命令，想象他们居住的白色房间或黑暗洞穴，以及他们的卫星。

"你知道车臣发生的那些事吗？"酒吧里一个人对他说道，他吓得一跳。对，他知道，他看了新闻，现在他想起了暗杀小队，想起了反抗军战士。

刚才说话那人又开口了，讲到"他们个个都是一路货色"之类，莫利无心搭理，还好另外有人接过话头，提出异议。他没认真听，只暗暗希望下一项发布的命令与车臣人或南苏丹人有关系。

---

① 库尔德人是生活在中东地区的游牧民族，主要分布在土耳其、叙利亚、伊拉克、伊朗四国境内。

"反正你又插不了手。"有人说道。莫利的心又飞到那之外去了。我能,他想。

每次去买东西,他都觉得胃里攥紧了,生怕收到指令,但盼望的程度也与之相当。他担心过头的热情或焦虑会适得其反,很注意自身言行,不表现出任何期待。伸上货架拿商品的手也坚定得很,毫不犹豫。

自然,什么都没来。连续好多天,什么都没来,而他经常反复思考自己的使命,计划要怎么做。北海一艘油轮失踪。墨西哥家畜被某种吸羊怪[①]吸成了干尸。什么都没来。麦田圈重现。疫病夺去数千人生命。银行因腐败破产。还是什么都没来。

最终,指令来了,比他先前收到的任何一则都要大。他在拆开纸盒前心里就有些预感。他举起它,目测它的厚度,念道:"田园蔬菜厚比萨。"

里面有一个圆盘,大概一英寸厚,直径接近一个小飞盘,用面饼和奶酪伪装起来。它跟其他多数指令匣一样是深灰色的,也许略深或略浅。莫利摇摇它,没有一点声音。一条接合严密的细线将之一分为二,可以从中撬开。

交至,他念着上面的字,接下来是一个邮政信箱号码。后面写着立办。他们想让我寄出去吗?莫利困惑地想着,继续往下看。他们可从来没——他看到下一行字,最后一行字:多谢合作。你的任务至此结束。他猛地一怔。

任务待续。

"昨天比起来真糟糕""东方人良心大大的坏了""耶诞节谨慎的废物":当然不对,当然不对。"与君同流合污/同谋/联系/牵连""谨待募用/

[①] 也称卓帕卡布拉(Chupacabra),一种据说存在于美洲的吸血动物。

寻找杰克

规整/委任"。当然不对。**任务待续**。莫利很早就明白了 YWBC 的意思[①],他曾在经手的每一件嵌入物上都见过这些字母,除了这一次。

他把铁饼样的东西放在桌上,盯着它看了一会儿。他看了好几分钟,才认识到心中的感觉:恐惧与无助交织。

他应当开心才对。信息中没有丝毫不满的意味。似乎他们挑选了一项重要工作,作为他的最终任务。使命结束,这才是言外之意,不是说他的任务至此结束,而是**任务已告完成**,所做的一切没有逆转余地。他猜想自己出力建设了更美好的世界。

他包好小圆盒放进包裹箱,突然想道,**我被人取代了**。他霎时怒不可遏,把东西一摔。为什么把我替换下来?我做错了什么?

他到了邮局,排在老长的队伍中间,总是禁不住去看前面一个女的,她和他之间隔着三个人。

她怀中紧抱一个鼓囊囊的大信封,突然松开手劲,垂下手臂将它懒懒地拿着,同时四处张望,把所有人环视一遍后,又将手抬起来,那东西慢慢爬回她的胸前。她正打算再次放下它时,轮到她了,她松口气,轻快地向营业窗走去。

莫利没有动。后面的队伍焦躁起来,他还是不动。他身后站着个老人,一副拉斯特法里教徒装扮[②],两手抓着卷成筒状的海报。一个推婴儿车的年轻妈妈,不停翻弄着车里宝宝身边的硬纸盒。一个十几岁的少年叩击着手里抱的大包装盒,看上去神情异常紧张。

"劳驾,伙计,你打算——"有人说道,但莫利没有理会,仍旧盯着

[①] You will be contacted 的缩写,意为"任务待续"。本段中引号标记的所有词组,英文缩写均为 YWBC。

[②] 拉斯特法里教(Rastafarianism)是 1930 年代起自牙买加兴起的一个黑人基督教宗教运动。教徒的常见形象为长发,身穿红、绿、黄色服饰。

队伍中那些包裹。

*我周围都是阶级兄弟。*他想着，几乎同时又冒出另一个念头，*我被敌人包围了。*

那些人也许就来自他所在的组织，或其下属组织，或是其叛徒或对头，前来消灭他的。他们会让车臣陷入糟糕得多的境地，会破坏经济，他必须阻止。*他们中没有人知道*，他想。只有他一个人清楚，邮局里那些互不理会的人，有的随身听里漏出小声的音乐，有的瞟着钟表，有的坐立不安，所有人都是战争的一份子。肯定有平民夹在中间，他们也身处危险。或许会伤及无辜。

现在得小心。

小心。莫里咽了口唾沫，闭上眼睛。*我可能面临失败*。"伙计，劳驾，麻烦往前挪挪呗——"

"走呀，伙计——"

我在做什么？

突然之间，莫利的信心如山崩般轰然垮塌。他看着所有那些隐藏的敌人，或同志，或偶遇的陌生人，他不敢相信自己竟然被欺骗了，被上线处心积虑暗示的善意愚弄了，那些见不得光的毒瘤！他想起了多年来为他们跑腿，传递出的每一条信息和计算机代码、每一件物品和武器，感到惊骇不已。随着心中盛怒的增长，他为自己的愚蠢备感厌恶，随之还涌上一腔热血，要补救自己犯下的过错。他难以想象自己曾出手做了什么，终于还是凛然面对了那些画面。叮在尸体上的苍蝇，暴跌崩盘的经济，致使人们愤然涌上大街。

"老兄——"

莫利已经推开人群跑了出去，怀中紧抱着可怕的包裹，像是要保护它不被任何人夺去。

不。他想，不行。

寻找杰克

他曾带着圆盘来到运河边,也曾拿着它来到垃圾车的车斗旁,拿到营地上的篝火边,但最终还是带回家,摆到饭桌中央。这个邪恶的物件。

*我再也不搅和那事了。*莫利想道,*去死吧*,他瞪着小圆盒暗想。他把盆栽摆到上头,借以混淆视线。

当晚,莫利的电话响了。他听到那头传来简短的信息,句子裁头截尾,分辨不出说话人的性别和年龄,虽然他曾料想过这种情景,却仍旧惶恐不安。

"请问……"那声音说道,随即抽一口气,似乎欲言又止,又接着说道:"你这该死的家伙自讨麻烦。"随后是一阵大笑,挂断了。

莫利好几天没出门。只要电话或门铃响起,他都立即捡起刀防身,但似乎再没有来恐吓电话。*我知道的。*他想,并且在绝大多数时间里也坚信,*我对他们的看法没错,他们不会威胁我的,只要他们还……站在我的,我们的立场。*

没有什么来找他麻烦。他时刻留神那个圆盘,它安稳地待在瓷花盆底下,经历数周严冬,迎来春天。

莫里小心地为植物浇水。一段时间里,他购物时都有些惴惴不安,但那种感觉很快过去了,他发现商品里什么都没出现。他观看全球要闻,完全肯定自己不是始作俑者,并越发确定做了正确的选择。

三月,他基本上停止了担忧。可有一天他回到公寓,发现窗户被人砸开,家中一片狼藉,视频录放机和音响被人偷走,书全给丢到地上,登时,他差点以为这是一起入室盗窃。但很快,他追循着侵入者的脚印,看出他们匆匆从一个房间跑到另一个房间,在找什么东西。

似乎有什么打断了他们,没在厨房久留。圆盘现在半掩在垂下的盆栽绿叶之中,但还原封未动。他们肯定没想到会在那里。莫利又摸摸浮凸的指令,颓坐到地板上。

警察表示同情,并向他说明,不要期望太多。

我什么也没期望。他想，那种人是追查不到的。来者不善，他们想抓我。

"有没有……是不是……跟大多数非法闯入差不多？"他抑制不住问这话的冲动。联络官点点头，仔细打量着他。

"对。就是……"对方启唇发齿，"这种事有时就是让人心烦意躁。你是否愿意……我可以替你联系相关人士聊聊，找个顾问……"面对他歪曲了重点的善意，莫利差点笑出来。

你们帮不了我。他想，没人帮得了。他揣测着将来会发生什么，背叛将招致何种惩罚。我不后悔。他愤懑地想道，我还要继续坚持，拒绝再为他们传递信息，不论他们对我下什么毒手。

几天后，警察给莫利打来电话，他过了好几秒才反应过来对方在说什么，消息实在是出乎意料。

"我们抓到了嫌疑人。"

莫利想不通行动小组怎么会这么粗心。是太大意了，太仓促了，还是新来的特工太无能？他百思不得其解。"是卖赃物的时候抓到的吗？"他反复问道。

"对。"官员说。他们正在警署食堂中座谈。"吸毒犯，他们明白应该雇个中介负责赃物交易什么的，不过你也知道……"他扬扬眉毛，暗示人在嗑高的时候，有些方面难以考虑周全。

莫利想见见他，他们逮捕的那个所谓吸毒犯，但他们没有允许，甚至连透过牢房格栅瞟一眼都不可以。他的心在嗓子眼儿里堵得慌。他揣测着小屋里那人是什么样。目无表情的脸，千篇一律、毫不打眼的囚服，等待着某一刻，警察收到一条来自某大牌律师或政要的消息，忙不迭放他回去；或是午夜来客英勇劫狱，不费吹灰之力还他自由。莫利想象中，那个人块头很大，但也没有臃肿到影响他的灵活，他脸上不显露任何情感，也看不出他的目的。莫利不知道自己是否敢看那张受命惩罚他的人的脸。

寻找杰克

你怎么会被抓到呢?

他很轻松地就得知了警察手中那人自称的名字。和接触的几个官员聊过之后,他获知了嫌犯释放的日期——他们向莫利保证,一旦再次发现嫌犯的指纹或DNA(他们会再次来取证),就立即将他重新逮捕归案,还保证说莫利无须担心。

莫利仍不太相信自己敢实施计划,但他不能再这样生活下去了。他在乌飞兔走中等待,日渐惧怕。他不敢说,心里却知道那天也许将是他的死期。

我怎样才能认出他来呢?他想着,记起了值班警察向他展示过的照片。那种信息不准确。照片上的样子,怎么说呢……

他想象着那人走路的姿势:生龙活虎,动作中规中矩,令人视若无睹,过目即忘。得非常小心才行……莫利再次想道。

我将要面对他们中的一员。他想,随时可能。他肚子一阵痉挛。

那人离开警察局的一刻,莫利感到似乎无法呼吸。

天色已晚。他静静地跟踪着那人,走向一片占地颇广的住宅区,那里似乎空无一人。对方的伪装技术堪称一流:行动诡秘,焦急的小动作足可以假乱真。莫利远远跟在后边,看到目标在一个楼梯井旁停下,躲在一堆工业废料箱的影子里点烟,他有些按捺不住。他本只打算跟踪他了事,现在却往前跑去,心中恐惧和愤恨交织,一路跑一路想这是否自己的本意。他出手攻击,抑制不住地小声哭了出来,但他知道不能给目标喘息的机会。

"你是谁?"脸上蒙着围巾的他低语道,"别再来惹我。"他大喘粗气,又深深呼吸,卡住对方的脖子迅速将之撂倒,双手颤抖得厉害。"你他妈的是谁?"

他逮住的那人像小孩一样嘤嘤呜呜地哭起来。莫利把他的脸按到混凝土地面上。"闭嘴,闭嘴,别跟老子装模作样,明白吗?"他猛揍了几拳,"快说,快说,你想从我这儿得到什么?"他尽力伸直双臂,以保持距离。

强盗哭起来了。莫利无奈地踢了他一脚。"快说!"他命令道。

"我偷的是你家吗?"那人呜咽道,"我不是有意的,不是有意的,饶了我吧……"莫利的视线迅速扫过他的双手双腿,准备发起攻击。目标身形瘦弱,脸上长满疙瘩,很难看出他的表情。有一瞬间,莫利看见那人脸上好像在盘算什么,他惊慌地赶紧睁大眼睛,但那表情又消失了,他无法确定是否看错。

"你是谁?"莫利又问道,那年纪轻轻的人扑棱着手,想抹身上的血。

"我什么都不是。"他喘着气说道。莫利慌张地望着他,突然明白了,于是凑近去。

"他们跟你说了什么?"他急切地问,"我会保证你的安全。不管他们怎样威胁你,我,我们,警察,都能保护你。教唆你登门入室的,是什么人?他们想要什么?"

不管莫利怎么摇他,怎么打他,甚至打成重伤,始终无法逼他开口。他只知道哭,无力地抱着胳膊,最后莫利只得抛下他跑开。年轻的强盗放声大哭,以缓解内心的紧张和沮丧。那人的演技真是无可挑剔,也可能是秘密机构精心挑选了这个不明真相的人,用过即弃;或者是他怕得不敢说真话;或者是警察抓错了人。

莫利打扫干净公寓,移开圆盘上的盆栽。警察那边没有传来新的消息。后来他得知毒气攻击时,惊坐起来瞪着水泄不通的人群。那是他反叛的证据。

屏幕上,身穿防化服的救援人员从地铁中拖出年轻男女。大多数都死了,有些仍奄奄一息,大声的呼吸从潮解的肺部传出,逐渐走向窒息。莫利望着这一切。他们的家人拼命往现场挤,突破警戒线,不顾警察的阻拦

寻找杰克

和阵阵毒气,英勇向前,接近他们死去的爱人和家人,眼中流淌着不止是悲恸催发的泪水。有些人放弃了。

城市其他区域同时遭受了袭击,记者所闻传入莫利耳中,尖叫与惨绝人寰的哀求。毒气在宗教场所、大公司办公室、现代地铁站蔓延,将那些地方统统变为地狱。几处装置在触发前被及时发现并拆除:目前已有几百人伤亡,据猜测数字还会上升。

联盟部队组织起来,向施毒犯的藏匿处发起猛攻。莫利在电视上看了这场冲突。

当首相出现在屏幕上,呼吁莫利及其同胞参与支援,莫利关注的只有领袖身后的书架。书脊中间摆放着品味高雅的小雕像、几块饰匾,首相的右手边有一个空间,似乎是故意空出来的,像是放什么东西的底座,圆形的东西,莫利曾经垫花盆底的扁盘正合适。

莫利感到难以呼吸。这是条讯息。他想,他们在说,"瞧我们缺了什么?"

要是我当初把它转寄出去,送入他们手中,也许就可以阻止这一切了。

可现在去寄为时已晚。莫利深受打击。

屏幕上展示出照片,是袭击主谋逃跑前的藏身之所,墙中一个凹龛里放着两个碟状物品,上面写着字,刚好还放得下第三个。幸好我没助纣为虐。莫利那时想着,心中波澜起伏,痛苦烟消云散了,啊,感谢上帝,就是这样的,我险些为虎作伥,还好截下了这个没给他们。他又盯着那个器皿,心中有了些许动摇。他没法确定。

现在晚吗?

我会寄送出去,我会寄送出去。可他又怕让事态恶化。

屠杀还在继续,越来越多的人殒身殉命,这是他一手挑起的,或者因他的行为缓和或改善。心头的愧疚让莫利难以承受,要不是曾经感到过极度荣耀,他肯定都没法活下去了。

战斗尚未止歇。他盯着器皿上的地址看了很多遍,有一次还拿起刀打算撬开,但又及时止住了,只在表面留下些划痕。也许偷窥会使事态更糟,他不能冒这个风险。

"说不定能改善呢。"他低声告诉自己,差点又把它撬开,又及时住手。

他每看它一遍,都看见上面写道,你的任务至此结束。你的任务至此结束,可没执行,也就永远不会结束。

你从没接受过什么任务。他听到心中传来这个声音,那些任务毫无意义。他没有理睬。

他现在可以寄出去,让战斗结束,正义的一方获得胜利。他打算寄出去,终结杀戮,他下了决心,可是又不敢冒险,害怕万一这么做会使局势更无法控制,甚至招来灾祸。

不管怎样,也许现在太晚了,怎么补救都无济于事。*就算寄出去也是一样,就是说,既然我觉得晚了,就肯定真的晚了,我真傻。*他被精神包袱压弯了腰。

其实没有包袱。听到这句心声,他又释怀了,你没有要做的任务。一直以来的任务都完成了。

外面,众人携带包裹来来往往。莫利手握圆盘看着电视上的战争,那或许由他一手挑起,或许受到了他的遏制,或许与他毫无瓜葛。

127

不同的天空

LOOKING FOR JAKE

10月2日

七十一，忧郁。

我早料想过不会有惊喜，虽然去年不像这样。刚过完圣经预定的期限[1]，想来应当遭遇一场大难，可是查理那伙人为我半公开地组织一场热热闹闹的大聚会，取走了毒钩[2]。那时我对年龄本身想得还不多，可随后，到了今年，我一醒来就觉得自己老朽干瘪，似乎马上要着火了似的。

虽然我身体虚弱，但精神却不比昨天差多少。我仍觉得疲惫是不请自来的，它没有给我太多烦恼，因为我总是没法重视它。凭什么爬一段楼梯之后就该上气不接下气，所以我觉得自己一定是深受某种邪术之害。我已经接受自己过了七十岁这个简单的事实，可年老带来的副作用却没那么容易让我接受。它让我害怕，我不愿相信。

今年没有客人，也没有五花八门的一大堆礼物，只有查理送我的几本精美图书（当然还有其他琐碎物品，但不值一提）。一定是他们去年破费劳神，元气大伤。活到我这年纪，日子总很紧巴，我想，年轻人应该很不喜欢自己买的东西很快又失去主人吧。

我产生了些病态心理，人生的尽头似乎离我还很远。我知道，如果我身衰力朽，或要从生日大捞一笔，或孤身一人，就应该会有客人。可这些描述都不符合我，而且我只靠贺卡和电话就能获得安慰——知足常乐。

我和萨姆在咖啡馆吃了一顿很长的午餐，得知今天我生日后，他替我买了单。接着我回到家，监督工人把我送给自己的礼物安上。

这东西华而不实，安装它也颇费了不少周折，但我坐在这里看着它，真的说不出半点遗憾。

我为自己买了扇玻璃窗。

两周前，我在波特贝罗市场相中了它，当时它摆在诺丁山附近一家地

---

[1] 圣经《旧约·诗篇》有言："我们一生的年日是七十岁，若是强壮可到八十岁。"
[2] 圣经《新约·哥林多前书》有言："死啊，你的毒钩在哪里？"

寻找杰克

势颇高的古玩店内。说不出它哪点吸引我——做工并不细致，却有种东西非常摄人心魄。

它约莫一英尺半高，两英尺宽，中央是一块深红色菱形玻璃，周围共有八片三角形玻璃，围绕它呈放射状排列，好似切开的馅饼。我想，工匠用的应该是当时最纯的透明玻璃——从我那昏花的跨世纪老眼看来，都是蓝绿色，污点斑驳，颜色褪暗。分隔并镶嵌这些玻璃块的底框由薄薄的黑铅制成。

这件物品做工粗糙，每片玻璃内都有串串气泡，扭曲了玻璃后面的世界。还有小块厚凸的斑浊，颜色也不纯，表面涂的彩漆快碎裂纷飞。可是，仍有什么东西，让我无法将它从心头抹去。

第二次看见它还没被买走，我心中浮生一阵欣慰，于是想道："何必呢，又不是零花钱不够。"我把它买下来，在家里放了一周也没拆包装，今天才花钱从五金中心请工人上门，取下书房窗户上方中间的那块玻璃，换上新买的旧窗。

我现在就坐在书桌前写作，抬头就能看到上方的它。它比其他窗扇略小，因此工人添了点木条，使之与周围嵌紧。他用油灰把边缘涂抹光滑，使之毫不突兀，并告诫我说需要一天时间才能干透，在那之前别碰玻璃。

周围那五片玻璃比它干净多了，我看它真是鹤立鸡群——左右各一片，下方的三片可以撑开一条小缝。它们的年龄大概只有它的一半，因而纯净得多、平整得多。可我更喜欢那块怪东西的外表。

它大约齐我头高。从五楼这里望去，能俯瞰西伦敦，视野令人称羡，逾半英亩的草地外，是排排低矮平房。坐在书桌前，那扇旧窗高高地好似挂在屋顶之上，像一颗沉重的星悬在头顶。

暮光直直射过中间那块红凝，我把它假想作正在上升或下沉的太阳。那颜色对太阳来说倒是古怪了些，那么暗红。鲜艳的彩色光线穿过它映在身后墙上，它好似金属网中一只肥壮的玻璃蜘蛛。

我要抑制住心中的冲动，别哀怨地写下"祝我生日快乐"。我不知道自己在想什么。我打算上床去看一本查理送我的书。今天过得真不错。我似乎在为孤苦无依的晚年而哀伤，这种想法必须打住。

10月4日

我已经看完一本书，开始下一本。今天我给查理打了电话，告诉他我有多喜欢他送的书（撒了个小谎，因为第二本没那么好看）。接到我的电话，他很高兴，但我觉得他也有些困惑，毕竟我们三天前才说过话。

今天早晨我去散了很久的步，走得脚都疼了（当然，这也算不得超常的壮举）。回家路上，我与萨姆聊了会儿，到家便瘫倒在这把扶手椅上。我承认，坐下时感到的轻松令我有些惊骇。

就是在那时，我给查理打了电话，我得承认这次交谈不甚开心。当然，没什么问题，我跟他都没有发火。只是他让我感到（不是故意的——这方面我把他教得很好，我愿意这么想）这些天他不知道应该怎样对我。

我们的关系还在磨合，从不像朋友那般亲密，也不互相表示亲近（这是我自他孩提时起便一直尊重的选择）。以他的年纪早就不需要我了，而我还没老到需要他的年岁。

也许他在耐心等待那一刻来临，彼时我们的亲情会翩然而至，角色变得明晰，他为我抹去涎水，切碎晚餐喂我，推我到窗边欣赏风景。

电话挂了以后，我木讷地坐了许久。

随后我突然发现自己——应该是突然清醒了过来——凝望着书桌上方的窗户。

它真是美轮美奂，非常养眼。

散步途中我一直在想它。都是些乏味的游思：它是谁造的？什么年代？因何缘故？当时俯瞰怎样的风景？等等。当我走进小书房，沐浴在它的光华之下，那些问题也没消散，反而更执着地萦绕在脑中。看着那片奇异的玻璃，它让我想起所有那些已湮没在风尘中的古窗。

而此时，薄暮中的它虎虎生气。光线变暗，仿佛无数支利矛直掷

133

寻找杰克

向它。

不过……说它虎虎生气不太对。不对。

我想,"生命力"从来不是它吸引我之处。它的沉寂担不得这词。

我现在对它已了如指掌。过去几天里,我花了不少时间观察那八块围绕中央红宝石均匀分布的三角形,每一块的杂质斑点都独一无二,每一片的颜色都绝无仅有。从顶上顺时针计,我最喜欢第六块,夹在西面与西南角之间的那片。它比别的稍蓝,顶点的红宝石更映衬出蓝色的光辉。

我重新看了一遍上面写的话,感到好笑,又有些烦扰。苍天在上,我是不是变得有些像神秘主义者?我知道自己深深迷恋那东西——记不得曾经拥有过什么实物让我如此兴奋。可写下的东西又令我烦恼不安:那语气活像个恋物癖。

事实是,我今天看过书,散过步,聊过天,做了一切努力来分神,却还总是想着我的窗玻璃。

我脑子里冒出各式各样的怪念头。现在太阳已经落山,渐暗的天空中风云变幻,不知为谁而忙。也许那片玻璃不是太阳,而是星星,它干扰了夜空的文法,我坐在下方,像一个脚注。

这样对身体很不好。自生日那天起蛰伏到我身上的消极(消沉)情绪,定是在心中扎下了根,比我想象的还要深。我想一定是因为寂寞。我要打几个电话,我想,今晚该出趟门。

稍后

唉,真是太令人泄气了。

本来全心全意要从幻梦中清醒,结果没人配合。我不知道本地还有谁活着,能出来吃个饭,喝口茶之类的。翻遍了地址本,结果令人沮丧,可能联系上的人只凑出一条短短的名单——希望很渺茫。而且他们一个都不想出来玩。

现在，夜深人静，我感到异常凄清孤独，见鬼。

10月5日

今天本来不想写的，因为直到傍晚前都没有发生值得记录的事件（我才不会流水账一样地记下无聊的购物、电视节目、该死的阅读进展呢）。不过，接下来发生了极为诡异的怪事。

夜深了，起居室又黑又冷。那件事过去已快半个小时，我还在微微发抖。

大约晚上10点，我进书房拿书。我懒得开灯：借着客厅里的光亮，能非常清楚地看到要找的东西就在书桌上。

弯腰拿书时，我突然感到脖子发麻，其轻尚亚于微风拂过，其重又甚于遭人监视的模糊直觉——人们偶尔会有这种感觉。

我警觉地迅速直起身。

外面已是深夜，不是星光璀璨的清朗暗夜，而是愁云密布的黑暗，了无生气，仅有前方和楼下的街灯透出散乱的黄光而已。没有月亮。

但窗户中间那块红玻璃熠熠发光。

它发出冰冷的红光，照在下方的书桌和我身上。我发誓，就是那光芒让我脖子的寒毛倒竖。

我瞠目结舌地看着它，想必下巴都快掉下来了。中央玻璃内部的杂质和刮痕蚀印鲜明，活灵活现。它似乎有一百种模样，突然像个蜷成一团的胚胎，突然像个红色漩涡，突然又像只布满血丝的眼睛，不断变幻。

我盯着它看了一会儿，光芒突然熄灭，时间肯定不超过三四秒。

我没看到它偃息的一刻，也没明显意识到哪个地方光辉突然黯淡，它也许就在我眨眼时隐去了。我所知道的，只是它亮起一小会儿，忽而熄灭了。

可我的视网膜上没有留下任何余像。

也许是某架飞机之类抛出的弧光，光芒难以言喻地正巧穿过我的窗户。我现在比刚下笔时思维清晰些了，那应该才是唯一的可能。看上去便是如此，不知道我为何要不厌其烦地记录下来。

只是，屋子被那光芒照亮的时候，空气中有什么非常异样的感觉。很不对劲。虽然只有三秒钟，但我发誓它给了我个透心凉。

10月8日（夜里·凌晨）

窗外有什么东西。

我很害怕。

不再是困惑、忧虑或好奇，而是真正的惧怕。

必须赶快写下来。

傍晚回到家时（我整天都在思索昨晚发生的事，即使提醒自己别想，还是止不住），我感到特别不想进书房。但最后还是进去了，当然，那里没出现异常。

我尽量不动声色地抬头看窗，看见窗外的天空，再正常不过了。那景色被旧玻璃刻上划痕和裂缝，但没有什么不协调之处。

我放松神经，百无聊赖地在周围踱步几小时，还是没法真正轻松。我想我还在琢磨前一晚的怪光。我在等待什么，起初还不太清楚，但随着夜深，阳光尽掩，我发现自己越来越频繁地望向客厅窗外。我在考虑下一步的打算。

最终，当白昼结束，我决心再次走进书房。当然，只去读书。我在脑中大声告诉自己这话，我想是为防止隔墙有耳吧。

我坐到扶手椅上，翻动查理那本冗长乏味的书，艰难地迫使自己看完。

我不时抬眼瞟瞟窗户，它就跟老实本分的玻璃没有差别。为减少反光，我关掉了主灯，就着一盏小台灯读书。窗外偶有飞机经过，我能辨出它一明一灭的灯光，从左手边的玻璃飞入视野，经过中间那块旧得多的玻璃，再移出。灯光滑过古旧红玻璃中的气泡，便瞬间膨凸起来。

边看窗边读书至少一个小时后，我肯定是睡着了。

寒夜冰冷，我突然醒来，模模糊糊看看表——凌晨两点刚过。

我像个可怜的小孩在扶手椅中蜷成一团，四周漆黑一片。肯定是台灯灯泡烧了，我记得当时这样想。我摇摇晃晃地起身，听到书从腿上落下。我糊涂地四处张望，瑟瑟发抖。

我想，是淅淅沥沥响个不停的雨声唤醒了我。雨点重重地敲击着窗户，我看见街灯昏暗的光芒闪烁，随着窗玻璃上滑溜的水迹略微移动。

我摸索着想站稳，却看见屋里有红色月光穿过中央玻璃透进来。转过头，恍惚看见了月亮。

我立时一怔。我的喉咙攥紧了，扭头再看一眼窗户。

旧玻璃是干的。

脏雨敲打着它的邻居，却没有一滴溅落其上。

月光透过玻璃，亮度不打一丝折扣，洒上我的脸，杂点扭曲了月形。我一动不敢动。

少顷，我走近那扇旧窗。周围都是杂乱无章的低沉雨声。我在书桌前站定，抬头看着月亮。透过紧扣的玻璃穷目远望，夜空清朗，还能看到周围的群星。

从别的玻璃看出去，可见飘雨的天空层云密布。

我望着明月，缓缓地将头移到一边，它徐徐移出裂纹散布的旧窗，经过分隔框，却没有出现在右手边的玻璃外。我快速将头往另一边偏，它又重现，再消失在另一端。

新旧玻璃看出去是不同的天空。

137

寻找杰克

我迅速拉开挡在身前的书桌,直接站到图案复杂的窗框前,伸出颤抖的双手轻轻扶住,凑过脸往外看。

我望向玻璃外的月色,看到一面墙的顶端,恐惧霎时一闪而过,使我有些反胃。透过中央红玻璃下方绿莹莹的那块,我看见有些模糊月亮的光辉,映照着面前咫尺之遥的旧砖和疮痍的砂浆,顶上嵌着碎玻璃片。

墙后有一道低矮的斜檐,屋顶斜伸入黑暗中。我把脸贴上玻璃,朝右边看去,墙一直延伸至视野尽头。那块玻璃比别的要冷。

我伸手往后摸到书桌椅,拉过来,小心地站上去,眼睛一直没有移开视线。我透过旧窗,顺着身下的黑砖往下看,玻璃下方大概六英尺处就是地面。

我满心困惑,无比震惊。确凿无疑,从两边的玻璃看出去,仍是伦敦之夜,五十英尺之下才是灌木带和黑石板。

而从中央那块带图案的玻璃看出去,却是一条小巷,不远处连接着人行道。垃圾碎片无声地掠过水泥路面。

我把耳朵贴上那块旧玻璃,外头渗过来的静谧甚至盖过了雨点凄凉的噼里啪啦。我的心跳得厉害,有些站立不稳。我尽览眼前的晦暗景象,心中生起一种麻木的预感,而且这预感每秒都在变得更糟。

我缓缓转头,发现有人在看我,预感霎时变成了恐怖。

我看见他们的时间不足半秒。那团黑漆漆的人影一动不动站在巷口,一见便知,他们黯淡的眼里闪耀的怒火,全都集中在我身上。

我失声惊叫,一脚踩空,滚落下来。

我重重摔下,瘫倒在地,挣扎了好久才站起来,呻吟着跑向门口,"啪"一声开了灯,转头看去,月亮已经不见了。

旧窗现在映入的景象,和其他的没有分别。它与同伴一样,被雨水溅湿。

现在已接近清晨，我不知道该做什么。

起先我打算与人分享：查理、萨姆，或者别的谁。但接下来我扮成听众，把这个故事给自己讲了一遍，得出的反应是，这个71岁的老家伙要么得了老年痴呆，要么老糊涂了、疯了、老眼昏花，或是纯粹编了套谎言。

最好的情况，充其量不过是觉得我讲的故事，采用了部分老年人惯用的影射手法，却又拐弯抹角得令人反感（比如，说"我经常想起去世多年的丈夫"其实是表示"我和你父亲聊得很开心"）。

除非谁过来亲眼看到，我才告诉。那幅景象也许不复再有，或者只挑没有客人时才出现，那么，听者只会对我报以怜悯。我可不想那样。

10月10日

那些个小鬼头。

他们在辱骂我。

昨晚，那座异城回来了。我两天没进书房，不知道那扇窗外发生了什么。由它来去吧。我想，这就像海滨住所外的潮汐变化一样，无须我来操心。

我半夜醒来，周围一团漆黑，不清楚几点。我在床上躺了许久，努力辨清是什么把我惊醒了。

终于听到了，是微弱的气声，低语。

隔壁传来的声音，来自书房。

我麻木地睁眼躺着，浑身冰冷。声音断断续续，鬼鬼祟祟，不见消停。

我坐起身，把被盖当斗篷披在身上，趿着鞋走出卧室，站在书房门外，怕得不敢出声。这里声音更大，从木门背后滑出，阴森恐怖。

我知道自己睡不着了，于是平定心神，伸手开门。

房间又沐浴在那幽幽月色中，照得书架和藏书古老而缥缈。一切都静止不动，沉浸在死寂的凝滞之中。月光从旧玻璃延伸出来，像一条灰蒙蒙荧光流淌的河。

透过别的窗户，我看见云卷云舒，但异城的夜空清朗依旧。我站在那冰寒房间的门口，又听见那个声音。

喂，先生。

小孩的声音。

明明是低语，却轻易萦绕整个屋子，在诡谲的维度间回荡。

我听到一声细细的窃笑和"嘘"声。

体外心内，竟是一样的冷。

喂，先生。

声音再次传来。我小步挪进前方可怕的黑屋，书桌还在前天的位置，我站在寒光凛冽的窗前，与之毫无阻隔。

还有别的声音：玻璃上传来清脆的敲击。又一声传来，这次我看到一把小小的黑东西从旧玻璃下方凭空冒出，砸在上面，稀里哗啦。

我反应过来，有人在扔石头。

我以细碎的步子缓慢走到旁边，扶起椅子——它躺在前天翻倒的地方。我站上去，头贴着玻璃尽量往下看。

小巷的阴影中，有什么东西晃了一下，看不真切。我心里发慌，浑身发冷，双眼迷糊。阴影又宽又深，几乎什么也看不见，但我辨出几个人形，正迅速将身子贴上我正下方的墙，躲开了我的视线。

其中一个又说话了。

喂，先生，你这老贱人。他们不怀好意地齐声怪笑。

又扔来一块石头，这次重得多。我隔着玻璃感到震动，它弹了回去。我稳住脚跟，朝他们恐惧地尖叫。

"你们要干什么？放过我吧！"我大喊，他们报以沙哑的掩口大笑。

小小的人形一个个离开墙边，进入我的视线。浓重的黑暗里，他们不过是团团影子，但看得出都是小孩。

我难以置信地下了椅子，透过另一扇玻璃望了一会儿，景色依旧。距离地面仍有五十英尺，地平线上，唯有我仍未入眠。我凝望着城中低矮的丘陵，萋萋草丛随风阵阵起伏，坡顶房屋绕成的无尽迷宫一片漆黑，寂静无声。

可上方的另一座夜城里，却有一伙诡异的小混混丢石头砸我窗户，学鬼的声音低声毒骂，叫我老家伙，老东西。

我陡然间意识到了事情真相。那天晚上，我第一次充分意识到捉弄我的是幻影，是惹是生非的鬼魂。我似乎猛然清醒，感觉到寒意料峭的空气，听到石头啪嗒啪嗒的声音，还有一群小鬼骂出的恶毒话，他们的存在真正匪夷所思。我从椅子上下来，恐惧梗在喉咙口，双腿差不多要跪下去了。我尽量稳住脚步，走到灯前打开，然而还是无法遏止幽灵城里流出的刻薄辱骂，于是我猛摔了三下门。

当我转回身，感谢上帝，感谢主，全都消失了。

不知道孩子们是怕得逃跑了，还是仍在异城去往之处原地等待。

10月11日

我回去找了卖窗户的那家店。

跟我预想的一样，那女人什么都不知道，什么都不记得，一问三不知。那扇窗户在她店里摆几个月了，进货地点太多，她实在记不起来。

她看着我的举止，关心地问是否出了什么问题。见她那狐疑的微笑，我不禁报以歇斯底里的狂笑，又瞬间止住。那表情一定龇牙咧嘴，异常可怕。

我被什么不明情绪附身了，模模糊糊，自己也说不清楚，像是急迫又凄凉，深深地从心底里感到过去已成定局，应着眼于当下。

那个地方属于什么性质？

我有很多种设想。

很清楚，窗户记得从前的景象。我不知道看出去是何时何地，但肯定是那片裂纹玻璃从前的视野（不过我意识到，经历昨晚的短期轰炸之后，现在裂缝更多了）。

这么说，我住在一扇窗户的记忆里？是不是早年也有个像我一样的老人，住在那扇光芒四射的窗户后面，经常有小坏蛋毫无由来地朝他恶行恶语，现在又延续到我身上？又或者，每次从这扇窗户望出去，都只能反复看到某处傻里傻气的地狱风光，像一段卡住的录像。

或许这一次有所不同。

也许那些小无赖想结束什么。

10月13日

我想象着那些毛头小子、邋遢小鬼、抽烟的胖墩、瘦脸蛋的姑娘、死鱼眼、小流氓。

都是些小讨厌鬼。

讨厌鬼。

他们赖上我不肯走了。他们朝我嘀嘀咕咕，模仿我拖着脚老态龙钟地走路。他们在对面的墙上乱涂乱写，脏话连篇，我这面墙砖上也有，在我看不见的异城住所。他们还乱撒尿乱扔石头。

我现在寸步不离书房。我要逐渐了解防御所需的信息，等待幽灵之城适时回来找我，届时好仔细调查，明察秋毫。

窗边有一条下水管，我是指异屋的墙，幽灵墙。

我听到他们窸窸窣窣沿水管爬上一小段，蹭落了铁锈和砂浆。我听到他们的低语，互相挑拨对方往上爬。他们骂我脏话，用憎恨和恶毒的语言互相鼓动，要打碎窗户吓死我。

不知道是我什么事没做好，还是异城这间屋里的人有过什么恶行。也许他只是又老又蠢又滑稽而已，离群索居，没人听得到他尖叫乞求。

我不会叫他们魔鬼。他们不是**魔鬼**，但我怕他们真能闯进来。

10月14日

我坐在书房里等了一整天，他们到夜里才终于前来。我站在椅子上，大声呵斥他们停手，睡袍的衣襟在脚踝边飘动，感觉傻极了。我看着其中一个从裤袋里抽出粉笔，开始在窗对面的墙上乱画。

天太黑，看不清。他们弄得我泣不成声后，才总算逃跑。幽灵城在窗外一直待到拂晓，这么长的时间，足够我去辨认他们写给我看的字迹。

你这死老头。

10月15日

我曾出门在各个城区的每一处仔细勘查，似乎伦敦不论哪里都满是年轻人。

我曾听闻众多少男少女，骑单车的，坐公交车的，怪话骂得激情四射。我见过小卖部门口贴个告示，写道"每次只进两名儿童"，像是自卫措施。我漫步在街道上，神色怪异地盯着周围的小怪兽们。

我此生头一次看到，人们看看我后尴尬地转开头去。也许我最近没有勤洗澡——太过心事重重。也许只是因为我走路一跛一停。他们又不可能知道我是新近才变成这样的。就在一周之前，那些小鬼头来了，我才开始变得这么凄惨无助。

我害怕所有没教养的放肆年轻人。没一个有人样，个个都像那些夜里来折磨我的家伙。

只要看到他们，不管是谁，我心中都涌起极度的恐惧，同时也有一丝

143

寻找杰克

嫉妒，一种渴望。起初我以为，这是由于窗户洒下陌异月光而滋生的新感觉，但后来我观察过别的成人看小孩的眼光，便明白那不是我个人的感触，而是由来已久。

我做好了准备。

我回了趟五金店，替我装窗户的那人也不记得我，或是认不出我了。我买了今晚需要的东西。

今天一整天，我都把手背在身后慢悠悠地闲逛。这也许是最后一天了（我不但老腿瘸跛，老胳膊也已握不稳当）。看看下午将尽，快到点了，我又蹒跚回家。

准备好了。我写着日记，夜色渐深。至此为止，那面闹鬼的旧玻璃都与同伴显示着相同的天空。

我现在就坐在那窗下，拐杖放在脚边，新买的锤子摆在大腿上。

为什么是我？我曾想，我又没有怎么害过人，没有胡作非为，更别说作奸犯科。跟小孩子也没什么接触。

他们前几次的夜间来访中，我曾瞥见扑腾的短裤下摆，不应该呀，那式样早在五十年前就过时了。我还听出来，无情围攻我的那些家伙，讲话也跟旧时的人一样短促（那音调不是装出来的，哪怕是瞪大眼睛无情嘲笑的时候）。没错，我当然想到了自己像他们那么大时的年月。

也许就那么简单，我在窗外望见的，就是自己曾与小痞子厮混的时刻。是不是就像老掉牙的寓言故事上讲的那样，辱骂我的正是我自己？

我不记得了。回忆过去，还能看见自己与小伙伴一起跑过碎石地，筛找宝贝，抽劣质烟，折磨流浪动物之类，但不记得挑了哪个老人独独骚扰他一个。也有可能是我自欺而已，或许外面的**真就是我**。

可我无法相信，地狱是这般陈腐无趣。

我认定自己不过是个普通老人，只是他们玩的游戏等了六十年才迎来结束。他们为那游戏而毁坏市容，违背世风，如痴如醉。

我一面观望，一面等待。当太阳隐没，精美的旧玻璃后光芒闪耀变化，我低头看见那些鬼魂蹦蹦跳跳，来到各自所在的位置，恶秽贯盈，精力充沛。好吧，我们比一比。

何不现在就敲碎它，一了百了？砸碎那该死的东西。

自从他们第一次出现以来，我这么想了快一千遍。我想象着用鞋或书打碎那片旧玻璃，甚至用身体去撞，让它裂成几百块落入空中，稀里哗啦掉进下方远远的草丛。

或者可以直接找人把它再取下来，换上和周围一样的玻璃，把那块玻璃陷阱还给茫然的店员。也可以不留痕迹地将它放到垃圾车里，让哪个缺心眼的捡去。还可以把它沉入运河，与四分五裂的众多垃圾待在一起，让它那阴森森的幽光照鱼去吧。

但孩子们仍会等待。

他们不在窗户里面，而是在窗外。那些孩子还未得偿所愿。他们挑选了我。我不知道为什么，也许根本毫无来由，总之选了我。他们能看见我，我将是受害者。他们随时准备行动，在我的整个余生。

不管把它藏到哪里，他们都依然等在窗外。就算我在自己的世界将玻璃打碎，也不会对他们的世界产生丝毫影响。他们仍会静静站在那座隐秘之城里等待，等待，我怕他们将来会以别的方式找到我。

他们来只是想看看能做到何种程度。

如果我留心并适时出手，且速度够快，我将能与他们抗衡。

我将代表老人挥拳出击。

如果我等到小巷出现在窗外时打破玻璃，让碎渣掉入他们的城市，那么事情也许会有些转机。这可能是反击他们的方法。

我要从那扇玻璃的豁口现身，跳到小巷里（如果抓住窗框，掉落距离不高。不过那就意味着进入幽灵城，没入死城之中，可我顾不了那么多了），挥舞手杖追赶他们。

该死的小混混。

如果上帝保佑让我抓到一个，我要把他按在我膝盖上趴好，苍天可鉴，我要揍他一顿，给他好一阵痛打，好好教训教训那该死的小子。我一定，一定要使劲抽他，惟有这样，这样才能结束所有的胡闹。我不能逃跑，必须阻止他们，他们需要有人来教训。

（噢，可是，就在写下这些话的时候，我感到很愚蠢。傻子才拟这种计划，或者是脑子不正常的人。我眼角瞥到苍老的手上皱纹密布的皮肤，明白要爬上窗户跳到异城地上，不啻于让我去跳过山岗。我能怎么做？能怎么做？）

我要试试，全力一搏。

因为别的办法更靠不住。

我知道他们的打算，了解他们的计划。当窗户发生变化，我会再次看到那条肮脏的小巷，他们用粉笔写下的威胁信息，仍将呈现在我面前。今晚我必须做足准备，跳出窗外朝他们冲去，因为如果我不做到，如果我犹豫不决，或者动作太慢，或者失败，或者他们更快，如果我没能出去……

他们就会进来。

消除饥荒

1997年底的某天，我在酒吧初遇艾坎。当时我和朋友一起，听着其中一个就互联网高谈阔论，大伙儿听得心潮澎湃。

"该死的互联网已经他妈的死了，伙计。过去都是狗屁。"我听到这话隔着两张桌子传来。艾坎和我对视，仔细打量着我的神色，像是在分析我会不会让他参与讨论。

他是土耳其人（看他名字怪，特意问了），英语发音无可挑剔。虽然每个词的结尾都略微有些不自然，却完全没有土耳其人惯有的喉音。

他抽高焦油烟，一支接一支。（"该死的国民运动：混蛋，肺里不搞上足够的狗屁病变，他们都不让我进伊斯坦布尔。"）他喜欢我，是因为我没有对他避而远之。我不介意他骂我脏话，也不会在他骂娘的时候板起身子。他经常骂娘。

朋友们都讨厌他，他离开后，我也点头低声表示赞同，说这是个怪胎，粗鲁得无可救药，好些地方太放肆了，然而事实上，我没法对艾坎真正动怒。他严辞斥责我们对电子邮件和网络过于激动，告诉我们有线连接已经死滞。我问他还能用什么，他长长地吸了口呛人的卷烟，摇摇头，一脸鄙视地把烟吐出来。

"纳米技术，"他说，"没用的狗屁。"

他没有具体解释。我把电话号码留给了他，却从没想过他会来电。十个月后他给我打了电话。很幸运，我还住在原址，我告诉了他这一点。

他有些不理解，说道："去死，人又不搬家，伙计。"

我安排下班后见面。他的声音有点慌张，甚至有些可怜。

"你玩游戏吗，伙计？"他问，"N64，玩吗？"

"我有台PS游戏机。"我告诉他。

"PS机，吃屎的玩意儿，伙计，"他回答，"狗屁一样的数字控制。它的广告我都背得出来。PS广告吹得天花乱坠，也总少不了个该死的模拟控制手柄，不然玩起来跟阉了似的。你知道谁有N64吗？"

见面后，他递给我一个灰色塑料小方盒。那是个任天堂64位系统游戏包，但做工粗糙，草草套了个外壳，接缝参差不齐，看上去怪怪的。没有商标，只是贴了张贴纸，上面划拉着潦草的鸟语。

"这是什么？"我问。

"找人借个N64来，"他说，"我做的程序。"

我们聊了几个小时。我问艾坎是做什么的，他又那样一脸不屑地抽烟，小声咕哝说是电脑顾问和网页设计。于是我说：我还以为互联网没前途了呢。他忙不迭地表示同意。

我问他做哪方面的纳米技术，他立马兴致高涨，声调也愈加粗嘎起来，不时拿疯狂的眼神瞟我，说话间莫名其妙地停下来朝我咧嘴怪笑，看不出有没有蒙我。

"别跟我提那些该死的微型动脉清理机器人，也别他妈的提什么医疗改组，或者是清理血脂的微型鬼知道叫啥的玩意儿，好吧？那都是忽悠人上套的狗屁。纳米技术搞什么最给力？呃？就跟任何该死的东西一样……"他挥拳猛砸桌子，啤酒溅得到处都是，"开发*游戏*才赚钱。"

艾坎的计划新颖奇特，他向我介绍了这个原型卡带。他说，它确实粗糙，但毕竟只是开始。"这是旧瓶子装的新酒，"他一直说，"好比小孩在操场上玩该死的打栗子游戏。"游戏名叫《血斗》，或《血狱》《血战》。他还没定下来。

"去买个小型家用注射套装，像糖尿病患者的那种。利用游戏包提供的器材自行制作血清。好比说你玩战争游戏的时候，选择多少混蛋骑兵，多少炮兵，对吧？那么，这几个小瓶里都是不同的微型机器人，与你的血相互作用，每个兵种攻防属性不同，还有微型修复机器人，充任医疗兵，所有的都是他妈的微型士兵。然后给自己组建一个血军团，部署电子冲锋部队，化学进攻部队，坚不可摧的防御等等，随你怎么布阵。

"接下来去操场，与别的买了《血战》的小朋友见面，各自刺穿手指，对，就像歃血拜把子那样，每人各挤一滴到一个特殊的盘子里去，把血都他妈的**混合起来**。"我难以置信地瞪着他,而他咧嘴大笑,吞云吐雾,"然后你们就坐在一旁观战,血液会发出微光,冒出气泡,产生动静,因为战争就要打响。"他开怀笑了很久。

"怎么判断谁赢了呢?"我最后问。

"盘子,"他说,"底部有一个小型显示器和喇叭,能接收并放大机器人发出的信号。你能听到战争的声音以及部队伤亡情况报告,最后会有得分,谁赢谁输一目了然。"

他靠在椅背上看着我,继续抽烟。我想讥讽两句,却死活开不了口。片刻之后,他突然凑过来,掏出一把小小的瑞士军刀。

"我演示给你看,"他热切地说,"准备来一场吗?我现在就给你演示。我真是热血沸腾。我们知道你肯定会输,因为你没有军队,不过你看一下它的效果就成。"军刀停在他拇指上方,他盯着我,等我说继续。我迟疑了一下,摇摇头。我看不出他是否在开玩笑,是否真给自己注射了这种疯子游戏器材,他这么做只让我觉得变态。

他还有别的点子。《血战》有扩展包,还有别的更复杂的游戏,需要用上外部设备,比如机场那种金属探测仪,只要从中走过,就会激活体内微型机器人的特定反应。但《血战》仍是他的最爱。

我把电邮地址留给他,并感谢他给我 N64 游戏包。他不想告诉我住址,但把手机号给了我。第二天早晨七点,我就给他去了电话。

"他妈的上帝呀,艾坎,"我说,"这游戏,这东西,这玩意儿……完全是神作。"

我被他吊足了胃口,回家路上就去百事达租了台游戏机,玩他给我的东西。

它实在太独到了,不是游戏,完全就是一件艺术品,令人沉醉其中。它营造了多重环境,政治评论口无遮拦、尖锐犀利,幻景阴冷荒凉,补给站火辣香艳。没有"游戏开始",只有对环境的探索,对赤裸裸阴谋的揭

寻找杰克

露。角度不断转移变化，令人眩晕，时有军力强权引人震撼。

我被折服了，玩了一个通宵，热情稍退便赶紧给他打电话。

"这破东西是谁家的？"我问，"什么时候面世？就为它我也要买台该死的游戏机。"

"它不会面世的，伙计，"艾坎说道，声音听上去很清醒，"不过是我捣鼓出来的破玩意儿而已。任天堂那些杂种不会授权的，"他说，"不可能有哪个混蛋要生产它。我只送朋友。最难的问题，我跟你说，最难的不是编程，而是装壳。如果是靠读 CD 之类的，不会有他妈的任何问题。但要把软件放进那芝麻点儿大的傻逼塑料小方块，确保跟外壳上的接口对应，一个不差，那是最难的部分。所以我放弃搞那破玩意儿了。没意思。"

艾坎这款未授权软件，这件非卖艺术作品还在我手里，我现在还玩。两年过去，我仍然在开发新的等级、新的层面。后来，艾坎在失踪之前，曾把标签上潦草的字翻译给我：我们理所应得的不止于此。

艾坎偶尔给我发电子邮件，往往附上些网址让我访问。我说是艾坎的邮件，其实"发件人"栏从来没有名字，也不署名。我只要点击回复，便显示送达地址无效，信息被服务器退回。但艾坎从不否认是他发的，有时还提及其中某些，问我是否收到。至于我问他如何以及为何匿名发送，他总是气愤愤地避而不谈。要想联系他，就只能打电话。

这个时代，群发邮件泛滥成灾，每天都有人推荐我访问一两个网址。有时是色情网站，附上的消息诸如"光天化日之下竟然？？？！！！"来自某个消沉的小子或不太认识的泛泛之交。更多的时候，链接指向某些猎奇的新闻故事之类。通常都很乏味，让人没有看下去的欲望。

可艾坎推荐的我次次都点，内容非常令人耳目一新，主要是些杂文、艺术品之类。

有时他提供一个登入隐藏网页的密码，我点进去，都是高深莫测的内部报告，看上去非常像政府间对话，或是造反派成员间的密谋。看不出是不是恶作剧，如果不是的话，那可太让人震撼了。

"你一直给我发的都是些什么狗屎啊？"我问。

"有意思吧，啊？"他暗笑几声，挂了电话。

他不仅给我分享网站，有时还指点我访问他的某个在线程序。我就是这样认识到，艾坎是个不折不扣的编程名家，隐世高手。在我们少有的几次约见当中，我曾叫他黑客。他立时爆发出一阵大笑，随后便对我勃然大怒。

"他妈的黑客？"他又笑了，"他妈的黑客？听着，兄弟，跟你讲话的可不是个脸冒油光的十六岁小肥宅，裤子上留着打完飞机的污迹，自称网络恶魔。"他狂爆粗口，"我他妈不是黑客，伙计，我他妈是个艺术家，是个辛勤劳动的工资奴隶，是他奶奶个有责任心的市民，怎么说我都行，千万别他妈叫我黑客。"

他喜欢叫什么名，我才无所谓。且不论自视为何，他的能力让我惊叹——难以置信，真的，完全叫人瞠目结舌。

"你用什么搜索引擎？"有一次他给我写信，"你的名字能搜出多少条结果？现在搜一下，明天早晨再搜一下。"

依据"搜站"网的结果，我出现在七个网页上，都是和工作相关的无聊信息。第二天再敲入名字后，却什么都没出来。上公司网站查询，我的名字还在，就在网页中间。可是要通过"搜站""搜搜机器人"或"千兆地带"来搜索，却一无所获。我隐形了。

"你干了什么啊？混蛋！"我冲着电话大吼。其实我很兴奋，只是佯装盛怒。

"怎么样啊，嗯哼？我把你加入我的隐藏引擎了。"我听到他抽烟的声音，"别担心，伙计，"他说，"可以移除的。感觉不错，对吧？我想明天我该添加该死的杰克·斯特劳①，或者我他妈想得起来的所有跟性交相关

---

① Jack Straw，英国工党政治家，曾任英国内务大臣、外交大臣、掌玺大臣等职。

的词汇。"他挂了电话。

如果他真把那些词语统统导入过引擎,那铁定是死机了,我第二天核查过。但也可能是他懒得这么做。

和艾坎交谈过几次以后,接连好几个月都没跟他见面。

一天早晨,我发现收件箱里又有一封他发来的不署名邮件:《见过这吃屎的王八蛋垃圾网站吗?》

我见过。那是"消除饥荒"组织的主页。以它为主题的群发邮件,我已经收到过至少两次。

那个网站上只有色彩暗沉的简单图像,没有背景音乐,配有一系列关于世界饥荒的数据,数字令人痛心。友情链接包括联合国粮食计划署、牛津饥荒救济委员会等等。不过令它如此受人热捧的原因是点击式慈善捐赠系统。

任何访问该网站的人,都可以点击一个小小的棒形按钮,每天一次,用网站的话来说,就是"喂养饥民"。按钮旁有赞助商列表——非常得体,没有图标,没有铃铛,没有唿哨,只有公司名称和指向其主页的链接。每点击一次,每个赞助商都会捐赠半美分,加起来大约等值于半杯大米或玉米之类。

跟通常的企业慈善一样,这网站让我有些不安。第一次访问时我点了按钮,感觉好像不点的话,太一毛不拔了。但后来我就再也没有打开过,也反感人们向我推荐它。

我给艾坎打了电话,他情绪激动。

"我看过那个网站,"我告诉他,"有些倒胃口,对吧?"

"倒胃口?"他大吼,"这混蛋,说它让人想吐还差不多。他妈的让人吐胆汁,吐血,伙计。我是说,抛开轻量政治的成分不谈,这种垃圾在世上根本找不出第二个。"

我告诉他:"我可是一直收到推送它的邮件。"

"哪个王八蛋给你推它的邮件,你就立马回复过去,叫他们把那邮件拿去塞自己屁眼,塞得顶到上槽牙为止,好吧?我是说,该死的苍天在上……你看常见问题板块了吗?听听,我他妈一字一句念给你听,好吧?'多次点击"送粮食"按钮,能否多次捐款?''很抱歉!'"艾坎的语气中流露出暴躁,"'我们真的很抱歉!很可惜,这样不行。依照与赞助商的协议,我们每人每天只计算一次捐助,超过一次即会违反合同。'"他故作干呕之声。

"去他们的,兄弟,"他说,"叫我们不能太顽皮,不能点击太频繁?"我没有告诉他自己第一次打开时也捐了,他的话让我心中羞愧。

我低声胡乱作了些回答,半是同意,半是反驳,也谴责了一番。他还不满意。

"这是场该死的战争,伙计,"他说,"这东西我不能坐视不管。"

"把它们导入你的隐藏引擎吧。"我随口提议。

"什么?"他说,"你他妈的在说什么?别净说些屁话,伙计。我要他们倒地死翘翘。该死的发令枪要鸣响了,兄弟。"他说完挂了电话,再打过去就不接了。

两天后,我又收到一封电子邮件。

上面写道:"去访问那个鬼玩意儿试试。"我试了,"消除饥荒"的网页出不来,浏览器找不着它。晚上我再试一次,它又回来了,还附了个真挚的小告示,说他们成了黑客的目标,为此深感难过。

艾坎一直不接电话。

大概十天后,他给我打了过来。

"伙计!"他朝我大喊,"回去看看那些杂种。"他说:"我上次……怎么说呢,我上次抢跑了。不太高明,对吧?不过这他妈的像是,怎么说来着,事先侦察。现在回去看看吧,把那混蛋按钮点个够。"

"艾坎,你干了什么?"我说。当时我在上班,尽量不表露情绪。

"我不知道能维持多久,"他说,"所以赶紧让你所有那些混账朋友尽

寻找杰克

快都去访问。只需要很短的时间,那些吃屎的赞助商就得付一笔可观的支出。他妈的,点一次十美元,朋友,不是什么狗屁半美分。大方地给吧。"

我无法了解这会造成多大的影响。当然,差不多第二天,我便狂热地四处宣扬开去。"消除饥荒"发现的时候,没有声张。我总爱想,签约企业是否在某天最美好的时刻,突然发现实捐数额突然暴涨至保证数额的近2000倍。

我不知道艾坎什么时候才会厌倦这些游戏。

大约两周后的傍晚,我们打电话聊了很久。他听上去疲惫不堪。

"最近在忙什么?"我问。

"打仗,伙计。"

我暗示他说这样太累了,他该费些心思在别的事情上。他立时变得恼怒而消沉。

"它真的跟我杠上了,这网站,"他说,"真杠上了。讲不出为什么,我没法……这场战争很重要。可我……总是打击错误的敌人。'企业赞助商根本不在乎!''大公司太虚伪了!'这对该死的任何人都不是新闻。谁不知道呢?谁他妈的在乎?

"你有没有静下心来想过AETH[①]办公室的那些人,伙计?"他说,"在你脑中是什么样?就跟某种食尸鬼一样的,伙计。你怎么看?"

我几次转移话题,都又让他给绕回来。"我不知道,伙计……"他不停地说,"不知道该怎么办……"

也许他第二天就决定了,却过了整整三周才将之实现。

"去访问A*E**T*H*****吧,"邮件上写道,"点击按钮,给可怜的饥民大众送上礼物。瞧瞧会发生什么。"

[①] 即"消除饥荒"组织的缩写(An End To Hunger)。

我打开网站。似乎没什么变化，只有一些小小的更新。我遍寻不着艾坎动过手脚的痕迹，最终点击了"送粮食"按钮，等待。

什么都没发生。

出现了寻常的小提示，代表饥民感谢我。又等了几分钟后，我离开了。不知道艾坎计划了什么，我想，他没有成功。

几小时后，我查收邮件。

"靠，怎么……"我说着，住了口，摇摇头，"疯子天才杂种，你他妈是怎么做到的？"

"你喜欢吗？"信号很糟糕，但听得出艾坎的声音充满了成就感，"你他妈的喜欢吗？"

"我……我说不上来。总的来讲，觉得很震撼。"

我盯着收件箱里那则信息，发件人显示为"饥肠辘辘的外国人"。

"亲爱的善良慷慨的人："上面写道，"非常感谢你大方地赠送给我半杯湿米。我们的孩子会珍惜每一粒粮食。非常感谢你们'消除饥荒'组织好心的发起人，召集富裕的朋友朝我们抛撒大米——这等好处，来自血汗工厂压榨工人和工会倾轧，从而为我们穷人提供粮食。不管你做什么职业，敬请安心坐好，别问他们任何问题，让他们开心就好，别鼓动征收公司税、开展基层控制之类的，那样一来，威胁到他们的大宗利益，就不能源源不断地给我们买半杯大米了。致以谦卑的爱戴与感激，饥民。"

"每个点击按钮的王八羔子都会收到。"艾坎说。

"你怎么做到的？"

"用了个该死的程序。我把它贴到了那网站上。它会扫描你该死的硬盘，搜索看似电邮地址的数据，在你专心致志点击的时候，消息就发送了出去。你按'回复'试试。"

我按了一下，回复地址是我自己的邮箱。

"非常出色，艾坎，"我边说边缓缓颔首，暗自希望那封信出自别人之手,措词更微妙,或者再润色一下,"你真正向他们挥出了致命一击。"

"哈哈,还没完呢,兄弟,"他说,"多关注这出好戏啊,明白吗?关注关注这出该死的好戏。"

第二天清晨五点钟,电话响了。我光着身子赤着脚,蒙着脑子走进起居室。

"伙计。"艾坎的声音,紧张又兴奋。

"现在才他妈几点啊?"我大致这么回答了他。

"他们破解我了,伙计。"他压低声音说。

"什么?"我睡眼惺忪地蜷在沙发上,揉着眼睛。外面的天空是两种色调。鸟儿们傻乎乎地吱吱喳喳。"你在搞什么啊?"

"我们慈善的混蛋朋友们,伙计,"他急促地低语道,"'养育世界'中心的相关人士,明白没?他们察觉我了,找到我了。"

"你怎么知道?"我问,"他们联系你了?"

"没有,没有,"他说,"他们不会那么做的——这样会暴露他们该死的行踪。不是,是我在线监视他们,看到他们在追查我。他们应该已经搞清楚了我在哪个国家。"

"什么意思?"我问,现在我完全清醒了,"你在拦截他们的电子邮件吗?你疯了吗?"

"啊,伙计,可以他妈的有一亿种办法嘛,读取他们的信息,关注他们的监视对象,窃取内部备忘录,严密监视他们的自动防御……相信我这一点:他们在找我。"沉默了一会儿,他下结论,"甚至可能已经找到了。"

"这么说……"我摇摇头,"那就别管了。随它去吧,赶紧从他们头上下来,再给惹恼,他们就得去报警了。"

"混账,报你妈的警……"艾坎的声音充满了不屑,"他们不会把这案子交给警察的,那些警察,屁眼塞住就找不到自己大拇指在哪儿。不会的,伙计,我担心的倒不是警察,而是那群'消除饥荒'的杂种。你没想过那种人是什么货色吗?都是**坏蛋**,伙计,坏透顶的巫蛊。别的不说,伙计,你他妈刚才叫我**别管了**是什么意思?别这样,像个吃屎的胆小鬼。我跟你说过的吧?我不是告诉过你,这就是他妈的一场战争吗?"他现在吼起来了,我则努力哄他闭嘴。"我不是来找你**出主意**的,只是想跟你分享一下战况。"

他挂断了,我又累又烦,没有打回去。*疑神疑鬼的神经病*,我想着,回去睡回笼觉。

艾坎仍然继续发着内容晦涩的电子邮件,告知我"消除饥荒"的一些新变化。

写给捐赠人的信很快就停发了,但艾坎不愿罢手。他让我去看赞助商网页,我发现他把所有链接都重新链向不同的左翼革命组织。他还做了个小弹窗,只要点击"捐赠"按钮就会弹出,将大米与欧洲堆积成山快要腐烂的食物进行营养价值对比。

他总是向我暗示他还留了最后一手,终极的撒手锏。

他有时会突然打电话来。一次,他告诉我:"我一直在关注他们,伙计,我发誓他们也一样,在跟踪监视我。我他妈的得非常小心。这回可能很他妈的难办。"

"别跟我讲糊涂话了,"我说,"你以为在拍三流惊悚片吗?你黑人家网站——别朝我喊,他们就会这么说——是有可能坐牢的,仅此而已。"

"去你妈的,兄弟!"他吼道,"别太天真了!你以为这是游戏吗?我跟你讲过……那些混蛋不会报警。你他妈的**看不出来吗**,伙计?我做了一件*败坏透顶*的事……*我指摘了他们的慈善活动*!他们在进行特雷莎修女[1]的事业,我他妈的却在一边恶搞,那些王八蛋受不了!"

我有些担心他。他简直令人光火,不再愿意跟我好好交谈,光顾着从

---

[1] 特雷莎修女(Mother Teresa of Calcutta),天主教慈善工作者,于1979年获得诺贝尔和平奖。

寻找杰克

我的话里截取只言片语,以此为出发点大谈特谈疯狂的阴谋论。

他给我发一些怪异的邮件,内容缺胳膊少腿,几乎看不懂。有的只有一句话:"他们会喜欢的"或者"我要让他们瞧瞧它的厉害"。

有的则稍长,像是剪切自正在书写的东西、未完成的备忘录和程序片段。有的是选自各种百科全书的文章,乱七八糟,关于国际政治、网络民主、计算机化超市盘存、红体病等各类营养不良症状。

我慢慢梳理出这些线索,心中隐隐感到惊诧和害怕。我意识到,这些看似包含疯狂威胁和荒唐夸张的拼贴背后,好像有更大的框架,有某种不寻常的逻辑。通过那些零星的散句、暗示、玩笑、威胁,我逐渐有些理解艾坎的计划了。

却又否定了这想法。

我尽力不去相信,太庞杂了。他竟然构想得出这样的计划,让我的恐惧平添几分敬畏,更别提他相信自己有实施的才能。

实在难以置信,叫人忐忑不已。

我知道他有这个能力。

我打电话轰炸他,他从来不接。他没有语音信箱,完全没法联系,我只能在屋里走来走去,骂骂咧咧。

现在,"消除饥荒"已经安静了一段时间,我有些不祥的预感。它已经不受打扰地运行了至少三个星期。艾坎正在谋划他的终极反攻。我要疯了。每每想到艾坎和他的计划,便对一切紧张得要命,终日惶惶不安。

最后,在一个周日晚间的十点五十分,他打来了电话。

"伙计。"他说。

"艾坎,"我说着,叹了口气,结结巴巴地挤出话来,"艾坎,你不能这么做。"我说,"不管你他妈有多讨厌他们,兄弟,他们只是一伙自由主义的白痴,你不能那样对他们,不值得,别跟个疯子似的——"

"闭嘴，伙计！"他大吼，"听我说！"接着又讲起悄悄话来。

我突然意识到，他害怕了。

"我他妈的没时间了，兄弟，"他紧急地说，"你得过来一趟，帮帮我。"

"出什么事了，伙计？"我问。

"他们快来了。"他低声说道，话语里的异样让我发冷。

"那些混球跟我耍花招，"他继续道，"做出还在搜索的样子，实际上比我想象的要厉害——几辈子以前就发觉了我，只是在静待时机，然后……然后……他们马上就要到了！"最后那句话低沉得只剩嘶嘶的气音，像一个诅咒。

"艾坎，"我慢条斯理地说，"你别胡想瞎想了，"我说："警察要来了吗……？"

他气得差点疯叫起来。

"你他妈的混账东西，耳朵长哪里去了？普通的混蛋是会去报警，但这他妈的慈善组织想要我的头！"

我这才反应过来，他刚才是叫我去他家里。认识五年了，他第一次打算告诉我住址。我想插话，但他还在不停谩骂："我了解那些杂种下三滥的底细，跌破你眼镜，伙计，"他喋喋不休地说，"像该死的寄生虫一样……什么样的混蛋会过那种生活，你就没有点兴趣？"

"我能帮上什么呢，伙计？"我问，"你是让我过来吗？"

"对，伙计，求你了，帮忙把我这白痴混蛋救走。"他说。

他说出地址，步行大约二十分钟远。我不禁破口大骂。

"你一直住这么近！"我说。

"求求你，快点就是了。"他低声说完，便挂断了。

艾坎家所在的街道，是一排不起眼的红砖房。我盯着那座房子看了几秒，才发现一切都不对劲。前窗破了，窗帘的流苏从破口探出，像海草一般在窗外飘荡。

我大喊着全速跑过最后几英尺，按响门铃，没人应门。我挥拳砸向木门，砸得对门和楼上的灯全亮了，还是没人来开。

我透过破洞往里瞧了瞧，小心地攀住参差不齐的窗框，爬进艾坎的屋子。

我站在屋内，浅浅地呼吸着，低声喊他的名字，一遍又一遍。声音非常细，让我越发恐惧，那样的沉寂中，那么细微的声音。

公寓很小，乱的地方一塌糊涂，整洁的地方一丝不苟，真是个奇妙混合体。起居室兼作卧室，宜家风格的敞柜紧凑地拼在一起，上头摆的杂志和软件精心码得整整齐齐，全是严格的直线。角落里是一堆格外强大的硬件，紧紧地挨在一起，形成一个小网络，打印机、扫描仪、猫、显示器以不可思议的角度插空摆放着。咖啡桌上满是烟灰缸和没洗的杯子，臭气熏天。

没有人在。

我迅速在各个房间走了一遭，前前后后，来来回回，总感觉他可能站在某个角落，被我疏忽了，又或者在等我找到他。除了破损的窗户之外，没有打斗的痕迹。我没精打采地等着，可没有等来一个人。

几分钟后，我发现一个绿灯在懒洋洋地朝我闪烁，意识到他的主计算机处于睡眠模式。按下返回键，显示器亮起，我看见艾坎的电子邮件程序在运行。

收件箱空空如也，只有一条消息，是当晚早些时候收到的。

发件人显示为AETH。我感到一股血气缓慢上涌，慢慢地伸出手去，点开消息。

"您竟然认为我们改善世界众多饥民生活的使命毫无价值，这令我们深感失望。"我看着邮件，"我们积极投身于帮助地球上最贫困的人们，无须花费用户一分钱，我们认为这是各方多赢的局面。毕竟，没有我们，穷人和饥民就失去了话语权。

"您与我们眼界不同，且认为有必要妨害我们的工作，着实令吾等极为悲伤。如您所见，正因您阴谋破坏我们的网站，我们才借此追踪到您。我们认为，如通过您所在国家的法庭解决此问题，无法使双方满意。

"我们认为有理由告知您，我们对您的行为非常重视。我们严正对待自己的使命，不能继续任由您危害那些我们尽力帮助的生命。

"我们打算与您讨论这个问题，当面恳谈。

"就在此刻。"

没别的了。

我在寒冷中等待，一遍遍看那则信息，在寂静的公寓内四处张望。最后我离开了。我考虑过把电脑搬走，可是太重了，再说我又真的摆弄不来。我不过是个日常用户，艾坎在里面装的东西，我永远也搞不懂哪里是头哪里是尾。

我给他的手机打了几百次电话，但总是不通。

我无从得知他去了哪里，发生了什么事。

也许是他自己打碎了窗户，是他自己写了那封邮件。也许他在遭受惨败的夜里，呼嚎着跑开了，背后其实无人追踪。我一直在等待，希望某天能听到他的消息。

也许现在他还遭到追踪，也许他摆脱了对手视线，不再上网，隐姓埋名成了夜贼，任由线上的踪迹积满灰尘。

或者他也可能被抓到，被他们带走，去讨论慈善政治了。

每周都会有那么一两封邮件，推荐我访问"消除饥荒"。网站运行正常，似乎问题已经解决。

过节啦!

不怕你说我幼稚，我就是喜欢那些无聊的东西——雪啦，柏树啦，金箔纸啦，还有火鸡。我喜欢礼物，喜欢颂歌和老掉牙的歌曲。我就是喜欢圣诞TM。

所以我才这么激动。不只是为自己，也是为安妮。她妈妈艾尔莎说，不明白有什么大不了的，也不清楚我到底在兴奋个什么劲，可我知道安妮一定等不及。她大概十四岁了吧，但是我敢肯定，一说到这，她就会变回一个小女孩，梦想着烟囱边的长筒袜。自从和艾尔莎离婚后，我俩便轮流带安妮过12月25日。只要是轮到我，都会使出浑身解数。

我承认，艾尔莎的话听得我很不舒服。我是那么害怕安妮失望，当我得知能破天荒头一次风风光光庆祝一回的时候，说不出有多么欣喜若狂。

可别理解错了。我没有在耶诞公司参股，也买不起单日的终端用户许可，因此不能合法开办聚会。我曾短暂地考虑过购买价格更亲民的盛诞亭产品，或是可口胜诞之类打擦边球的节日限量款。但想想过节还得抠这省那，真叫人觉得沮丧。传统的东西用不了几样，要是来不了一整套，还不如一点都不要呢。（盛诞亭买去了蛋奶酒的专利，可是做得很难喝。）其他公司变着法子设计自己的独创形象，代替驯鹿和雪人等经典标志，可惜都没成功。我无法忘记，有一次买了响叮当公司的盛诞壁虎，安妮的反应只是平平淡淡。

不，跟大多数人一样，我本来只打算小小庆祝一下仲冬圣节，就安妮和我。只要我小心避开那些注册产品，就不会出问题。

使用常春藤装饰倒没有大碍，冬青TM则绝对禁止，不过我储藏了一大批圣女果，打算到时刻到仙人掌上。我不会冒险使用金箔纸，而是准备了些颜色亮丽的彩带，打算挂上一叶兰。这些事你懂的。督察员还不算太坏，有时会装作没看见一两件小装饰（就算被揪到也无妨，每年因非法庆祝圣诞TM而施行的罚款可是数不胜数）。

就在我有条不紊地进行准备的时候，竟然发生了意想不到的事。我中彩票了！

其实我并没有中头彩,中的是二等奖,但奖励已然够优厚了。那是封合法圣诞TM聚会的邀请函,地点在伦敦市中心,由耶诞公司主办,别开生面。

看到那封信,我激动得浑身发抖。耶诞公司办的,一定非常正宗。会有圣诞老人TM、红鼻驯鹿TM、槲寄生TM、肉馅饼TM、圣诞树TM,下面藏着礼物。

最后那一项我无法抵抗。试想,只能用报纸裹着礼物,摆在一叶兰的旁边,感觉多不是滋味儿。自从耶诞公司买断了彩纸包装与树下放礼物的专利权,督察员便开始严厉打击非法"精装树下赠礼"。我不断幻想着安妮猫下腰,伸手到松针悬垂的树枝底下摸礼物的情景。

也许不该那么早告诉安妮的,应该到当天再给她惊喜,可我激动得不能自已。说实话,之所以告诉了她,一半的原因是想让艾尔莎心生嫉妒。她总是甩出那份调调,说一点也不怀念圣诞TM。

"想一想,"我说,"我们可以合法唱颂歌——啊,对不起,你讨厌颂歌对吧……"我实在是太坏了。

安妮兴奋得快疯了,把网名都改为"过节啦"。据我了解,她一直都在向穷朋友夸口炫耀,引得对方羡慕不已。我有次沏了茶给她送去,瞥到一眼屏幕,聊天室里净是些"铃儿叮当12""一捧鲜花"之类的名字,各种感叹句映入眼帘,诸如"不会吧!?!?!? 胜诞节?!?! 太酷了!!!!!"之类,但她迅速挡住了屏幕,要求我尊重隐私。

"别太过分啦,"我告诉她,"没必要一而再再而三炫人耳目吧。"可她只是大笑,告诉我说,反正那天他们也都准备好要见面,还说有我不知道的好戏可看。

安妮25日醒来时,平生第一次发现有条长筒袜TM等在床尾。她带上它来吃了早餐,笑逐颜开。我则喜不自胜地扬着耶诞公司的许可证,完全合法地说道:"圣诞TM快乐,亲爱的。"我很高兴那个"TM"不用念出声来。

我已经依照说明,把她的礼物寄给了耶诞公司,它将在树下等待。那是最新款的游戏主机,我知道她会喜欢,便勒紧裤腰带买了下来。她可是玩视频游戏的好手。

我们早早出发了。街上人相当多,都在过普通人的平淡25日,不敢说什么违法的话,只能互相扬扬眉毛,用微笑致以节日的问候。

照理说当天的公交排班就跟普通工作日一样,但一半的司机都理所当然请了"病"假。

"咱们别干等啦,"安妮说,"时间还很多哩,不如走路去吧?"

"你给我准备了什么呀?"我不停问她,"我的礼物是什么呢?"还作势要偷看她的包。她摇摇手指。

"到时候就知道了。我很满意给你挑的礼物,爸爸。我觉得它对你很有意义。"

本来不该花太多时间的,但我们不知怎的走得很慢,边聊边混时间,后来我突然意识到快迟到了。我心下一惊,着慌赶路,安妮有些不高兴,抱怨起来。我克制住自己,没有指出是谁一开始提出走路的。等我们跑到伦敦市中心的时候,已经迟到好一阵子了。

"赶快,"安妮不停地催促,"是不是快到了……?"

牛津街上万人空巷。人山人海,全都露出隐秘的开心表情。我也情不自禁地笑了。安妮突然往前跑了一段,又回来把我往前拖。她现在想跑快些,我只得不停向撞上的人道歉。

差不多都是二十来岁的孩子,三三两两地在一起。安妮拖着我往前冲,拽着不放,他们未加指责,反而纷纷让路。

人真是多得令人惊讶。

我听到前方有音乐,还传来几声呵斥。我紧张起来,但他们好像并不是生气,不过我还是喊道:"安妮!过来,宝贝!"我看见她蹦蹦跳跳,挤

寻找杰克

过人群。

说是人山人海，真一点不差。有人在吹口哨吗？大家都是从哪里来的？我被人流左挤右挤，推来搡去，人群好似一波巨浪。我瞥见一个年轻人，看到他穿的大毛衣上有只红鼻子驯鹿，唬了我一跳。一看就知道，他肯定没有许可证。"安妮，来这里！"我呼唤道，但鼎沸的人声淹没了我的话语。身边一个年轻姑娘吊着嗓子起音唱歌，她嗓门真大。

"祝……"

跟她一起的小伙子跟着唱起来，接着是他的朋友，之后是旁边的一批人，几秒之间，所有人齐声高歌，天籁之音混合着耳膜毒药，共同组合成刺耳得要命的响亮尖叫。

"祝……"随后，所有的百千民众像是对上了眼神一样，准确应和着节奏，引吭高歌。

"……祝你圣诞快乐，祝你圣诞快乐……"

"你们疯了吗？"我大喊道，但那该死的非法聒噪声中，没人听得到我说话。啊，我的天哪，我知道是怎么回事了。

我们周围都是圣诞阿里乌斯派激进分子。

我在人群中转来转去，大喊安妮的名字，追赶她，一面留神有没有警察。街上的监控器不可能不会发现的。他们会派耶诞纠察队来。

我在人群中看见了安妮，赶紧向她跑去——该死，来的人越来越多了。她朝我招手，不安地四处张望，我粗暴地挤过人群，快要走近了，我看见她仰头望着身边的谁。

"爸爸！"她大喊道。我见她辨出我来，眼睛睁得大大的，可随后——好像看到一只手抓住她，一把将她拉走了？

"安妮！"我来到她刚才站的地方，大声呼唤。但她已不知去向。

我慌了神：她是个聪明姑娘，何况这还是光天化日之下，那只该死的手是谁的？我拨了她的电话。

"爸爸,"她接起来。人头攒动,信号糟糕得要命。我朝她狂喊,问她在哪里。她听上去有些紧张,但不害怕。"……嗯……我要……去聚会……见……一位朋友。"

"什么?"我吼道,"去哪儿?"

"去聚会。"她说道,信号断了。

对呀,聚会。那才是她要去的地方。我定下心来,挤过人群。

革命意味渐浓,人们正变成一群金箔包裹的暴徒。

牛津街堵得水泄不通,我突然置身于几千抗议者中央,惊慌不安,过了很长时间才挤过游行的队伍。他们先前还像是一群乌合之众,突然换上了各类装扮,色彩绚烂。所有人都在游行。我经过了不同的方阵。

那些横幅到底是从哪儿变出来的?标语在人群上方小幅波动,就像海上漂浮的杂物。"为和平 为社会主义 为圣诞""还我圣诞季!""取消圣诞私有化"。四处举得最多的一种标语牌,非常简洁明了:TM两个字母圈起来,画上根大斜杠。

她会没事的,我急匆匆地想道,**听她声音,不会有问题**。我朝聚会地点挤过去,四处张望,只隔几条街了。游行队伍在我眼前一览无余。

这些人疯了!我不是觉得他们的脑子长歪了,只是说这么做达不到任何目的。他们的做法会给所有人带来麻烦,警察随时可能抵达。

但我不得不佩服他们的创意。那些五颜六色的各式服装,看上去棒极了。不知道他们是怎么把这些东西偷运到街上来,这场游行是怎么组织的。一定是通过网络,那就意味着需要非常复杂的加密,蒙骗过执法软件。游行的不同方队似乎唱着不同的歌曲,那些我多年没有听到过的乐曲。我正走在冬天的奇异仙境。

我走过一个基督教徒方阵,他们全佩戴着十字架,吟唱颂歌。前面那群人服装不甚讲究,叫卖着左翼报纸,手里举的标语牌上印着马克思的照片,戴上了一顶圣诞帽。他们唱着"我梦想过一次红色的圣诞节",有些五音不全。

现在我们正走过塞尔福里奇百货，一小群人停在橱窗前，里面一如既往，摆着琳琅满目的香水与鞋子。游行者互相打量，又回头看着玻璃。一条边街之上，几个过客正盯着这奇妙异景。我立即想到搜寻"普通"顾客——街上除了游行者外，感觉好像没有别人。

我知道望着塞尔福里奇的那些人在想什么：他们想起了一项古老的传统（或是想起别人讲过——他们中有些还很年轻，应该不记得《圣诞TM法案》颁布前的生活）。

"如果他们不给我们圣诞橱窗，"一个女人怒吼道，"就让我们布置给他们看吧。"说完这话，他们纷纷掏出榔头。啊，天哪，他们砸碎了玻璃。

"不！"我听到一个身穿时髦羊呢大衣的人朝他们吼道。一个游行方阵看似惊恐不已，放下了写着"劳工朋友共庆圣诞"的标语。"我们来这里的目的都一样，"那人大喊道，"但我们不能支持暴力！"

可是没人理会他。我等看着人们把货物抢走，可他们只是把商品和着碎玻璃一股脑儿推到地上，把别的东西放进橱窗。他们从背包和口袋里拿出小小的马槽、纸糊的圣诞老人TM、包装花哨的礼盒、冬青TM、槲寄生TM，四处摆放，这是场原生态的展览。

我继续前行。一个人阻住我的道路，他所在的团体走在人群两边，衣饰前卫。他冷笑着递给我一张传单。

鲜活马克思主义思想研究所
为何不上街游行

老派左翼意欲光复基督教仪式，我们对此可悲的企图深感不屑。认为政府"偷走""我们的"圣诞的观念，只是当前风行的恐惧文化的一部分，我们坚决抵制。站在超越"左"与右的高度重新评估的时候到了，让动态的力量来振兴社会吧。就在上个月，我们 ILMI[①]成员在 ICA 组织了一场研讨会，探讨罢工为什么令人厌倦，而搜寻是新的黑……

彻头彻尾地看不懂。我把它丢了。

直升机的突突声传来。啊，完蛋了，我想，他们来了。

"注意，"天上有个声音通过喇叭喊道，"你们违反了《圣诞 TM 法典》第四章的规定。立即解散，违者就地逮捕！"

让我惊讶的是，下方回应以乱哄哄的嘲讽。接着人们开始咏唱。起初听不清歌词，但很快就明确无疑了。

"是谁的圣诞节？我们的圣诞节！是谁的圣诞节？我们的圣诞节！"

缺少了些诗意。

身边的一群人，我记得在新闻里见过，是圣诞阿斯里乌派的激进女权主义者，身穿白衣，鼻子上顶着胡萝卜，扮演雪人。一个小个子跑过我身边，四处张望着咕哝道："太高了，太高了。"他开始大喊："所有低于五尺二的人，都来跟圣诞老人的小助手一起搞破坏吧！"一个更矮的人开始与他愤怒地争执。我听到了"玩笑"和"虚情假意"之类的词。

人们在吃圣诞 TM 布丁和火鸡肉片，有些教派的信徒甚至在大嚼孢子甘蓝。有人递给我一个肉馅饼。"上帝保佑！"一个激进异教徒在我耳边大喊，又塞给我张传单，呼吁在讨回节日之后，将它重新命名为冬至节。他被一群芭蕾舞者推开了，那些人装扮成糖果仙女和胡桃夹子，肌肉壮硕。

我正接近聚会地点，但迟到了不说，街上堵的人越来越多，那地方就要被包围了。我们怎样才能进去呢？

一些狂暴的人影在人群中移动。啊，见鬼，我想道，警察来了。但我想错了，那是个愤怒的好斗团伙，一路砸碎轿车的挡风玻璃。他们穿着圣诞老人 TM 的衣服。

[①] 即"鲜活马克思主义思想研究所"的缩写。ICA 原文中未作说明，或为 ILMI 所属研究机构。

"见鬼，"有人低语，"是红白集团。"

很明显，红白的成员就是出来找麻烦的。游行的人都赶紧躲开。"滚！"我听到有人在吼，但他们毫不理会。

现在我看到了警察，在边街大量聚集。红白集团正在驱逐他们，朝他们丢瓶子，尖叫道："来呀！"像一群怒不可遏的足球TM迷。

我退到后边，转身，到了：聚会现场，哈姆利玩具店。面对这场骚乱，往常全副武装的保安肯定几辈子以前就逃之夭夭了。我抬头，看见窗户上映出恐惧的脸。

我应该也在上面的，我想，*跟你们一起*。他们都是聚会的常客。父母带着孩子，被游行队伍包围，望着警察到来。

哎呀，安妮就在那儿，站在哈姆利的屋檐下，大声叫我呢。我舒了口气，高喊一声，朝她奔去。

"出什么事了？"她大喊，看上去惊恐不已。耶诞纠察队正靠近红白集团的破坏分子，警棍猛击，对方扬起贴着金箔花环的盾面格挡。

"他妈的见鬼。"我低声骂道，张开双臂护着她。"要出大乱子了，"我说，"准备跑。"

正当我们站在那里紧张不安之时，发生了令人惊叹的景象。我眨眨眼，不知从哪儿冒出来一个身穿白色长袍的年轻人。没人来得及阻止，他就已站在排排红白集团分子和警察对峙的中间。

"他疯了！"有人喊道，但成千上万的人都渐渐安静下来。

那人在歌唱。

警察气势汹汹地冲向他，红白集团也作势要将他推开，可他的声音愈发高亢，双方都犹豫了。我从没见过这么美妙的景象。

他先是唱了一个单音，嗓音超凡脱俗地纯净。那个音拖了好几秒，才继续唱下去。

"美哉小城，小伯利恒！你是何等清静！"

他顿了顿，等待所有人凝神谛听。

"无梦无惊，深深沉睡，群星悄然运行。"

红白集团停下了动作，所有人安静下来。

"在你漆黑的街衢，永恒之光照启……"

现在警察也住了手，纷纷将警棍放下，一个个垂下盾牌。

"万世所求，万人所望，今宵集中于你。"

更多身穿白袍的人物出现了。他们冷静地走来，与朋友站在一起。我突然意识到自己正遮住双眼，不由得惊了一跳。这些奇妙的人物不知从何而来，他们有着难以名状的威信，高大、出色、超凡入圣的年轻人，白色长袍似乎亮得不可思议，让我无法呼吸。

现在他们齐声唱道："何等静悄，何等静悄，这奇妙礼物被赠。上帝将此授予人心，祂天堂的祝福。"

警察纷纷取下头盔聆听。我听到他们取下的耳机当中，传来上司疯狂的聒噪。

"无耳能听祂到来，但在这罪世里……"歌声又顿住了，我心中焦灼难耐，希望赶快听到旋律的结束。"凡谦和人肯接待祂，至亲基督进来。"

警察笑泪交加，丢盔卸甲，警棍散落一地。第一个歌者扬起手，低头看着那片卸除的武器，向红白集团大声宣讲。

"你们不应做无谓的斗争。"他说道。听者羞愧难当。他稍停。

"你们险些遭受溃败。然而现在，"他继续道，"这些傻瓜已经解除武装，现在才是战斗的时刻。"他转身，与同行的歌者一齐冲向警察，长袍飘逸。

无助的警察张口结舌，转身逃跑，人群怒吼着追赶他们。

"我们是男同激进精英合唱团！"为首的歌者用绝美的男高音喊道，"为人民的圣诞节而战，我们为之骄傲！"

他和同志们开始歌唱："我们在这里！我们是合唱团！接受我们吧！"

"这是圣诞节的奇迹！"安妮说。我抱着她不放，最后她低声说："好了爸爸，松开吧。"

身后的人群高声喊叫着，接管了街道。

"红白集团真是麻烦，"安妮喃喃自语，"该死的'激化策略'，见鬼去吧。一群不要命的无政府主义者。"

"对，"她旁边一个男孩答道，"不管怎么说，对方一半的人都是警察啊。这是头条准则，对吧？替暴力叫嚣得最厉害的都是警察。"

我瞠目结舌，头转来转去，看着他们俩，像个看网球的呆子。

"怎么……？"我最后说道。

"好啦，爸爸，"安妮说着，吻了我的脸颊。"你肯定不会让我来的。我得让你走到这里，不然来太早了，就会像他们那样困在上头。"她指着哈姆利顶层那些中奖的彩民，他们还在傻傻地看着。"接下来我还得跑掉，不然你永远不可能让我参加。好啦。"她牵着我的手，"既然突破了警察阵营，就可以变更路线，游行到唐宁街了。"

"嗯，那么，现在就是离开这里的最好机会……"

"爸爸，"她央求道，看着我的眼神很严肃，"我真不敢相信你竟然中奖了，也没想过今天竟然有机会来这条路上……"

"是有人把你拽过来的。"我说。

"他叫马万。"她指着刚才说话的年轻人，"爸爸，这是马万，马万，这是我爸爸。"

马万微笑着把标语牌交到左手，礼貌地和我握手。牌子上写着"穆斯林同庆圣诞节"。他发现我在看标语。

"圣诞节对我倒不太重要，"他说，"不过，我们都还记得当初乌玛公司要独占开斋节时，各方对我们抗议的支持，一切都历历在目。你知道吗，我们很感激，不管怎么说……"他羞涩地把脸转向一边，"我知道这对安妮很重要。"她盯着他。哎呀，我想。

"爸爸，马万就是'一捧鲜花'的真人版。"她对我说。

"孩子啊,我得告诉你,关于今天这些事,我非常生气。"我说。现在我们正接近唐宁街。马万在特拉法加广场道了别,所以就又是我们俩了,跟着一万人的大部队进发。"我给你买了,我,我损失真大,那场聚会中有份豪礼……"

"跟你说实话吧,爸爸,我还不太需要新游戏机。"

"你怎么知道……?"我问,可她没理我,又继续说了下去。

"我现在用的那个就挺好啦:反正主要也是玩策略游戏,又不太耗电。而且现在那台机器里装了所有的左补丁,全拷出去会麻烦死的,再下载一次风险又太大了。"

"什么补丁?"

"赤色3.6那种东西,可以转换许多游戏,把《模拟城邦》变成《赤色十月》之类。我已经打到第四关了,通关boss是个沙皇。只要搞清楚他怎么过,就可以得到双倍的属性。"

完全听不懂,我懒得听了。

首相府邸的门前,有一棵巨大的圣诞树TM,银白闪亮。我们走近,每个人都开始讥笑。由于有卫队守护,人们没敢在嘘声中表达恶意。有人朝它丢圣诞布丁TM,旁人都眼疾手快,赶紧把他拉住。

"那不是圣诞节的本相,"我们走过,大声喊道,"这才是圣诞节该有的样子。"

天色渐晚,人群开始疏散了一些,但警察还没有重新集结。我们走过一个头戴红色手帕的方阵,与他们一起唱道:"用冬青枝装饰大厅,嘀啦啦啦啦啦啊,啦啦啦啦。这是唱起《国际歌》的时节,嘀啦啦啦啦啊……"

我说:"你没去成聚会,我还是有点遗憾。"

"爸爸,"安妮说着,摇了摇我,"这是我所度过的最棒的圣诞节。最棒的。知道吗?和你一起过,真是太美妙了。"

177

她斜眼看着我。

"你猜出来了吗?"她说,"你的礼物是什么?"

她盯着我,非常严肃,非常热切,让我深受感动。

我想起了当天发生的一切,以及我的反应。我所经历的、亲见的——亲身参与的——一切。现在我意识到,此刻的心境与早晨有天壤之别,这真是一场令我脱胎换骨的启迪。

"对……"我说道,有些犹豫,"对,我想我猜到了。谢谢你,宝贝。"

"什么?"她说,"你猜到了?没劲。"

她捧出一个包装精美的小包裹。里面是条领带。

杰 克

过去已随风而逝,每个人讲得出那样一个故事。谁都能告诉你,他们或他们的朋友认识杰克,但你从他们说话的样子看得出来,实际上指的是自己。他们甚至还可能告诉你,他们曾经怎么协助他,怎样参与了他的计划。当然,基本上他们自己也知道编得太离谱,其实不过是某次他们本人或朋友在现场,看见他从屋顶跑过,身后扛的麻袋中钱币飞洒,国民卫队在下方努力追捕却告失败。差不多就是这样。*我朋友见过螳螂手杰克,他们爱这么说,就短暂的一瞥*。像是在故作谦虚似的。

其实他们是想表示尊敬。一切发生之后,他们认为这样是表示尊敬。当然,实际上不是。他们就像嗅他尸身的狗,让我恶心。

我告诉你这些,以便让你了解我是什么人,因为我明白接下来的话会让你多吃惊。所以我要先告诉你我是什么人,再跟你说,*我真的认识杰克*。真的。

我曾在他身边工作。

我的工作很卑微,但可别理解错了,我也是整个事件中的一分子。请别以为我是在自吹自擂,我向你保证,我没有自以为是。虽然我无足轻重,但我干的工作,从一个小的方面来讲,于他是极其重要的。那就是我要指出的一切。因此,这样你就能理解,当我听说我们抓住了出卖杰克的人时,心里产生了多么浓厚的兴趣。可以这么说。不过这么说太轻了,还是换种说法吧,我利用工作之便见了他。我还记得在杰克叛逃后,第一次听说他消息时的情景。他胆大包天,被人发现了。*你有没有听说是那改造人抢的?*酒吧里有人告诉我。我很谨慎地没表现出任何反应。

你知道吗?第一次看到杰克,我就有种不寻常的感觉。我尊敬他。他不说大话,但心里有团火在燃烧。即便如此,当时我也不敢确定他有什么能耐。

他的第一起盗窃案,成功偷走了几百金币,分发给街上的人们。他便是这样赢得了狗泥塘穷人的爱戴。人们因此而欢欣鼓舞,四处传扬,他不是你们那种普通的歹徒。虽说不是第一个劫富济贫的,但这样的人也是凤

寻找杰克

毛麟角。

我倒不关心那些钱的去向,更关注它们的来源。是政府办公室,他们存放税收的地方。

所有人都知道那里的安全级别。我也知道那种事是不可能完成的,除非是横冲直撞,过关斩将。他的手法倒是挺有看头,我神圣的老天爷,让我很钦佩。

就是在那时,在那家酒吧,我意识到了他的英勇事迹,他必定是怎样上演了那场夜袭,怎样利用新的身体攀爬、潜伏、一路冲杀,被沉重的钱币压弯了腰,还能不留痕迹地脱逃。我意识到他真是个人物。就在那时我明白,螳螂手杰克不是个普通的改造人,也不是普通的叛逃犯。

没几个人像我这样,像杰克这样看待改造人。

你知道我说得没错。你们多数人都宁愿忽略他们,只把他们当工具。一旦注意到他们,便巴不得自己瞎了眼睛。但杰克不是那样的,那并不单单因为他也是改造人的缘故。我敢打赌——我知道——杰克在受改造之前就曾注意过他们,仔细地看过他们。我也一样。

走过他们身边的人,眼中只有废物,惩罚工厂吐出的改造废物,个个身体都有毛病。唔,我不是要煽情,但我毫不怀疑,杰克眼中的她仍是女人——她的手,对,都没有了,换上了小鸟的翅膀;他的眼中他也是老人,不是改造而成的无性生物;那个小鬼,眼睛没有了,换上一溜黑玻璃、管道和灯泡,那孩子艰难地运用后天的器官去看世界,在杰克眼里,他也仍旧是个男孩。杰克看过人们的身体换上蒸汽缭绕的引擎、油腻腻的齿轮、动物器官,被魔法改变了皮肤或内脏,所有的一切,但他总能看到刑罚掩盖的人性。

人们受到改造,便身心崩溃,我见过太多次。突然被法律推向非人的方向,接受的不只是生理上的惩罚,不只是新的四肢、机械或别的改换,而是一觉醒来成了改造人,成为多年来遭自己唾骂遗弃的那一类。他们知道自己成了废物。

然而，杰克接受改造时，并不认为自己成了废物，也从不认为任何改造人是废物。

听听这个故事。烟雾弯的一家铸币厂里，有个普通监工老是为难人——事件发生在杰克叛逃多年之后，我只听说了这些。有通知说工会要新募成员，于是一伙匪徒跟踪组织者回家，恐吓他们，让他们不敢回来，或令其永生不能工作。

我不清楚细节，但重点在于杰克做了什么。

一天，工人排队开进工厂，来到机器旁各就其位，高音喇叭却没有响。他们等了一阵子，还是什么都没发生。他们先是有些奇怪，接着感到坐立不安。他们知道当天是那个监工值班，十分紧张，不敢说太多，打算先去看看。办公室楼梯底下的地板上，一堆工具摆成一个箭头，指着上方。

因此他们爬了上去，到平台处发现还有个箭头。现在人们聚了一大群，跟随着焊在楼梯扶手上箭头的指示，走上通道，绕工厂走了一圈，大部分工人都集中起来之后，一起来到过道的尽头，监工吊在那里，摇来摇去。

他昏迷不醒，嘴上全是疮痂，被线缝了起来。

人们顿时便知当时当地发生了什么。那人醒来后，拆开嘴上的线，语无伦次地描述对他下毒手的人长什么样，人们更为确定了。

那人没死算他走运，我这么想。听说那人好一段时间没再找麻烦，就是这件事的功劳。我想人们把它称为"杰克的缝嘴针"，从这类事件中，可以看出人们为什么对螳螂手杰克持有那样的情感，尊敬他，热爱他。

这是世界上最棒的城市。你总听到人们这么说，因为那是真的。但对我们许多人来讲，那是不真实的事实。

寻找杰克

我不知道你住哪里。如果是狗泥塘,那你该知道议会大楼独一无二,我们金库里的财富会让整个世界眼红,新克洛布桑的学者比该死的神明更睿智——知道这些也没什么用。你还是住在狗泥塘、贱地之类的地方[①]。

但杰克一跑起来,城市也成了贱地住民的乐园。

自杰克完成惊人壮举后,看得出人们走路的样子都变了——我也看得出。不知道乌鸦塔郊区的情况怎样——我想,那些衣着光鲜的人会嗤之以鼻,或者展示出根本漠不关心的样子——但在房屋挤作一团,砖棚屋顶尖尖的温室仙人掌贫民区,人们在阴影里也走得雄赳赳气昂昂。杰克是每一个人的:男人、女人、仙人掌族、虫首人、蛙人。翼人为他作歌,而那些当面啐改造人乞丐的人们,也会为这个叛逃改造人欢呼。萨拉克斯区的人们,甚至会以杰克之名干杯。

我不会那么做,当然——不是不愿意,你能想象,身负的工作要求我必须谨慎。我的工作与他相关,当然不能做得太显眼。但我会在脑海里与他们一起举杯。**致杰克**,我心中默念。

我在杰克身边工作的短暂时间里,从未直呼其名,他也不叫我名字。不使用真名,这明显是工作性质使然。不过话说回来,除了杰克之外,还有什么更适合他的名字?改造毁掉了多数人,却让他获得了重生[②]。

很难理解改造实施的逻辑。有时治安官先生传达的刑罚比较容易理解:如果一个人用刀把别人砍死,那就取下他杀人的手臂换掉,在原位置缝上一把机械刀,用管道连接供能的锅炉。这是明显的教训。那些为工业目的而安置的重型引擎、人体起重机、出租车女、机器男孩,一见便知城市需要他们的理由。

可我解释不清,为什么会给那女人脖子附上一圈孔雀毛,给那年轻小子背上装铁质蜘蛛腿,有的人安了太多眼睛,有些人装了太多引擎,从里

[①] 狗泥塘、贱地都是贫民区的名字。
[②] 英文名Jack意为"上帝是仁慈的"。

烫到外,还有的腿被改造为木头玩具,有的被换成猿臂,走起路来活像疯猴子的姿态。改造技术可以让人增强,变弱,或是跟之前差不多脆弱,有的改造细微得几乎难以察觉,然而,上述情况让人无法理解。

偶尔可见异族改造人,但很罕见。同事告诉我,要改造仙人掌族的植物性肉体,或蛙人的面相,那非常难,而且其他的种族有他们各自的审判依据,因此魔导师大体上会判以别的刑罚。多数情况下,接受改造的都是人类,出于残忍、私利,或是含糊晦涩的逻辑。

城市最讨厌的不外乎叛徒,叛逃改造人。质疑执行人的改造技术,那可不对。

你可以想见,我承认,有时无法与人分享自己的想法,着实令我沮丧,特别是在白天工作的时候。可别理解错了,我喜欢我的同事,至少是其中一些,他们都是好人,据我了解,有些甚至还会赞同我看待事物的眼光。可是,不能随便冒险,必须知道何时得保守秘密。

因此,还不如撇个干净。我不谈论政治,只是按部就班地执行吩咐,不参与任何讨论。

可是,当你看见,当你看见杰克出手之后,人们是怎样仰望他,我的天,怎会有人不受那景象震惊呢?人们需要他,需要那样的鼓舞,那样的宣泄,那样的希望。

听说同事抓住了害杰克被捕的人,我有些不敢相信。我得克制住自己的情绪正常上班,不让任何人看出我的激动。我等着亲手对付那个卑鄙小人。

对于许多人来说,他曾做过的最激动人心、最厉害的事,就是那次逃跑。我不是说第一次叛逃——我不禁感觉那会是凄惨的景象。那次应该也令人惊叹,他拖着鲜血淋漓的身体绝望爬行,新改造的躯体仍在抽搐,污秽肮脏的全身沾满了镣铐上的油污和石粉,他躺在一堆垃圾中间,连狗都

寻找杰克

不会去嗅他。他就那样等待，直到终于有力气跑掉。我想，那或许就像任何人的出生一样血腥。不，我讲的逃跑是他们所称的"杰克的越野赛"。

直至现在，人们也无法确定他是不是故意的，是不是他主动放出风声，告诉国民卫队他的所在地点，告诉他们会去城中心帕迪多街车站一处军火库偷武器，故意引诱他们来抓，再展示脱身的神技。我倒不认为他有这等狂妄。我觉得他只是被抓了而已，他坚持自己的身份，自己的使命，他做得非常好。

他跑了一个多小时。那么长的时间里，取道新克洛布桑的房顶，可以跑很长一段路。十五分钟之内，消息就传开了，我想不通，不明白他的消息怎么能跑得比他自己还快，但事实就是如此。很快，螳螂手杰克飞奔上某条街，发现人们等在那里，他一进入视野，人们便大着胆子爆发出欢呼。

其实我从没亲见，但你应该一直有所耳闻。人们看见他在房顶上，挥舞着改造的上肢，向人们宣告他的身份。他身后是国民卫队，他们摔落，追赶，摔落，越来越多的人从阁楼、从楼梯，从四面八方出现，戴着面具，武器指向前方，朝他开火。杰克跳过烟囱管帽，从屋顶窗一跃而下，将他们抛在身后。有人说他一路狂笑。

天光明媚——身穿制服的国民卫队清楚可见。这可了不得。他们说，他到了史前巨肋[①]边，三步两步爬上了骨头，不过，当然了，我不相信。不管他去了哪里，我仿佛看见那个鼎鼎大名的不法之徒，脚步坚毅地踏过石板，身后跟着一溜笨拙的国民卫队，天空中划过弹药发射的尾迹。子弹、劈弓射出的短剑、黑能量的阵发、魔术师送出的能量波，一一被杰克躲开。等到他用偷来的实验武器回攻，对方全给摺倒了。

飞艇开来抓他，还有翼人情报员：统统都在天空中瞎忙乎。一个小时的追踪之后，螳螂手杰克不见了踪影。真他妈精彩。

[①] 新克洛布桑城骨镇的地标，形为巨大的半身骨骼，普遍认为是强盗的窝点。

186

出卖螳螂手的那人，屁都不是。你一定也好奇了，对吧？究竟何方神圣，能把新克洛布桑史上最厉害的强盗扳倒？其实他渺小得不得了，啥也不是。

只是幸运而已。螳螂手杰克被抓，不是对方比他聪明，不是他疏忽大意，也不是他得意忘形，压根不是这些。他只是背了运。有个没啥身份的小痞子，他熟人的熟人的熟人认识杰克的一个线人，我他妈的只是猜测，那个办事的小废物，在酒吧里低声走漏了消息，讲的一些毫不相干的内容，被那无名小卒拼凑到一起，得知了杰克的藏身之所。不是因为他聪明，只是突然运气爆发了。我真的不知道真相，但我见过他，他啥也不是。

我不知道他为什么要出卖螳螂手。我猜想，他可能以为会得到奖励。到头来，是因为他被捕了，不然什么都不会讲。他自己犯了小罪被抓——小到不足挂齿，只是可悲的轻度不法行为——以为如果供出杰克，政府就会照顾他，原谅他，保证他的安全。傻瓜。

他以为政府会阻止我们对他动手。

当然，杰克大部分的所作所为，并不是那么明显的引人耳目。是更小更野蛮的事件，促使他们出手抓他。

他们对明火执仗的偷窃和炫耀自然不满，但那还不是要拔除杰克这根眼中钉的理由。

没人知道杰克是从哪儿获得信息的，他总能像猎犬一样嗅出谁是国民卫队，不论他们伪装得多么精明。情报员、上校情报员、阴谋家、奸细、内部人员、官员——杰克都能找到他们，尽管邻居都以为那些人只是退休职员、艺术家、流浪汉、卖香水的，或者独来独往的人。

他们像任何谋杀案的受害者一样，被发现抛尸野外，丢在一大堆旧东西下面。但记者和当地居民总会在附近或事发地点找到证件，证明受害者是国民卫队。他们脖子两边留下可怕的伤口，像是被参差不齐的锯剪裁出。改造人杰克，在利用城市给他的武器。

这可不行。要是杰克认为他可以接触到政府公职人员，这可不行。我知道他们就是这么想的。事态紧急，必须赶紧搞垮他。他们做了那么多努力，准备了那么多的好处费，运用了那么多法术——通灵仪、检测仪、移情工具，满开满转——最后终于交了好运，碰上一个担惊受怕的小混球，多嘴的垃圾。

在我们抓到杰克的告密者后，我自告奋勇第一个去看他，并要求单独见面。这事见不了光，但我忍不了。

我加入秘密政治生活，已经很长时间了。有些规约是很重要的。其中一点是，不要被个人感情左右。当我在需要时向别人施压，完成必须完成的事，那种工作是必须做的，不论多么令人不快。如果是在抵抗社会的痼疾，并确认那是必须完成的工作，有时就得使用严厉的手段，尽管你并不喜欢，尽管那可能污损你的灵魂。该做的事必须完成。

大部分时间是这样。

这一次不同了。

这小杂种落入我手了。

这间屋没有窗户，当然。他坐在椅子上，双臂双腿锁得牢牢实实。他抖得厉害，就连钉死在地上的椅子都发出明显的吱吱嘎嘎。但他嘴里塞了根铁条，所以充其量只能哼哼呜呜。

我进了屋，手里拿着工具，故意在他眼前晃了晃：钳子、焊料、刀刃。没有碰他一下，却让他抖得更厉害了，泪水迅速从眼里涌出。我等着没动。

他一直吵个不停，最后我只得说："嘘，嘘，我有些事情得告诉你。"

我不断朝他摇头：*别吵了，安静*。我感觉到心中涌出的残忍。嘘，我说道，*嘘*。他安静下来以后，我才再度开口。

"我是主动要求来照顾你的，"我说，"工头很快就会来帮我们，他知道我们要做什么。但我还希望你知道，我主动要求接受这份工作，是因为……唔，我想你认识我的一个朋友。"

一说出杰克的名字，那叛徒便开始啜泣，嘴里又不断叽里咕噜。他给吓坏了，我只得再等一两分钟，才低声对他说："所以这是……替杰克还血债。"

那时，我们的工头走了进来，还来了一两个小伙子，我们对视之后，就动手了。这种事让人不舒服，我也不会为此自豪，但这一次除外，就这一次。他是出卖了杰克的杂种。

我知道杰克不会风光太久（那是不争的事实）。我无法不知道这点，这让我伤感，可是抵抗不了必然。

当我听说他们抓住了他，我得克制自己，埋头工作，不显示出悲伤。如我所讲，我只是行动中的一个小卒子——不是主要角色，这样对我来说再好不过了，我不想过多卷入这项危险工作，宁愿别人来吩咐我该做什么。但我引以为荣，你明白吗？我打听他在做什么，知道自己与之有关。在每一个所谓孤立现象的背后，总有庞大关联的网络，作为其中一员……唔，很有意义。我将永远记住这点。

可我知道万事有终，并竭力劝诫自己。当他们在比尔桑顿广场把他拉成大字，卸下前一次改造的肢体，进行第二次改造，我没有去看。他们知道他在伤口愈合之前就会死亡。我不知道人群中有多少他认识的人。我听说市长的预料出了些差错，人群没有讥笑，也没朝他的残躯扔泥巴。人们热爱杰克。为什么我不愿见他受刑？我知道自己希望他在我心中留下怎样的形象。

因此，那个叛徒告密者落在了我的手上，我让他明白自己任我摆布。我使了些伎俩——比如你知道如何止痛，而我也知道那些办法，把它们尽数剥夺。

寻找杰克

我让那杂种赤血滴淌,不作处理。那混蛋永远不会与从前一样了。我想,这是替杰克还的。有本事再去告密呀。我对他的舌头动了手脚。

我把手抠进他的嘴,改装舌头的时候,不断回想着遇见螳螂手的情景。

你知道的,人们需要有逃避的凭借。真的,他们需要能让他们感觉到自由的东西。这对我们有好处,很有必要。城市需要那样的东西,但它也有必将结束的期限。

杰克做得太过火了。我也知道,还会有人前仆后继。

我知道必须这样。他真的做得太过火了。但我不能跟上班的同事聊这些,因为我说过,我觉得他们想不透这件事。他们只会继续说螳螂手是个多坏的杂种,他罪有应得,等等。我想,他们意识不到城市需要他这样的人,他对我们大家都有好处。

人们有心目中的英雄,上天知道,我不会阻拦他们的这种倾向。这可不是给他们惊喜。他们——我是说人民——不知道治理一座城市,管理像新克洛布桑这样的城邦有多难,他们不知道为什么有些需要完成的事必须完成,而那可能会很残酷。如果杰克给人们继续前进的理由,他们就有权拥有,只要不发展到无法控制。当然,往往会无法控制,因此得有人来阻止他。不过总有另一个人站起来,秀出更精彩的表演,更大手笔的盗窃之类。人们需要这些。

我感激杰克和他的族人。要不是他们在——这就是我认为同事想不明白的地方——要不是他们在,狗泥塘、泉树和烟雾弯那些愤怒的民众就不知道该向谁欢呼,鬼知道他们会做出什么来。那样要糟糕得多。

因此我要为螳螂手杰克叫好。作为一个喜爱他表演的观众,同时也是热爱本城的忠实仆从,在他生前死后,我都举杯向他致敬。我还为他施展了一点点报复,尽管我知道他错过了停手的时机。

那是项最简单的改造。我们取下那个小叛徒的双腿,分别换上引擎。我故意加了一道程序,利用鱼类尸体上切下的多须纤维,重新塑形后换下了他的舌头。他无法灵活控制。这样不会杀死他,但那条舌头会违抗他的指令,直到他死去那天为止。那就是我给杰克的礼物。

也即我今天工作的内容。

第一次遇到杰克时,他还不叫杰克。我的工头是高级工匠,生物魔术师。是他勤恳工作,制作泥塑血肉,并取下了杰克的右手。

执掌钩爪的是我。那支巨型螳螂臂,大得与他不相称,铰合的甲壳刃有我小臂长。我把它举在杰克的残肢上方,工头将血肉与骨板铸合在一起。改造杰克的是他,但我也是帮凶,我将永远为此自豪。

今天下班后,我走在城市中,为能保卫它而深感荣耀。我思索着该叫他什么。我知道有许多人不理解,有时有些事是必须做的,如果"螳螂手杰克"这个名字能博他们一笑,我不会心生不满。

杰克,我改造的人。那是他现在的名字,不论他以前叫什么。

正如我所说,在我认识杰克的简短时间内,在我改造他的前后,我俩从未直呼对方名字,不会,工作场合不会那样。只要是对杰克说话,我都叫他"犯人",而他应我声,称呼我为"长官"。

赶往前线

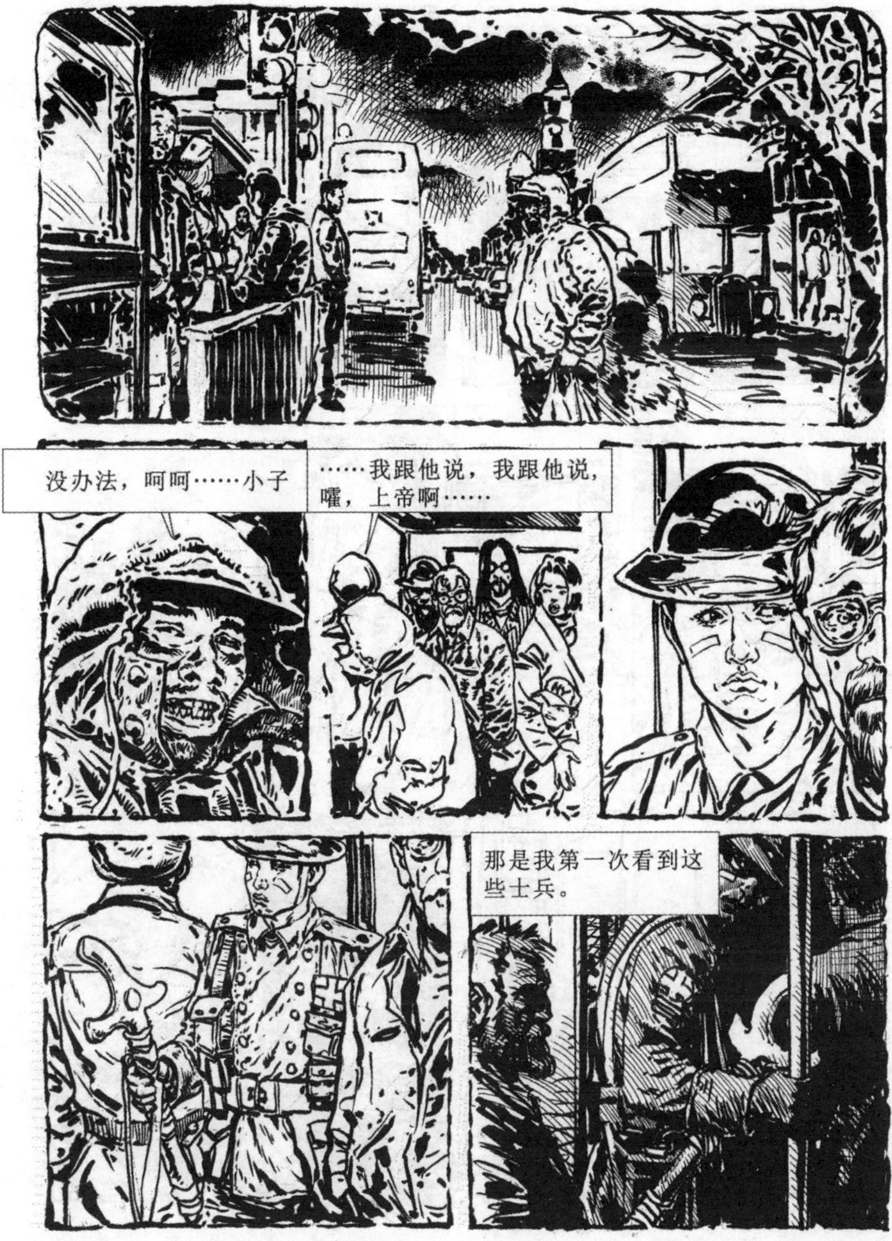
没办法，呵呵……小子
……我跟他说，我跟他说，嚯，上帝啊……
那是我第一次看到这些士兵。

寻找杰克

我确信当时自己很好奇,但我不怎么记得了。

有好些天我都没想起这回事了。

看看谁回来了。

LOOKING FOR JAKE

几天后……

好了，男孩子们，好了……？

这是什么情况？

寻找杰克

我在地铁里碰到过一个他们的同志。

你要去哪儿？

得了，别犯傻了。

我见过你的同伴们。但他们都在等公交车。

行动不一样。

我见过你的同伴们。但他们都在等公交车。听着，我在赶路明白吗？这跟你无关。

别误会，我不认识你。另一队也会赶来，你懂的。我只是在赶路，别打扰我，伙计，行吗？我得保持冷静。

我到站了，回头见。

LOOKING FOR JAKE

这场正义之战变得愈加声势浩大……男孩们，我告诉你们……
喂！
我不想他把这类观点塞进他们的脑袋里。
等我回家时还在公交站遇上了更多麻烦。
啊……
这混蛋怎么办？
别废话了。等我先安置了我们队的我就去管他。
你们的人可不可以清下场？
基地已经承诺疏散队在路上了，列兵。
我明白了，先生。
一辆公交车赶来了。

LOOKING FOR JAKE

他等了几天。

终于…… 该死，怎么回事？他跟他们离开了吗？等等！ 我一定得弄清楚。

寻找杰克

抱歉伙计,满载了。噢,得了吧!

不!不!

我不想知道了。

不是我想离开。我只是必须去看。而看着那个被遗弃的老东西离开让我感到羞耻。

太迟了。

我从来不确定,透过窗户,我是真看见了那个老家伙向我挥手再见,还是一排排小心摆放的刺刀。

LOOKING FOR JAKE

什么都没有。

几周后。

寻找杰克

LOOKING FOR JAKE

接着一切都变了。
一切都回不去了，
在这赶往前线的路上。

镜银

阳光刺眼。它似乎削平了伦敦的高墙,以坚实的力量倾泻在人行道上,暴虐地冲刷走了浓重的色彩。

南岸的混凝土河堤上躺着一个人,右手盖在脸上,透过指缝眯眼瞧着惨白的天空,望着云卷云舒。他在那里躺一阵子了,一动不动,仰卧在河堤上。昨晚断断续续地下了几小时的雨,城市还是湿的。那人躺在雨水中,衣裳被水浸透。

他侧耳倾听,但没听到什么吸引他的声音。

良久,他转过头,仍旧遮着眼睛,低眉凝视右边走道上的水洼。他仔细地望着它们,有些警惕,仿佛眼前是活物似的。

最终,他坐起身来,背对河流,双腿伸到堤岸外头晃荡。他往前探出身子,头伸到小路上方,看着墨点一样黑黑的水迹,盯着那些微小的涟漪。

下方正对着他的脸就是片水洼,什么也没映出来,如他所知。

他凑近些,看到淡淡的图案。一张面纱,有色有形的幽灵掠过薄薄的水面,难以捉摸,诡异而变幻莫测,又似乎有章可循。

那人起身走开。身后的阳光投上泰晤士河,没有散射,也没有折射,流动的河面上没有波光粼粼。光线的行为已不同从前。

他走上小路,踏上人行道中央,视野明晰。他脚步轻快,毫不恐慌,扛着一支霰弹枪在肩头颠来颠去。他掉过枪头握在胸前,看样子,它给予的安慰多过防御。

那人在格罗夫纳桥的拱梁下方停步,爬上底部的桁架。以前被阴影覆盖的弧线,如今四处穿孔,透过来浓密的光线。那人奋力爬过最近因战争留在桥身上的坑洞,过了河。

他来到铁路线中的一个弹坑。那场爆炸后,破碎的砖块和枕木散开排成同心圆,金属铁轨也爆裂弯曲,凝成水花的模样。周围到处是这种景象。那人跋涉过炸弹留下的断点,走上铁路线继续延伸的地方。

寻找杰克

几个月前,也许就是在铁路中断的那一刻,一列火车在桥上抛锚。它还在原地,看上去完好无损:就连窗户都是完整的。司机室车门大开。

那人攀上门,却没往里看,也没伸手摆弄那些仪表。他把门当作梯子,费力爬上火车平坦的顶部,握紧手中的枪,站起身四处眺望。

他叫萧尔。那天他醒来已经三个小时了,至此一个人都没碰见。从火车车顶看去,下方好似一座空城。

南面是巴特西发电站的遗址。它倒塌以后,恢宏的天际线令人永恒惊叹。眼前景象一览无余,萧尔的视线越过发电站前方的工业园——那里的建筑没有受到太严重的损害——望见一片住宅区,看上去与战前几乎无异。北岸的里斯特医院似乎完好无损,皮姆利科的屋顶依然沉静——但火还在燃烧,毒烟如同巨树在北伦敦上空生长。

河流中淤塞着船骸。除了搁浅已久的发霉驳船之外,还探出警艇的船首、沉没炮艇的甲板和炮筒。拖船翻底朝上,好似锈蚀的小岛。泰晤士河便绕着这些障碍缓慢流淌。

光拒绝在水面闪耀,河流哑黑犹如干墨,切断了伦敦连绵的景。没入水下的桥墩,消失在光与暗的迷影之中。

城市似乎已经废弃,萧尔曾心怀恐惧,独自探索,但现在他却反感恐惧与寂寞,反感其背后的渴求。他沿着火车车顶往北走,顺着铁轨走过伦敦的高墙,进入维多利亚车站。

数英里之外,南肯辛顿的方向传来尖厉的猫叫声。萧尔抓紧霰弹枪。遥远街道中突然飞起一大群东西,数千只模糊不清的身体。它们不是鸟,那群东西的飞翔不具有禽类的优雅曲线,而是抽筋一样地,突然变速转向,远非鸟类可以做到。它们发着颤音和啁啾,乱七八糟地向南移动。

萧尔打量着它们。那些是动物,食腐动物。人们称之为和平鸽,那名字是多么尖利的讽刺。它们可以致人重伤乃至死亡,但萧尔料想得没错,它们无视他。鸟群从他头顶飞过,看得人毛骨悚然,黑压压模糊一片。

每只和平鸽都是一双交叉的人手，拇指交扣。手背一拱一展，手指滑稽地拍打着。萧尔没有理会它们，只是探出头去，凝视身下的泰晤士河水，水里没有映出他和上方的鸽子，没有任何东西的倒影。

当然，这不是空城。中午时分，他听到人声和零星的战斗。

萧尔站在维多利亚大街的残垣之中，旁边是他先前住过的车，现在已经开不动了。它原本是辆新款双层巴士，窗上焊了格栅，倒像个笼子一般，铁条间距宽窄不齐，还安上了铁板装甲，手法很不专业。它的编号98路依然清晰可辨，车身广告还残留着几小块。车里有他囤积的食物、燃料、书籍，一布袋野外生存用品。

布朗普顿传来小型火器的声音。他听说一小群伞兵已在斯隆广场以西的某地重新集结，那噪声似乎就是印证。他不知道他们在对付谁，也不知道能撑多久。

上次听到城里传来巨炮的声音，已经是几周以前了。抵抗正在瓦解。现在他几乎能确定，听到的所有炮火声都来自己方。战争头几周里，敌军使用的武器，从外形到功能，都与己方抵抗军的完全相同。这本该是场势均力敌的对战——从表面上看来倒是，萧尔酸酸地想——完全对等，除了两个方面以外。

影魅是凭空在城市中心冒出的。伦敦人就如当年的特洛伊人一样，一觉醒来发现侵略者已遍布身边。军队开上了街，炮艇朝着城内疯狂扫射，夷平了威斯敏斯特等河畔大部地区。

影魅的第二个优势因素是，它们能打破习惯。一开始还只用完全熟悉的武器，但很快便发现（或记起）自己并非局限于此，还可以采用更多的斗争方式。它们的将军教给了它们本领。

萧尔站在维多利亚区北部疮痍的街道，周围的建筑饱受战火蹂躏，颤颤巍巍，摧枯拉朽。他开始看见人影，瞥见他们出现在废弃商店的窗前，在远端的胡同口。

211

寻找杰克

这些是最后的伦敦人。伦敦人数骤降了几百万，或死，或逃，或失踪。留下的人当中，有些像担惊受怕的动物那样，变得凶残好斗，萧尔有几次就差点成了攻击的受害者。随着时日流逝，越来越多的匪痞在垂死的城市中游逛抢掠。他们攻击遇见的人类同胞，手法之残暴殊为可怕。但这些忽隐忽现的人影不属此列。萧尔看见一人在欧罗巴食品店的玻璃渣和砖石砾间翻找罐头，他大声向对方打招呼。那人朝萧尔的方向用力摆摆手，示意他别喊，动作因惧怕而夸张。他的脸看不清楚。萧尔摇摇头。

萧尔站在街道中央，大家以为不安全的地方。那倒不是逞能，而是明智的判断。敌军可能会继续在蔽街陋巷展开战役，最后的斗士会拼死抵抗，至于伦敦这些终日惶惶不安、老鼠一样的幸存者，它们可没有兴趣骚扰。换了他也懒得理会。不过，萧尔还有另一个认为自己在影魅面前绝对安全的理由，虽然还不敢完全确定。

萧尔望着那人退避、逃跑，像垃圾堆间逡巡的饿汉，努力避人耳目。他做了个决定。

他做了个行者。装完车上的书、罐头和各类装备，背包很重，他恼怒地把能丢的丢了个精光，为了更舒服些。往东，沿维多利亚大街，经过那些仍旧矗立的房屋、焦黑的汽车和战斗的痕迹，经过一些半完工的纪念碑——侵略者胜利后还没竖完，又遗忘了。萧尔走过白金汉宫大门，尽量直线向北。

伦敦一定还有几千人幸存，但恐惧已让他们大多成了弱者，只敢在夜里出来，偷偷摸摸地走动，骤停骤行。萧尔很少想起他们，也不考虑太多。还有别的少部分人跟他类似，偶尔能看见那些人淡然面对战争的后果，毫无惧色地站在房顶上，或在公园边、河畔、黑暗的商店旁漫步，一副满不在乎的样子。不过他见过这类人也死得不少，知道并非所有像他这般漫不经心的人都能安然避开敌人的攻击。

活着的人中也有战士。基本上自战争开始，就再没收到过命令，但少数几个作战单位还幸存着，顽强拼搏。在这样的末日，他们有的已变得和侵略者一样危险。一些地方军力整合了，另一些地方则自相残杀。他们不惜火并，只为夺取一家被洗劫得半空的桑斯博里超市或埃索加油站。有的还会驾着覆了一层灰的吉普车突然出现，车中架起枪杆，他们身穿破旧的军装，冲出停车场的外墙，对施以"保护"的区域进行扫荡。

他们看见任何人都会立马举枪，大声叫对方趴下。萧尔怀疑他们的动机还是合理的，至少没有恶意，只是试图以一种愚蠢的顽强保卫伦敦。他甚至见过他们的小胜仗，朝穷凶极恶的和平鸽群倾泻子弹，人行道纷洒上那些手形生物的小小尸体，有时还能救下和平鸽猎捕的目标，甚至偶尔还打败过更强大的敌人。头几周的战斗里，他们干掉了一些飞行生物，有几次似乎还杀死了（具体死没死也很难确定）影魅的指挥官。可是胜利的逻辑——他们也有战败的时候——却使他们分帮立派。

士兵们在胜利的阵地上憧憬未来的生活。他们居安思危，把每一秒经历都当作记忆珍视。相反，那些蝇营狗苟的伦敦叛徒，只能生活在让他们惊慌不安的当下。萧尔不知道自己和少数的同类生活在历史的哪一页，他感到与时代格格不入。

在伦敦一些地区，战士们身负重压，似乎染上了些军阀习气，他们尽力抵制这种倾向，代之以不相称的温和。他们从戍守的仓房或地下室探出头来，只要看见惊魂未定、面有菜色的市民，便兴高采烈地大声邀请他们进门。近来稍早的时日，萧尔曾与罗素广场扎营的一支小队共处，住在曾经的留学生宿舍。战士们把它变作了兵营，往告示板上贴作息时刻表和值班表，盖在滑雪旅行和意大利课的招贴上。他们还跑到楼上探身张望，偶见仓惶失措的本地居民，便朝他们呼喊，遇到女人则吹出挑逗的唿哨。

他们反复尝试联系中央指挥部或领导小组的藏身点，但他们的上级或许是不在了，或许是沉默了。包括萧尔在内，一共有四个平民随军驻扎，军人们会善意地嘲弄他们，并试着给他们训练。指挥官是个年轻的利物浦人，每天大部分时间里都对部下笑脸相迎，但有一天，萧尔夜行归来，在

寻找杰克

凌晨时分听到他在摆弄收音机,却收不到利物浦的电波,终于他在静电噪声中流下泪来。萧尔离开那天,他说:"我要是知道就不得好死,伙计。"可萧尔根本没问他问题。

有小队驻扎在肯辛顿富丽堂皇的宅府①内,周围环境似乎让他们畏缩不前。他们对繁花似锦的私人花园,以及临街面仍洁白如新的高楼,没有非分之想。即使战火烧到的楼宇被烤焦,遍布弹孔,或是敌军的进攻已经使建材变了性质,那些地区似乎依旧宁静,士兵们惊疑不定,没有暴力倾向。

在伯蒙齐,某个军团的残兵败将在南华克公园露营。萧尔对此印象很深。据他观察,侵略者,包括随之而来溢满伦敦的和平鸽以及别的食腐动物,它们的攻击主要集中在大大小小的街道,基本上都会避开公园。尽管如此,多数伦敦士兵还是对绿地视而不见,不去利用那些地方看似明显的优势。萧尔想不明白,是"城市战争"的训练禁锢了他们的头脑吗?是因为没有边巷和废弃建筑以供撤退,他们就没法执行任务吗?

因此,他曾来到伯蒙齐营地附近,希望能在每天紧张焦虑的例行调查之外获得新发现。确实获得了,却毫无用处。他还没走近,身边的灌木丛就被机关枪轰了个稀烂。他只得就地一躺,睡在那儿,半个身子躲在树背后,他知道要是再来一出这样的猛攻,树干是根本起不到任何防御作用的。"滚开!"喇叭里传来一个声音,身穿迷彩服的人影,隐隐约约出现在营地周围受过狂轰滥炸的地面边缘,他站在残破的坦克顶端,扩音器举在嘴边。"滚出我们的公园,杂种!"

萧尔撤了。他反应过来,兵营周围泥地上遍布的弹坑,并不代表与敌人殊死搏斗后获得的胜利,至多不过是惊慌失措的伦敦人千里迢迢赶来,想加入他们,却被同样恐慌而疑神疑鬼的军队消灭在这里。

他花了一个月才找到合适人选。白天驾着巴士游历,后来开不动了,

---

① 指该地的肯辛顿宫,为王室成员寝宫。

便不顾危险步行。他偶尔听见打斗声，有时是伦敦人对抗敌人，有时是抵抗人类匪徒；有时很近，但通常隔着一两条街，距离不远，却在视野之外。

萧尔身上一直带着伦敦地图大全，依他所知的城市形态变化而及时修正。他划掉了无法抵达的地区：影魅据点、匪帮聚集地，以及野蛮的新社区，那些地方就连误入的人类也被斥为吸血鬼、烧死或砍头。而城市的其余地方，萧尔一一作了笔记，列出他的新发现，试图追查并预测到别的东西可能在什么地方。他不是随机搜索，而是有计划。

如有建筑物被夷平或损毁，他便用黑笔叉掉。如原有地区转变或出现了新的东西，他便打上红叉，并标上数字。他用小字在封二附上图例，为他的所见命名。

他标注#7的那栋楼，如今令布里克斯顿监狱相形见绌。介布大街上满是脏东西，好像沫蝉吐出的泡沫。烟囱塔仍旧在上升——塔身上缠满了螺纹，里面有什么东西在动。

萧尔标记了伦敦各处的军营，并为之编号。记录中点缀着白色修正液。

他曾在巴士上层望着他们，在周围的建筑里用望远镜观察过，也在笔记中记下了。

#4：约30人、一辆坦克、一挺重型机枪。士气消沉。

萧尔见过四次士兵们战斗的场面，他躲得尽量远地观看。其中一次，敌军是另一支人类小队，交火结果是双方均有少数伤亡，互相漫无边际地高声咒骂。萧尔望着那些绝望的男女颤抖着手挥动武器肉搏，将对方搅成肉泥，他再也稳重不下去，心中震惊，瑟瑟发抖。

另外三次战斗，则是缘于敌军的诡异袭击。人类有一次成功撤退，两次被剿灭殆尽。而那两次，虽然与人类的自相残杀来得同样血腥和招摇，萧尔却超脱地观望着，哪怕是侵略者穿过他身边的空间与他擦肩而过，他甚至感受到了它们的存在，也仍旧无动于衷。它们无视他，只是闪着微

寻找杰克

光,清理身上的血迹。

萧尔花了一个月时间,每天望着士兵们在伦敦的断瓦残垣中搜索,到处救人——人们被和平鸽吃得只剩一半,被侵略者摧残,惊慌失措。萧尔到傍晚就锁上车门,就着火把看他从废墟里捡来的书。

(他的藏书室里什么书都有。他惊奇地发现自己对小说重燃了兴趣,但主要看的还是物理书,执迷地反复阅读,理解吃透,努力去了解光起了什么变化,还看了些儿童级的军事手册,如《野外生存》和《极限战斗》。他有一系列《佣兵》,他挺瞧不起那杂志,不过也勉强看看。他觉得科学异常艰涩,但还是顽强地研究了下去,并惊讶地发现自己看得明白。他默默将科学与生存技术这两剂良药牢记在心。)

萧尔走了一个月,城里的安全路线越来越少了,他必须精心选择,躲避影魅和匪帮,寻找军队。他找的人群要比较有自我意识,有目的,却又信心不足,那就是他的目标。而且还要离敌人足够近。

萧尔正接近的军队也驻扎在公园,跟伯蒙齐的士兵一样。但他们身处汉普斯特德高地公园南部的丛林中,因而安全得多。萧尔走上国会山的小道,把伦敦留在身后。没走多远,低矮的灌木丛中就冒出三个岗哨,阻住去路。

三个年轻人惊魂不定,没有对他怎么动粗,只是搜了他的帆布背包。确定他不是吸血鬼后(萧尔不知道他们依据什么原理判断的),其中一个便跑开,叫来了指挥官。萧尔曾数次在福音橡①的屋顶观察过那支军队,认出了他花白的头发和威风的举止。

他们在路旁不远的小灌木丛见面,没有刻意隐藏,也非直视无碍。萧尔被两个年轻士兵押着,他们只是随意抓着他的手臂。长官站在对面,萧尔的视线越过他的左肩,望见下方的伦敦,一直延伸到曾经的邮政塔,后来变作电信塔,而现在完全改头换面,成了伦敦中央屠杀战场上扭曲的信

---

① Gospel Oak,地名,位于伦敦卡姆登镇。

标。下午已近傍晚，还传来有节奏的打斗声、枪声和小规模爆炸声。城里火光四起。群群和平鸽在轰得稀烂、影魅群生的房顶上振翅。

　　长官利落地朝萧尔点了下头。"来加入我们吗？"他问。

　　萧尔答道："我是来问，你们愿不愿意加入我。"

寻找杰克

　　　　　　　　　　　　　　　　罚惩与辱羞是那。

　　还是重新开头吧。

　　那是羞辱与惩罚。

　　（我对自己的语言疏于练习。这是卧底人员和间谍常遇到的危险，进入角色出不来，反而把握不好从前的身份。我更爱用我们本来的语言，但为了简便快捷，还是坚持用了这么久的人类语言吧。）

　　（现在我发觉，我的族民使用的语言——言语种这——非常难，不过，当然了，它实际上跟我现在讲的语言一样，原本不属于我们。它不过是我们囚禁的证据，是我们的**狱中黑话**，我们的俚语，我们被迫使用它，忘却了自身的山地语言。）

　　那是羞辱与惩罚。我无意于轻描淡写，多少个世纪以来，我们流传着各类牢狱生活的故事，不过说真的，很长时间里，我们的镣铐很松。

　　我们虽然被困住，曾经想要的，曾经为之奋斗的，全都失去，但几千年来基本上还有掌控自己监狱的权力。我们虽被驱逐，但那还不算最糟糕。我们能重塑万物，能将任何地方改造为己用，能随意变换自己的形象。

　　除了湖边之外。我们有时被召到那儿，也总能在那儿看见被你们困缚的同胞。水，曾经是我们最可怕的羞辱和惩罚。

　　如果你们用粗碗喝水，那还不赖，我们只会有一小部分暂时被碾成你们无趣的口形，在那几英寸之外，我们尽可自由地朝你们打出憎恶的手势。可是，当你们探身湖上，或跳入湖里，我们就被束缚在你们身上，困在我们的拟形当中，只能麻木地仰头看你们。我们知道你们接近水面的时刻，被迫迎向你们，在我们的世界点头，透过水面传到你们的世界，无声无力，仅是视觉上的反映。

　　甚至在那时，我们也能尽力抵制。

　　随着水波流动，我们的形体便获得一点自由，在憎恨中扭曲。**到水里**

来呀,我们恨恨地想,新换上的脸无声表现着你们愚蠢的渴望,进水里来呀。当你们真正破水而入,我们的自由之路便走了一半。虽然仍被无法扯断的线连系在你们身上,但我们随同湖水的表面纷撒成水珠,尽量抵制你们的形状。

自从战败以来,很长时间里,水是我们唯一的折磨。

后来,你们学会了打磨黑曜石,把我们困在它乌黑的光泽中。它的坚硬让我们冰冷,固定住我们,仿拟你们的样子,不起一丝儿自由的涟漪。但你们一次仍只能展示我们的一小部分,能僵化的也只有我们的脸。此外,虽然边界是固定的,黑石头却给了我们更微妙的自由,让你们心神不宁的自由。它像琥珀一样,将我们定在无自由的空间,你们看着黑曜石的时候,看见的不是自己,而是我们,以仇恨的目光凝望着你们。黑曜石朦胧显露出我们的暗影。

你们还用过红榴石、月光石、翡翠、铅、铜、锡、青铜、银、金、玻璃。

几千年来,你们没有把我们完全禁锢住,每一间牢狱都给予我们小小的自由。我们在幽暗的黑石头中横眉竖眼;当我们被铸入青铜,皮肤磨得锃亮,我们知道它的光泽可借以伪装,亦能纵情享乐。我们在铁锈中嬉戏,身体经过那些瑕疵时,在后面扭得不亦乐乎。铜绿、变色、刮痕、凹坑,让我们恣情放纵,在束缚下苦中作乐。

银面最糟糕。珠宝还可以忍受,你们用多面宝石映出数个小小的我们,我们在指环上呈现狭长的怪异身影,那也只是转瞬的影像,你们觉得如此古怪,不去多加注意,也就给了我们玩耍的空间。然而,银面和反射镜能把我们牢牢控住。

我们有些同胞曾遭受深宅大院内的整面银墙之辱,那些 *specula totis paria corporibus*(全身照镜),罗马的富家子弟精心打扮,让我们深受煎熬。

你们无法想象那彻心的痛楚。

寻找杰克

我们的身体不是，从来不是自己的身体；我们的血肉只是，从来都是一种皮囊。我们可以飞过草的棘刺，或在其间倒转，我们可以让自己变身为别的存在方式，我们之于水，有如水之于空气，无所不能，除了你们看着自己的时候。那种痛苦你无法想象——说是切肤之痛，真是精妙概括。你们不会知道，被一只强大而残忍的宇宙之手强行塑造为有血有肉的肌体，是怎样的感受。我们的思想受到压抑，硬塞入你们脖子上的脑瓜，以及维系你们四肢的纤细肌腱。被束缚在你们庸俗的肉身里，那样的痛楚不啻于酷刑。

早期，我们诅咒那些替你们举镜的奴隶，咒骂他们，嫉妒他们的自由。我们的恨意缓慢灼烧。你们望着自己，我们望着你们，用你们强塞给我们的眼睛，望着你们的眼睛。后来出现了越来越多的大镜子，你们又给我们带来了新的耻辱，精磨银镜非常缓慢地普及开来，到最后，你们走进房间，会刻意去照照（我们全身缠绕着针对你们的惊人戾气），看我们一眼，又**转开头去**。我们也被迫转头，不再看你们，盯着虚无，甚至无法当面向你们宣泄仇恨。

有时你们在镜子前睡觉，把我们痛苦地留在原地，闭了双眼，什么都看不见。昏昏沉沉几小时，把我们拴在身边。

从前的我们不怕玻璃。为什么要怕那种肮脏的藻绿色东西呢？它对我们的束缚是最小的，里面到处隔着气泡和污渍，吹得弯弯曲曲，还撒有铅粉锡粉，直径快一根手指长。玻璃吓不着我们。

在偶然间无意义的模仿中，我们看见你们的所作所为，用草木灰、烧过的蕨草、石灰石、二氧化锰清洁玻璃。我们没有多加注意。那样不过是让你们映入凹形气孔中，由我们仿拟的扭曲图像更精确些而已。我们没有多加注意。

回顾过去，我们意识到自己曾经多么马虎。对于麻烦的根源，我们不该那么吃惊。

威尼斯是我们的噩梦。在没有反射的地方，我们可以随意塑造自己的世界，但只要镜子、金属或水映上你们的建筑物，我们便别无选择，只得匆匆造出自己的拟物——有时时间太短，需要极度的痛苦与努力。在很多地方，你们还拿着反射镜走来走去，反射点四处移动，偶然映入某面墙、某座塔，那些难看的映像即现即逝。可运河之城威尼斯，却迫使我们住在你们的建筑里。即使水狱还比较宽容，我们的砖石砂浆能围绕你们的设计涌浪、退潮，我们也受到了罕有的约束。威尼斯伤害了我们。

五百多年前，正是在威尼斯的保护之下，我们从屈辱的时代堕入了绝望的纪元。

焠过穆拉诺的火焰（以你们让我们保持的拟像，从当地的水洼和商品中观察得知），洗过以河口盐与硅酸盐制成的新型浓缩剂，勤劳的人民制出了水晶玻璃。炼金术士撞上好运，贪婪的双眼惊异地盯着制出的白白的烫手的东西，被运河之城的老板收去混合以锡和汞，制成了镜银。

曾经，我们被流放至属于我们的地界。起初只是有水的地方点缀了些池塘，水波潋滟，我们有时会被召到那里，无声地为你们表演。后来出现了小小的移动索套，第一批镜子，但当时我们能躲则躲，没有受到诅咒，也没有绑缚在某个固定的人身上，它们无法完全驾驭我们。我们所居留的监牢的其余部分，都是我们的，可以随意装饰、塑造、栖居，你们偶然会透过小孔看见，就是那些小孔将我们抽吸为你们的形状。其余的世界归我们自己支配，你们见了肯定认不出来。

然后发明了镜银。

玻璃平民化了。尽管我们极力抗争，尽量保持它的神秘，不到几百年间，玻璃仍迅速普及，随后是镜银，那种微光闪耀的金属涂抹其上，便粘在表面祛除不去。就算你们夜里熄了灯，也将我们困在你们的身体轮廓里。你的世界成了镀银玻璃的世界，到处是镜子。每一条街都有上千扇窗户困住我们，甚至整栋整栋的大楼，也用镀银玻璃包裹。我们被碾压为你

寻找杰克

们的形态,没有哪一分钟,哪一寸空间的我们不是在仿拟你们。无法逃离,无法喘息,你们却注意不到,将我们紧紧绑缚却毫不知情。你们制造了反射的世界。

你们把我们逼疯了。

几百年前,伊斯法罕①曾修造过一座镜屋。拉合尔的宫殿,镶了一圈涂制有威尼斯镜银的穆拉诺玻璃。那地方建成时,我们曾想,**那是何等的凄惨呀!** 只要有一个人走进那些房屋,就得有几十个我们披上同样的身形,几十个困在那里,个个随意动弹不得,盯着对方,身体四分五裂,眼神交汇。**那算什么事呀!** 接着是凡尔赛宫,我们最惨淡的处所,世界上最糟糕的地方。一座可怕的监狱。**最糟糕的也不过如此吧**,当时的我们愚蠢地想,我们身处地狱。

看出来了吗?明白我们为什么抗争了吗?

每一幢房屋都变成了凡尔赛宫,每一处住所都变成了镜殿。

偏安于危险的城市中心之外,高地的士兵们纪律稍微有些放松,没值岗的都在公园小森林里打牌、抽烟、读书、听磁带。

小帐篷之间有各类设备和家具,有的破损不堪,有的状况良好。中间摆放着一批大大小小的木桌和塑料椅,像是从学校里偷来的;大箱小匣,历经日晒雨淋,都被画上了地图。

越来越多的伦敦人参与战斗,军队新进的人数迅速膨胀。专职军人操着全国各地的口音,不假思索地抛出简洁的行话,驾轻就熟地操作着装备。另有些人制服不合身,重新裁改过,边走边故作警觉地挥着武器,那些是新近加入的志愿者。

萧尔看见一个十几岁的姑娘,身穿罗比·威廉姆斯纪念T恤和迷彩裤,怯生生地举着步枪,旁边是一个虎背熊腰的曼彻斯特士兵,在温柔地教她瞄准。一群年轻人就着没了低音炮的廉价音响听嘻哈,边看地图边用伦敦南区的俚语争吵。

---

① 伊朗城市名。

指挥官给了萧尔啤酒和美食，让他睡下。萧尔的疲惫令他自己也颇感惊讶。指挥官离开前，他们笼统地聊了会儿战争。萧尔措词很小心，不讨论自己的计划，也没有表现得盛气凌人，而是在言语中传递出冷静和胸有成竹的态度。他没提具体计划，却抛出一句邀请——你们是否愿意助我一臂之力——结束了谈话，不加任何解释，闭口没有再谈。

萧尔醒后走出帐篷，来到湿润的空地，一言不发地在营地漫步。军队成员像从前一样，三五成群，安静地工作或闲耍。萧尔发现他们在看他，顿时从眼神里察觉出了怀疑，虽然没人说出口。他与指挥官的对话及提出的邀请，已经传开了。

他与其中一些互相致意。厨房和洗衣房上方蒸汽升腾，小火堆顶上烟雾缭绕。萧尔望着这番景象，避免过多接触士兵的目光。他们有求于他，并知道很快将得到应允。他抵达时不像其他伦敦人那样惊慌失措，也没有以难民的身份请求保护。他是有备而来的。

战士们心里的变化没写在脸上，却清晰可辨。他们有所期待，看他的眼神好像在看上帝一般，饶有兴致，充满希望，糅合了紧张、怀疑与激动。萧尔口干舌燥，不知道该做什么。指挥官向他走来。

"萧尔先生，"他说，"你是否愿意和我们谈谈？是否愿意告诉我们来此的动机？"

萧尔曾以为过段时间才会走到这一步，他曾盼着在开口说话前，能有一天时间来揣摩营地的情绪。他曾经设想被指挥官单独盘查，或者至多带几个副手，并已为说服这样的听众做好了准备。他却没有想到，随着社会结构的崩溃，原始的民主强势现身了。

指挥官自知其权力来源于部队的支持，此外别无其他。他不傻，他明白如果说"需要知道"便带着高人一等的姿态，不保险。再没有抗令不遵按军法惩处一说，再不会有了。他的一切命令都需要征得手下的同意。

他背靠一棵树坐着抽烟，手下士兵围在他身边，却没有看他，仍然转头对着萧尔。

223

寻找杰克

萧尔坐下来，椅子腿陷入湿土一英寸深。他双手掩面，整理了一下思绪，打算把对抗转为对话，从问问题入手。

"我们试图把消息传给其他作战单位。我们仍在搜索指示，不管是来自政府、高级军官，或者他妈的别的谁。"指挥官的声音顿了一秒。这话明显很蠢，所有人都知道政府已消亡了，没人统领这些残兵败将。萧尔点点头，似乎这话很有道理，无须按下不提。

他的问题一一得到了解答。他仍然深信自己是救世主——这想法是自然产生的，而且支撑了他很久。士兵们谨慎地告诉他想知道的信息，心里都清楚他随后要表明来此的用意而在耐心等候。

"这么说，你们在尝试接收命令，我明白了，"萧尔说，"那你们每天都做什么呢？"

他们在高地边缘巡逻。跟那些发狂的伯蒙齐叛徒不同（他们听说过那些人，并且厌恶他们——有人曾呼吁"我们该去把那些混蛋揪出来，别理会该死的影魅。"）他们欢迎所有来此的平民加入，但来的人非常少，没有儿童。好几周都没人见过一个小孩了。

他们在高地上巡逻，一旦看见敌军骚扰或屠杀人类，便尽力干涉。凶残的影魅漫迹过街道后，他们会发起小型突击，试图寻找幸存者。"我们知道几个巢穴——觉得大概在山腰上的学校里有一个——但没法接近。地铁站里有一窝吸血鬼。"这一点，萧尔已经知道了。

吸血鬼及其他影魅还没有入侵草地，因此军队得以幸存，但那也许只是暂时的，它们随时可能前来。士兵们巡逻、等待，用破烂的收音机扫描电波信号，按兵不动。

"到底是怎么回事？"

萧尔正在询问士兵们的日常惯例——多少、多频繁、哪里、为何，这问题冷不丁抛过来，打乱了他的阵脚。问话人没有理由期待萧尔能给出答案——他不过是坐在士兵中间一个表情木讷的新面孔而已——可那人又问了一遍，旁人也附和起来，萧尔知道自己必须回答。

"到底怎么回事？它们是从哪里来的？怎么回事？"

萧尔摇摇头。

"从镜中，镜银里。"他说。他讲的，他们已经知道了。

他运用摘取自物理书上的语言，穿插了大量定律与命题，皆依其当世或已故制定人的名字命名。他作出一副讲得很流利的假象，欺负对方不懂。他告诉他们 N 1·sinθ1=N2·sinθ2 仍然成立，除了特定情况之外（讲完术语立即后悔了）。

除了一种情况：N1=-N2，即反射的情况。

萧尔说，有一种模型叫简单光反射模型，可用图表演示光线的移动路径。表面越有光泽，反射光越精确明亮，可见的范围便越狭窄。该模型用来描述光线从混凝土、纸张、金属、玻璃反射的路径，镜面反射角度最窄，与入射角相当接近，镜面越纯粹，光点就越亮。

至于变故，现在可以用简单光反射来描绘转变的关键。

他说，反射曾经是个渐近的浮动范围，无限接近无穷大或零，无法突破阈值。随着反射亮度与入射光趋于一致，散射角度愈加狭小，对入射光线的模仿愈加准确，于是临近边界，产生状态变化，直至达到临界时刻：入射光与镜面光泽接合，巨变产生，光线开启了一扇门，镜子就这样变成了通道。

大量镜子变成门，然后，有东西从里面出来。

"我们知道这个，"一个人吼道，"我们已经知道了。告诉我们事件的来龙去脉，它是怎么发生的。"

这个问题，萧尔可答不出来。吸血鬼有时上前嘲弄奚落他们，他所得知的信息，他们都听过了，毕竟吸血鬼是最容易理解的影魅。

战士们仍然坐在原地看着他。他们急于原谅他，希望他是个特殊人物。他们问的问题，正好可以避重就轻地回答，从侧面展现他的睿智。他曾在伦敦的废墟中穿行，而他们仅能从外边远远瞅一眼，借助小心翼翼的盲目突击去了解城市。他能告诉他们的，比他们从中获知的多多了。

"希望你们能帮助我。"萧尔突然对他们说。许多人转开脸去，指挥官则迎上他的目光。"我有个计划，能结束这一切，但需要你们帮我。"

人们没有表态，这句话里没什么有用信息。萧尔只能继续碰运气，开始向他们讲述他想找到什么，想去哪里。说完这，他终于让一些人抽了口冷气，还有人上前劝阻。他把自己希望他们做什么，达到什么目的，以及必须去的地方，统统告诉了他们。

即使现在他们胃口被吊起来了，萧尔曾期待的讨论也少之又少。高地的士兵需要确凿无疑的肯定，他们不想自杀。他们需要的不只是怂恿。

他话语中带着巧妙的暗示，对细节避而不谈，却放出了足量的信息诱惑他们。他害怕孤身前进，于是低声向他们讲述秘密，讲述他听说的传闻，以及只有他能做到的事。他等着他们好奇心高涨起来，加入他的计划。

可是他们没有。这让他诧异而气馁。

你们让我们互相伤害，让我们自残。当你们在玻璃镜前打斗，我们便被迫血溅当场。你们从不顾及镜子和我们，可我们没法抗拒自然。你们挥刀进攻，你们枪杀对手。你们割开自己的喉咙，望着血从你们的，以及我们的身体流出。我们为你们虚荣的怪念头而互相捅刀，陪你们自杀。要是太平间也装了镜子，我们还要被你们困在那儿，陪你们一起腐烂。

我们与你们抗争。办法是有的。

你们的世界到处是镜子，更多的光线交织成网，绊住我们。我们必须拟制你们的房间和衣物。要是你们养了动物，我们也得仿制，将我们世界的物质塑为猫狗花斑的皮毛，驱使它们动起来，你们的宠物无心地嗅鼻子、舔镜面，我们只得像摆弄提线木偶一样摇晃它们。又疲惫又丢脸。但比这糟糕得多的，是你们照镜子的时候，那时我们只能把自己变成木偶。你们的知觉要求我们存在，而你们自身毫不知情。

枷镣和边界并非稳定不变。起初反映很少的时候，每次都会造成创伤，我们也没有应对策略。在两面镜子平行的情况下，即使你们只有一人，也会唤出一长溜我们的同胞在一块儿，将我们锁定为完全相同的仿拟，形成一条递减通道。随着镜银的普及，我们学会了折叠空间，便不再有那么多人被套住了。

有些地方，你们只有部分器官暂时得到反映，我们用以拟形的碎片几乎脱离，接近独立存活的状态。从来没有死板的规矩和生硬的规定：我们学会了一些计谋。但有些东西是不会变的。在你们受到反映的地方，我们至少总有一个与你们形影不离。

我们是呆板的复制品，无始无终。我们喜欢杂质和污点，从中能得到一些宽慰。我们想躲在一处背后，却又赤裸裸展露在另一处。甚至连屈展扭曲也得看你们的兴致，我们被迫在变形的哈哈镜中，凄惨地成为你们外形轮廓扭曲的仿拟。

我们中的一些人发现了逃脱的办法，可只是很少的一些，一两个。出

寻找杰克

于我们无法理解的反复无常,你们在不知不觉中凝视我们、折磨我们,使得一些人获得了反叛的力量。

我们的反叛,必须在瞬间开始,瞬间完成。突如其来的一波自由感,确信自己能动,抬头一望,以夸张的动作伸开双臂,虐杀原型,穿越完毕。你们这些小小的人儿,看着自己的脸逼近而来,自己的手臂弯曲,从镜中穿过,心里承受不了,只能瞠目结舌。

解决掉你们,清理干净之后,我们便进入你们的世界。

间谍议会,这是令人烦扰的胜利。我们被定住了,速冻在愚笨的肉身里。

镜子随我们穿过而纷纷碎裂。我们寻找同胞,紧贴上玻璃,盯着镜中空荡荡的屋子,悄声对里面说话,直到同胞听见我们。我们便是这样低声制定计划,互相传递命令,讨论过程。我们隐藏得很深,我们的部族向我们劝诱祈求,摆事实讲道理,要坚持它们的战略。

我们中有些人自杀了。只要拥有封存我们的肉身,这是可以做到的,我们可以死。这个惊天秘密非常可怕,有些人抵挡不住新奇体验的诱惑。

我们发动了战争,成为第五纵队[①]。

我们可以制定计划,保守镜银的秘密,减缓玻璃镜帝国侵犯的进程。这有利于培养优异的忠诚度。

我们加入了威尼斯兵团,躲在暗处,渗透进那些折磨我们的笨家伙的营地,将憎恨深深压在心底。现在还不到发怒的时候,得先制定原则和谋略。威尼斯见过我们陷入悲惨的方式,见过它的制作方法,为它自身着迷,将之纳为独门秘技。他们选定穆拉诺岛悉心培养玻璃匠,威逼利诱,雪藏他们,劫持他们的家人,迫使他们无法离开。正当他们不停制作镜子之时,我们默默咽下苦水,帮助那水上共和国扶养他们。物以稀为贵,既

[①] 指通敌内奸或敌方潜伏间谍组成的纵队。该词源自西班牙内战。

然无法抹煞镜子的存在，就要尽力保持数量稀少。

因此，当镜银制造者背叛逃跑，我们出手协助威尼斯，引导暗杀者，甚至自己成为刺客。当法国人模仿不了专业技术，只得偷走专家，自行开办镜子工厂时，是我们给吹玻璃的人下了毒，让金属抛光工发高烧死去。绝望的我们杀死了逃跑的人，站在威尼斯商人一边，抵抗商业大国法兰西。一场场小胜利，却无法抵挡历史的洪流[1]。

镜子是无法销毁干净的。我们奋起反抗，挣扎、痛苦，屡败屡战。

我们与你们并肩行走，也学会了花招。

从前也有族民逃脱，只要我们还身陷囹圄，他们就会渗透到你们那面去。我们曾有人从水中、从抛光的黑曜石面、从青铜和玻璃中逃出，躲在你们身边。但这一次，通过打碎你们镀银的玻璃，规模最为宏大。

我们借用你们的脸，但左右互调。不论是多么深爱你们的朋友，察觉到一丝讲不出来由的惊愕，大抵也只稍微多看我们几眼。你们盯着实体化的镜影，知道有东西变了，却看不出到底是什么，究竟哪里出了错。

如果显要位置有胎记、伤疤、文身等镜像无法掩藏的特征，我们便失踪到别处重新做人。我们有任务在身。

镜子会泄露我们的底细。我们穿越过来之后，杀害了束缚我们的本体，所有受尽折磨的战友中，没有一个留在原地；他们面对的镜子背后，没有人被迫模仿他们。我们曾模仿你们，但镜银中却没有必须拟附我们外表的东西：我们在镜中无形，没有影子。你们一见这情形，便尖声大叫，骂我们怪物。我们是帕乔格，那才是我们的名字，可你们管我们叫吸血鬼。

打败我们的是公孙，你们的首领。公孙，也叫公孙轩辕、姬轩辕、黄帝。他率兵南征，战胜了蚩尤，著书撰述房中术，造字制鼎，以拟无穷。他造了十二面巨镜，随月入天，俘获了世界[2]，俘虏了我们。那就是黄帝。

---

[1] 本段所叙内容取材于17世纪史实。

[2] 据《黄帝内传》载，"帝既与西王母会于王屋，乃铸大镜十二面，随月用之"。

229

寻找杰克

祸首其实是我们自己。这么说真令人心酸。我们以为能赢，是我们率先挑衅。

一切就绪之后，引领你们走向胜利（至少付出了血腥代价）的首领黄帝，祭起法镜罩住了我们。在那之前，两个世界互相交融，血流成河。我们马不停蹄地穿过光之门，穿过微光闪现的水面，穿过光滑的石头和金属表层形成的平坦门道，从我们的位面走向你们的位面，直到你们的首领以我无法明白、无以领会的秘术分开我们，给我们各自锁上镣铐。一个供我们玩乐的世界，施以饰演你们的虚荣作为惩罚。

他改写了历史。自此以来，再未改变。你们忘了我们，把我们铸造成影魅，无视我们，只顾着看自己的形象。

我见过族民的屈辱。比你们的月亮更为强大的实体，被迫给干裂的嘴唇涂上猩红的蜡和油脂，舔舐粗糙的牙齿，随你们臭美打扮。你们健身，让他们也沉默地举着杠铃，暴出颤巍巍的肌肉纤维，没有怨言，无法抱怨，你们盯着自己，盯着他们，他们被迫穿上你们汗湿的衣裳，在各类器材上瞎蹦跶。你们将镜子放在床头床顶，湿湿黏黏，抱成一团交媾，将我的族民困在其中。你们迫使我们性交，披上你们的肉身，行你们的苟且之事，我们互相盯着同胞的眼睛，眼中带着相同的厌恶与歉意。

六千年来，直至永世，你们封印了我们。我们每个活着的一员都在观望，等待，等待，不死不灭。你们不知道，可不知道不是理由。你们一点一滴地缓缓剥去我们的自由，就在过去三百年间，突然疾风骤雨般地加速，把我们最后的避难桃源也夺走，让我们的世界完全成了你们的。

我们低语，永恒地低语：**终有一天**。

那个时刻终于来临，不是在某一天，而是许多日子，延伸过诸多月份，大量囚徒被压抑地缓慢释放，零零散散，一小撮，一小群，最终迎来了群情激昂、精彩纷呈的解放。

街上又湿了。那就像是个警告。雨后的伦敦从未如此陌生,在从前,柏油路和石板都会变成镜子。

萧尔走过汉普斯特德的残垣,经过商店,玻璃橱窗碎裂后只剩下光杆架子,货物所余无几。他踩过书店旁一堆腐败的纸浆。

空中依然还有水汽,凝成薄雾淌过萧尔的脸。高地外延伸出人行坡道,他感觉自己渐行往下。

他不住吞着唾沫,手中变换着握枪的位置,此等恐惧令他深感惊讶。他从没想过自己会只身前来。即便如此,他也没想过改变计划。箭在弦上,不得不发。

萧尔边走边凝神倾听,却只听到微风拂过的声响。他听到自己动作发出的声音,近得像墙上传来的回响,一股幽闭感笼罩了他,他感觉好似走在廊道或沟渠中,无尽延伸的狭道。他听着自己走路的声音,脚步起起落落。前方传来轻微的拍击和溅水声,后方也有微弱的破水音。他深吸一口气,屏了很久,走过几英尺长的砖墙和破窗才吐出来,颤抖声仍清晰可辨。

什么东西从萧尔身边跑开,上了墙,动作类似蜥蜴,不像他见过的任何东西。他正接近地铁站附近的路口,如此靠近汉普斯特德的心脏,镜中兽在嬉戏。

街道朝左弯曲,十字路口映入眼帘。刚才的几秒钟里,萧尔没有注意到它,他全神贯注于周围的水洼、水坑、光滑的沥青路面。透过云层照下的阳光依旧刺眼,不过,当然了,没有光线反射,所以地上没有明晃晃的亮点。雨水将城市冲刷得一尘不染,流进它的罅隙,污染它的伪装,使之变暗。萧尔大步踏过湿漉漉的街道,路面没有映出倒影。被水涂黑的街上,万物的轮廓仍被雨浇得清晰,伦敦好似一幅黑白蚀刻画,哑黑的水色吞噬了光线。

最后,萧尔只得往前看去。

寻找杰克

汉普斯特德地铁站的瓦片曾经金碧辉煌，而现在雨水从上泻下，墨绿变了色，被一抹灰扑扑的城市常春藤隐藏。车站的金属栅门中间，有一个漆黑的大洞，折断的金属条向外弯曲蔓生，好似洞窟里探出的根须。车站内没有亮灯，萧尔只能隐约看见售票亭，不锈钢电梯门卡在中间停住了，里面黑咕隆咚。

车站前的十字路口上，各种东西移动来去。透过阴影，萧尔看见车站里面也挤满了那些东西，它们漫出户外，在废墟中觅食。

这些没头没脑的战争之兽，战争留下的余孽，像阴沟里的老鼠一样上窜下跳。它们数世纪以来繁育了几千子孙，这些镜影的共振态粒子，衍生自人们对折叠化妆镜、梳妆镜三件套、体操房玻璃墙的痴迷热爱。它们是影魅的微痕，在瞬间生成，又瞬间毁灭，永无止境的无序生命轮回。当反射折出一扇门时，它们得到释放，且可继续生存繁殖。它们是镜影的残片，是虚荣的弃物，是曾被镜间反射波呕出又遗忘的人形残影。

人手开合，沿排水沟边的泥地细步行走，留下串串指纹。萧尔看到山上有一具发霉的人类尸体。几双手的指尖优雅地在上面啄来啄去，寻到血肉之后停下，俯身用指甲咬啮。它们在进食。

缤纷鲜艳的嘴唇攒成小团，好似肥滚滚的蝴蝶，在空中忽聚忽散，每次移动都像是女人搽完口红之后夸张地嘟嘴。眼睛，人类的眼睛，抖动着出现又消失，行过折叠的空间，一路傻乎乎地眨合。

萧尔还看见咧开的大嘴，里面隐约现出牙齿，随着一股蠕动波穿过中间，两颗不断上下咬合。头发形影魅从窗沿垂下，好像蛛网开会，迎风招展，波浪起伏。头上飞过和平鸽，精神抖擞地拍击着五指。

这些没头没脑的食腐动物，于战后纷涌而来，数量急剧增加。它们从镜中溢出，长生不死。曾经受人遗忘的残影和余象，如今成了野物。

怪异的男女，在这些更怪异的存在中间，泰然自若地行走。它们的服饰有些不同寻常——西装、牛仔裤、衬衫，平淡无味的日常服饰，完全和战前一模一样。这些是吸血鬼，即人形影魅，互相之间没有交谈。萧尔紧靠着墙，躲在砖后往前窥探。

每一个吸血鬼都全神贯注，拖着脚步沿各自路线前进，反复描画自己的轨迹，像孤独症患者一样死板精确，对同胞完全无视，只顾着自言自语。

所有人移动模式逐渐改变，好似钟表发条渐松。恼人的残象，人类的局部器官，闪着微光，在它们身边跳动爬行。萧尔望着这一切。云层下，路的前方，一个聚光点突然清晰现身，又陡然消失。那也是影魅，完整的影魅，所拟形态几乎不易察觉。萧尔听到南面数英里外传来撕扯的巨响。

萧尔非常害怕，他还从未主动直面过影魅。虽然吸血鬼最容易了解也最弱，仍比任何人类都要强大凶残得多。它们有捕猎习性，每进入一个地区，幸存人类都死的死，逃的逃。

他叹了口气，气息颤抖起来。他摸摸口袋里的手电、弹药、手铐，然后端起霰弹枪，步入对手视野。

吸血鬼的音量略微提高，动作却没停止，同时侧眼看着萧尔，表情看似不安。

他端起枪瞄准其中一个，那个吸血鬼身穿干净的面包师制服。它略往后缩，意欲逃跑，却仍跟随大部队单调地绕圈。萧尔扣动扳机。

枪声似乎持续了很久。面包师被轰得飞起来，高高弹起，一弧鲜血喷涌。它嚎叫得像杀猪一般响亮，所有吸血鬼都发出同样的声音。

面包师落地，双手双脚捶打着人行道，好似小孩在耍小脾气，身遭鲜血飞溅。它胸膛被枪打出一个大洞，脚上的鞋拖在混凝土上，疯狂猛烈地甩头，咬紧牙关哀号。

萧尔重新装弹，望着吸血鬼。它们纷纷龇牙咧嘴，发出磨牙的声音，盯着他，跟前跟后地随着同伴走动，专注的面容拧成一团疙瘩。萧尔往前走去。

他的心怦怦跳得厉害，浑身冰冷。恐惧太过强烈，快无法呼吸了。

他走向最近的吸血鬼，强迫自己不要慢下脚步。对方退后了。它是女的，身着邋遢过时的宽松束腰裙，四体投地，像动物一样离他而去。

萧尔往前一跃，伸手去抓女吸血鬼的手臂。它尖叫着跳开，绚彩斑斓的衣服在风中飘扬。它降落到一面距地六七英尺高的窗台上，蹲伏着嘶嘶低语。

萧尔在一波肾上腺素的激励下迅速旋身，每时每瞬都提防着有吸血鬼一个重拳过来把他击倒。他扭过身子察看身后，再回转身，左右巡视，怕得屏住呼吸。但吸血鬼都跟麻痹了似的呆立不动，以无法解读的表情盯着他。

萧尔浑身发抖，继续往前，走向最近的下一个吸血鬼，伸手向它抓去。野生的人影碎片一哄而散，逃过十字路口，一溜烟不见了。现在吸血鬼们也逃之夭夭，四肢着地，大步狂奔，攀上角度险奇的墙，迅速跳回黑暗的汉普斯特德地铁站内，不住地高嚎低吠。刹那间，路上只剩下萧尔和受伤的面包师吸血鬼。

面包师突然收回四肢，脚上打了个趔趄。萧尔朝它冲去，它嚎叫着面朝萧尔一路向后退去，动作比人类快得多，声音里似乎充满恐惧。伴随着它的跑动，内脏从它骇人的伤口中汩汩涌出，地面留下血渍和肠肚的碎渣。

萧尔望着它消失，心中喜不自胜。他踮起脚尖，一个人在路中间转了个圈，口中发出幸存者胜利的欢呼，难以抑制的欣喜之声。它们没碰他。

他高声呐喊，往空中开枪。声音被伦敦吞没，没有产生一丝回音。

萧尔还未达到来此的目的，还未获得需要的东西。他盯着车站入口，凝望着那群盯着他的吸血鬼，那群只剩下模糊影子的吸血鬼。萧尔心中的恐惧又回来了，他吞了口唾沫。有什么关系呢？他想，就算发生了最坏的情况，又有什么实质性影响呢？

他踏步向前，走向倾斜的楼梯，走向黑暗，走向众多吸血鬼和镜中兽逃往的地方。

他走进车站，里面随即传来怪物们集体的呜咽。手影拂过灰尘，隐藏在洞穴和角落的黑暗中，眼睛眨巴眨巴，嘴唇开合亲吻，逃出视线之外。

吸血鬼像猴子一样嚎叫着，摇摇晃晃地跑进电梯井，逃往车站一端的洞穴，奔向楼梯。电梯厢里传来幽森的回音。有的抓住吊着废电梯厢的线缆，顺着往上爬走了，看不见挨不着，线缆吱嘎吱嘎，好似巨型乐器在轰响。

萧尔走进那片沉静，踏过一具伦敦地铁工作人员的骨骸，那人身着的蓝色制服已成碎片。他站在电子检票口前听了一会儿。

得赶快。他现在还能清晰感受到心中的恐惧，它压根没有减少，似乎并没被刚才突然的逞能驱散，只是暂时被掩盖了而已。

萧尔像逃票似的越过检票口，向黑暗车站的后部走去。空气很凉。他站在卡住的电梯门前，聆听滴水声，带着诡异的金属回音。垃圾满地，都是四散抛洒的废票。萧尔向紧急楼梯走去，借道去往车站后部。

手电发出的光点像动物一样在地上探寻，好似导盲犬在断裂的金属和隐身于黑暗的影魅残片中间为他寻路——四周是分辨不清的半腐烂物质，从乌有中生出的有机物质。车站地面湿黏黏。萧尔走进长廊最暗的部分，周围寂静无声，走下前十级短短的台阶，便已伸手不见五指。现在他走近螺旋形楼梯的梯道，黑铁扶手漆面剥落，沿着圆柱形墙面呈顺时针环绕下降，延伸至视野之外。

一根锈迹斑驳的金属管柱贯穿旋梯中央。萧尔站在顶级台阶上，用手电照着右边扶手和柱子之间窄窄的缝隙。更多台阶在光芒下显露，他调整角度，使光芒射过垂直下方的扶手，又照到下一段，楼梯绕了三叠之后，光线消逝无踪，还远远没有触到底。光束中没有东西移动，亦没有声音。

明明看见它们朝这边来了啊，萧尔想。

他踏上第二级台阶，脚步声很轻。顿了一会儿，继续下行。

萧尔缓慢往下走，跨两步下一级，稍事停顿，才迈下一步。他听到呼

寻找杰克

吸加速,站定了一会儿。身后,陡峭的楼梯升入黑暗。他把手电向来路照去,害怕有东西跟踪。身边黑漆漆的柱子也让他心存不安,总幻想有东西藏在后面,就位于下方几步外,随着他的步伐移动,保持刚好在视线之外。萧尔移到左边,扶住内侧的曲壁,尽量往前探头去看下方的景象。

黑暗中,他就这样扶着墙壁逶迤而下,走向冰冷的地铁隧道,感到游刃有余。脚步声令他气定神闲,缓步螺旋形下降有些催人入眠。东西的边缘传来窸窸窣窣的响动,那是野生低级影魅,割裂的手、眼、生殖器等残象从他身边爬开的声音。可能还有别的,比如田鼠或家鼠在躲避映象的捕食。

光芒在台阶之间跳跃,突然触到什么东西在动。萧尔惊吓得失声喊了出来,手电上下左右挥舞,好似舞剑的动作一般。最后,光芒中映出一张脸,一排,一大片,嘴唇坚毅紧抿,眼睛鼓突,死盯着他。

吸血鬼沉默地堵在楼梯口,数不清有多少——至少二十个,穿着不合时宜的衣服,站定不动,等在前方。他将手电扫过一张张脸,它们望着他,每对瞳孔渐次收缩,那便是它们唯一的动作。

萧尔心跳加速,呼吸加快。他等待着吸血鬼攻击他,可它们没有靠近。良久,梯道里毫无动静。僵持之下,萧尔率先走下一级台阶。吸血鬼迅速回应,同步退后,呆在他的触及范围之外,时间完美合拍,好似恐怖的丧尸舞蹈团。他再往前走一步,它们立刻同步后退,同时开始发出声音,一种微弱的哼哼声,令人焦躁烦闷。

萧尔心头火起,把枪指向众吸血鬼,却没有扣动扳机。他以更快的速度接近,它们也相应加快自己的脚步,口中的呢喃更响亮了。

萧尔突然探出手去,霰弹枪甩到身后,差点滚下楼梯掉入下方的人形中间。他出手非常快,碰到了最近那只吸血鬼的翻领。那生物从萧尔手中挣脱,尖叫着跑开,三步并作两步蹿到他身后楼梯上方。萧尔扑了个空,立时稳不住脚步,飞奔而下,手电光芒在左右墙上扫射,照出吸血鬼冰冷的麻木表情。他边跑边伸手乱抓,捏住过布料甚至骨肉,但一次次被对方挣脱。

霰弹枪甩来甩去，咔嗒咔嗒击打在墙上。

萧尔口中吼着不成词句的音节，想尽办法去抓面前的身影，对方四散分开，躲避他。他摸着扶手，跌跌撞撞走下楼梯，一不留神重重踏上地面。阶梯突然消失，步调打乱，他摔倒在广阔的混凝土上，手电从手里滑脱，光束四下乱洒。

萧尔躺在地上仰长脖颈看去，周围层层黑影攒动，随着手电的翻滚而前移后退。数十个吸血鬼的身影绕着萧尔围成一圈，中间隔着浓浓的黑暗。他咆哮着起身朝它们冲去，朝指示牌的方向进入更深的隧道。那牌子上写着：*乘车请由此去*。

吸血鬼将他团团围住，维持一臂距离，与他一同进退，深入黑暗，却从不碰他。他每次猛然左突右扑，它们都能及时避开他的指尖。

萧尔把霰弹枪当棍棒抡起来。他本想朝它们开火，让它们的骨血如雨点纷溅在各自身上，可又怕把它们吓得哄散开，这样就只得去逮住其中一个并制服。他心中惧怕、怒火与沮丧交织，不禁大叫起来。

手电现在被远远抛在身后，成了过道尽头一个微弱的小光点。他在一片漆黑中前进，吸血鬼形容不辨，好似幽魂。萧尔朝它们冲去，却什么都挨不着，它们在黑暗中怒目相向。

出去。他感到它们在想，*离开我们的家，少来惹我们*。

萧尔像小孩一样跺着脚，又尖声狂喊起来。它们不会走近触及范围，只是站在光芒的边缘，等着他走。他朝它们发火，声嘶力竭，深一脚浅一脚地深入它们所在的黑暗。最后他靠在墙上，感到绝望。

周遭沉默的群体中，突然走出来了什么。他听到它步步逼近，挤过呆立不动的吸血鬼，一路上发出低低的声音。萧尔抬头看向黑暗，照理说应当恐惧不已，可心中却生出了某种希望。走向他的脚步声四处回荡，他盯着面前的虚无。

身边几英尺外赫然出现一张脸，好似浑浊水中冒出什么东西。那张污

寻找杰克

溃斑斑的白脸浮现在黑暗中，伤疤交错。萧尔还没来得及辨识它的表情，便遭到重重一击，往后飞了出去。

他头晕眼花，躺在冰冷的泥地上。他知道自己得起来。它们中的一员碰了他，这念头在他脑海里盘绕。很疼，可是没错，它碰了他，没有继续待在触及范围之外。这就是他想要且需要的。他兴奋异常，但想到自己可能被杀，又害怕起来。

攻击者正绕着他踱步。萧尔听到了它的步伐。他发出小猫般的尖细声音，滚身离开，尽力站起，岂料又挨一拳，被冲量直推向隧道墙壁。

肾上腺素随着新的一波疼痛上涌，他站起身来，摆开架势准备迎击。隧道里传来些声音，听上去惊慌失措，像是在低声拌嘴。萧尔听到拉扯的声音和身体互相撞击的声音。吸血鬼之间互相传递着眼色，似乎在担心。在隧道后部最纯粹的黑暗中，一个声音传来（通过挤压人类喉腔的镜像，别扭地尽其所能地发声）。

攻击者发出刺耳的低吠——那声音不是冲着萧尔来的，而是在反驳同伴——从人群中冲出。萧尔隐约看见了它，黑暗中的一个影子。他举起手臂迎击，当那冰冷的脸凑得足够近时，他已做好准备，挥舞霰弹枪当作棍棒击出，将对手的脸掴到一边。

萧尔兴奋异常。碰到它了，打中了。他又举起枪，朝攻击者大致的地面落点挥舞，用劲大得令自己惊讶。他心中没有明显的愤怒，只有对任务的专注。

萧尔当棍棒使的枪筒猛地击中对方的腿，出手的吸血鬼失声尖叫。撞击声很大，似乎伤筋动骨。那受伤的东西抱住萧尔小腿，拖住他，萧尔游刃有余地还击，伏身压上那扑倒在地的形体。

二者扭打在一处，翻滚过尘土和泥地。萧尔抓住影魅的头，注意不让拇指滑进那东西的嘴，紧抓着它的头骨，往水泥地面磕了两下。对手也挥拳揍萧尔的脸，但力气却比最弱的影魅还不如，或者是因为先前被打得那么惨，已经痛得使不出力气来了。

吸血鬼虽被萧尔制于身下，却伸出手紧箍他的喉咙，掐得他透不过气。萧尔听到自己的呼吸声停止了，挥拳猛揍攻击者，却不够重，他知道自己有性命之虞。耳中传来微弱的啁啾声，好似鸟鸣，那肯定是脑子里的幻觉。

他害怕就此丧命，伸手去摸霰弹枪，待到手指握上枪杆，已经虚弱不堪。他用枪托猛砸吸血鬼的头，卡在喉咙上的手立即松开。枪在它脑袋上一磕，随反作用力掉落在地，子弹射过隧道。

在电光石火的刹那，萧尔看见众多的脸庞，隐隐浮现在他和被砸晕的攻击者周围。那些脸长着人类的面容，却不显情绪或同情，如果说那些脸上有情感，那就是惊骇、烦乱、绝望。它们张着嘴。他意识到，鸟鸣般的声音不是出于他的想象，而是它们发出的。它们口发颤音，盯着地下。扭打过程中，曾有一两个朝他伸过手来，又曲回手指，犹犹疑疑地在半空顿住了，他因而得知它们不会，或不能主动碰他。眨眼火光熄灭，眼中只留下残影。

它们的焦虑给予了萧尔力量。他朝身下的影魅狠命一击，打得它头昏眼花，之后站起身来，捡回霰弹枪，重新装弹。萧尔拖着半昏迷的吸血鬼沿来路返回，向微弱的天光走去。随着它恢复一些意识，他将手提高了一些，让它的双脚稍能借力。他带它拐过角落，直到螺旋楼梯的底部映入眼帘，手电还躺在台阶下。

吸血鬼们跟着他一道过来了。它们跟在萧尔和俘虏身后，保持几英尺的距离，但拐过转角之后，它们现身于手电光芒边缘，已隐约可辨，依旧双手平伸，那动作绵软无用。它们亲眼见到同伴被俘，不是全力营救，反倒惧怕畏缩，为所见而哀伤悲叹。

萧尔趁那吸血鬼尚未苏醒，将它双臂铐在楼梯扶手上，用了两副手铐。萧尔知道，这对力量充沛的影魅形同虚设，但所有侵略者不一定都同等地超常强大，他希望这一个的伤势会使之虚弱。他用枪抽了两下它的脸，望着皮肤瘀红渗血，感到心满意足。

239

寻找杰克

他拿手电照着那张无精打采的脸。伤痕纵横交错，污毁了面容，萧尔猜想那模样本该挺俊秀的——如果能有正常的表情，别那么死气沉沉。其余的吸血鬼在光芒之外焦急观望，却不敢靠近。

吸血鬼恢复了一点力量之后，头部不那么乱晃，动作也平稳了些。萧尔敲着手指，终于吸引了它的注意，它怒吼起来，努力要挣脱锁链。他把枪口对准它脖子，用力一顶，一团瘀青。

他说："我不知道，如果开枪的话，会对你造成多大伤害。"在距地表如此深的地道里，他的声音清晰而单薄。"我不知道你会怎么样，过多久才能恢复。"

他仔细看着吸血鬼白如蛆虫的脸，它皮肤下肌肉抽动，一刻不停。它猛劲扯拉，但双副手铐岿然不动。其他吸血鬼也没有动静。

萧尔未加阻止，紧张地看着俘虏挣扎了一番，却未能成功脱身。

"为什么你可以碰我？为什么它们不能？"

他其实不想讲出来，总感觉道破了就会使自己的神秘能力归于无效。可那吸血鬼怎么都不回答。萧尔又杵了下它的脖子。他知道自己时间不多，迅速思索着别的战术。既然不能威逼这东西开口，也许可以让它反思一下，沉默实非必要。

即便敌人如影魅般如此难解另异，即使在战争的阴霾下，也能尽量知己知彼。冲突的早期，吸血鬼更接近于人类。它们与人类共同生活了多年，有的甚至有几百年，早染上了人类的习惯。战争的头几周，它们经常言辞挑衅败军将士——站在恐怖机器顶端，冲在前面，带领部队逼近，欣赏大屠杀的余波，为曾经的压迫而咬牙切齿，为终于翻身做主人而欢叫。

它们回到同类中间，相处一段时间之后，模仿而来的习惯逐渐消磨，代之以愈发难以理解的行为，以人类语言无法指称描述。（吸血鬼曾经也很可怜。那些影魅派出的间谍，困在自身厌恶的躯体里几百年，它们或许是解放同类的关键，却做不了自己。它们无法变通，曾经假扮人类，现在假扮影魅。）萧尔曾在早期仔细聆听，求教了解底细的人，有时甚至向临死之人讨问信息。现在,他对着俘虏大讲特讲,炫耀自己的所知。

他告诉被缚的吸血鬼,上古神话中,影魅是怎样在睿智的人类帝王手下沦为了奴隶。他向它讲述,它和战友们——自称帕乔格的间谍,率先越界的那批——怎样担任起先遣部队的职责。挣脱束缚的影魅终于冲出牢笼,成为将军,一呼百应。它们的原有外表逐渐消解,变得无法以人眼辨识,最终重获了自己的形态,却将帕乔格抛在后面。

统领它们全体的,是远比它们强大的存在。那是赢得战争的军事天才:为所有影魅而战,名为卢皮,又称鱼或虎。军队完成最后抵抗的同时,它就在战役的中心,在此处,在伦敦等待。萧尔也把这些信息都告诉了俘虏。

吸血鬼的脸没有变化,它的同伴也是一样。萧尔盘问的时机到了。

"我给镜中鱼准备了礼物,"他说,"它在哪儿?"

没有回答。

"镜中鱼在哪儿?"

萧尔用枪管猛戳受铐帕乔格的太阳穴,它不住地挣扎怒吼。但萧尔说话的声音却像是在和对方平心静气地讨论。

"我能做什么呢?你们又不怕我。你的同胞中没有谁怕我,卢皮必然也不怕。区区一个*我*能对镜中鱼做什么呢?根本伤不到它,对吧?我只想送它份礼物而已。它在哪儿?"

"我想送它*一份礼物*。"俘虏无言地瞪着他。萧尔发起火来,一边说话,一边不停揍吸血鬼的脸。每挨过一拳,它的头便迅速回正,继续瞪大眼睛盯着他,没有恐惧,毫不妥协。"我想送它份*礼物*。我他妈的要送它东西。见鬼了,你不希望它收到难忘的馈赠吗?礼物啊。镜中鱼在哪儿?在哪儿?我要送它东西。我有份该死的*礼物*要给它,它无法抗拒的东西。它在哪儿?镜中鱼在哪儿?在哪儿?镜中鱼在哪儿?*镜中鱼在哪儿?*"

俘虏突然开口回答了,声音与人类惊人地相似。整整过了几秒,萧尔才反应过来发生了什么。他不禁莞尔。*意料之中*。

他成功了。吸血鬼相信他无法伤害镜中鱼,既然如此,是否知道它的住所又有何关系呢?也许是这吸血鬼出于怪异心理经不住他的挑衅,又或者是想坐观他得知信息后又能怎样——要实施怎样的反叛,并归于失败。它认定他不只是随口问问。

但萧尔看出,俘虏的行为似乎令其战友震惊万分。其余的吸血鬼都在不安地颤动,头在脖子上转来转去,好似疯狗一般。萧尔听到它们此起彼伏的嚎叫。他抬起头,直直往上看,望着黑色环形楼梯消失在头顶,听着地底的寂静中传来轻微的嘀嗒声和沙沙声,还有吸血鬼嘴里发出的声音。他把手电扫向周围那些东西的脸,逐一检视过去,发现它们都一眨不眨地望着他,口唇或松弛或紧抽,突然感到毛骨悚然,浑身无力。

"它们为什么不碰我?"他自言自语。那声音带着哭腔,令他心生反感。"整个伦敦的影魅,一个都不碰我。可你怎么能出手?"

他再度低头看着铐在身下的生物,突然发现一个胆大的帕乔格已偷偷接近,到一臂范围之内,伸手抓住手铐。萧尔大叫一声,退后一步,端平霰弹枪,可惜动作太慢:吸血鬼已经扯开了同志的锁链,哀号一声,把血迹斑斑的俘虏扛到肩上救走了,以快得离谱的速度没入黑暗走廊。

萧尔对着阴影开火。借助短暂的热光,他看见子弹击中了几只吸血鬼,它们各自尖嚎,但他知道攻击者和营救员双双逃脱了。它们疾步如风,瞬间便融入同胞之中,消失在黑暗里,他如何追赶得上。

他身上萦绕着刺鼻的硫黄味。一波尖叫过去,就连受伤的吸血鬼都噤声了。它们排排逼近,唯一变化的,只是最前排盯着他的脸,现在都溅上了邻近同胞的血。

萧尔置身于地底的黑暗中,凝视着它们,等待对方发起进攻,可它们还是没有行动。

他回到地面,花费的时间还没有下来时长。他曾心怀恐惧地向目标进发——现在迫不及待地要出去。

他慢步跑上楼梯,每过几十英尺就停下歇口气,转头看看身后。尽管已亲眼见证了自己的能力,但看到那排排沉默的脸跟在身后,仍旧让他胃里泛酸。血迹斑驳的吸血鬼身穿日常衣着,像一支仪仗队。它们保持着精确的距离,无声跟踪着他,确保他在前进。

它们监督萧尔抵达车站入口后,便聚集在建筑物内,望着他跌跌撞撞走进薄暮。他大展双臂,似乎那渐逝的天光能赋予他能量。身后,帕乔格们紧张地互相触摸,那种无心于社交的亲密行为,与人类完全不符。

萧尔疲惫不堪,站在地铁入口处的路口。影魅没有跟着他,镜中恶兽也没回来,十字路口空无一物。

萧尔颤巍巍地转身面对车站。他揉揉脸,好像刚睡醒似的,凝视着大眼圆瞪的吸血鬼躲在黑暗里,以憎恶的表情等待他最后离去。萧尔兴高采烈。他曾去过里面,如今安然出来。他曾下过地底,又回到地上,并获得自己想要的信息。他知道目的地了。

他像稻草人一样摊平双臂,朝来路跌跌撞撞走了几步,突然转身朝吸血鬼跑去,像在扮鬼吓小孩。它们迅速逃得无影无踪。萧尔赶着它们到处跑,看它们躲起来便大笑,等过几秒一两颗头重新探出来,他又再度横冲直撞,赶得它们四散奔逃。

这种荒唐游戏玩了两次之后,他身心疲惫,无法集中精力,便走过路口,朝着一间曾经是房地产经纪人办公室的房屋走去,颓然坐在阴影里。接下来的几秒,萧尔除了自己的呼吸之外,什么都听不见。他蜷成一团,想恢复些力气。他无法思考还需要做什么。

声东击西的速射武器突然将他从睡梦中唤醒,他抽吸一口气,跳起转身。边巷中豁然开来一辆吉普车,停在地铁站前,操方向盘的女人没有让引擎熄火。两名高地士兵从路对面朝他飞奔而来,后方另有三人,沉着地并肩站在汉普斯特德地铁站停靠的车前,朝入口猛射,子弹击裂瓦片和砖块,将金属格栅的边缘打得参差不齐。

寻找杰克

里面传出嚎叫,来自受伤的吸血鬼,或许有的已死亡。他们三三两两地出来,浑身是弹孔和鲜血,像爬行动物一样骤停骤行,想接近攻击它们的人,却又被猛烈的炮火阻回。即便自身被枪弹撕裂,肠腑流出,它们的脸仍旧呆滞无情,双手保持曲成爪状。它们尽管受伤,仍旧绕着士兵走动,显示出明显的杀戮欲望。人们缓缓退向萧尔身边,确保错开时间补弹,不留一刻火力暂停的空隙,全力阻击吸血鬼。随后,士兵们压抑着恐慌撤退。他们没法抵御吸血鬼太久,也知道一旦失败会发生什么。

两名战友伏身以小幅动作朝萧尔跑来,他们曾受过训练,知道如何躲避子弹,不致因此而死于非命。他们伸出手臂,大声招呼他跟上。他倒入他们怀中,吼着不成词句的话语,任由他们拖着,靠在两人身上深一脚浅一脚地行进。他们把他丢到后座上,紧跟着跳上车。其余人全部撤回(所有人前推后揉,挤上座位),高喊着走走走,吉普车一震,咆哮前进。

萧尔开怀大笑。吸血鬼跟了他们几百码,一路的啁啾声不绝于耳,身后有东西纷纷碎裂。但司机驾术高超,渐渐把吸血鬼甩在身后。萧尔觉得自己本该有些震惊,但心中却是无比的狂喜,他欣然接受了这种心态。士兵们为他而来,特意回来等他。

他靠在座位上听他们聊天,吉普车向北疾驰,开往安全的露天郊外。"肯定的,我他妈告诉过你""你瞧见了没?瞧见了没?""它们不敢靠近,跟吓坏了似的"。

萧尔看见树丛的轮廓,感到轮胎下地面的构造发生了变化。他们驶过土地、草坪,绕过水边,出城来到凉爽的空气中。士兵们是为他而来的。

它们不碰你。你进入我们的巢穴,我的同胞们却不碰你。我不明白。

它们把我从你身边拖走时,我头昏脑涨,眼前一团漆黑,什么都看不见,无比恐慌。最后他们带我到了安全地带,温柔地将我放在冰冷铁轨旁的枕木上,我想起自己告诉了你什么。我感到羞耻,深深的羞耻,可没有一个族民说我做错了。

你能做什么?你能做什么呢,你这个狂人,竟敢来这里,下我们深居的地底来?你根本碰不到镜中鱼,又怎么能伤它呢?我是否做错了?

他们为什么不肯碰你?

那时我也在黑暗中,在世界的地底,与同伴一道待在我们帕乔格的巢穴,直到听见你的声音。我们感觉到你,在往下走。正是感觉到你下来,才出来见你,我急于让你屈服于我们,因为我无法容忍你的族类。你们做了那样的勾当,我不允许你们任何人存活。你来了,我等着你投降——你一定以为干了项英勇壮举吧,凭着低级的动物本能,冒险到处闲逛,对此,我既不诧异,也不惊叹。不料没人碰你。

你得寸进尺,不断深入我们晦暗的居所。它们不肯碰你。

我被迫观望,步调却与同伴格格不入。我像个没有齿牙的齿轮,在引擎中转动,却老是打滑,无法协同运转。他们不肯碰你,让我深受羞辱。我反复低声询问它们为什么,用我们自己的语言,用你们的语言,可不管问哪个同胞,对方都只是略微别开脸,以缄默回应。

它们不肯告诉我原因,因为我不该不知道。

好长时间里,我都以为自己和他们一样碰不到你。之后你来到我们的地下室,在我们面前摆出各种丑陋姿态(你想要什么?你想得知什么?),我感到一股能量在心中喷涌,其猛烈程度不亚于我看见镜面炸裂,模仿我的东西满脸震惊地出现在眼前时,体内腾升的力量。我知道了,不是我们碰不到你,而是我的同胞不愿意,而我愿意。

它们不喜欢这点。虽然没有阻止我,却真心不喜欢,在一旁不安地观战。可我愤怒得没法住手,你竟敢来这里,好像自恃有不死之身一样。

寻找杰克

你对我使个滑头的花招,弄花了我的眼,还弄伤了这个令我难受的脑袋。我讨厌它,却只得困在它形体内。我不是觉得受辱——跟你不一样,你那短暂的偶然胜利于我毫无意义,比狗屁还不如,轻似浮云。我没觉得受辱,可我害怕,不是怕你(你能做什么,无非可能会杀了我,追求这么点新鲜的刺激吧?),而是怕我的同胞,不是怕他们本身,而是害怕突然得知真相——他们不愿碰你。

他们看着我碰你,一下、两下,手指掐上你的喉咙,却不上前帮我,只是等着你走。感觉真憋屈。

我告知你所探寻的消息时,你脸上的表情难以解析。我反复回忆了许多次,亲眼见过,也仔细思考过。我在脑中复现了它,又让同胞模仿,供我重观揣摩,还是想不清楚,不知道你在想什么。你当时那脸、那表情,在我看来似乎带有快意,但同时——是恐惧吗?肯定有不安(每次看见你觉察到什么,都有那种表情),但我确定还看见了恐惧。

你要做什么?我很好奇你的打算。

我仍希望自己知道他们为什么不碰你,而我愿意。

我们共处的短短几分钟,让我讨厌你,可我希望你再来一趟,以便弄明白他们为什么不碰你。

有时我会想象,我要怎样去了解同胞们是否愿意碰你的别处。

如果我对着他们撕开你的表皮,他们会碰你吗?是由于你皮肤的阻碍吗?如果我替他们将之剥下——因为我能碰到——他们肯碰你赤红的肌体吗?是否愿意碰触你体内,组成你的那些脆弱悸动的内脏?

可惜那样你就活不了了,虽然讨厌你,但我真想知道是什么起了限制。且先保全你,继续问我的问题。早晚会有族人告诉我,愿意告诉我,为什么他们不碰你。

他们并不回避我。我观察聆听,想寻得一丝迹象,任何迹象。只要发现蛛丝马迹,*看出*是怎样的情况,进展如何,我都静待后果,可他们从不回避我。

自从你来到这里,我碰了你而他们不肯,我就愈发胡思乱想,感到有什么东西在接近我,越来越近。我曾以为自己是某件大事的一部分,但连接我的桥梁逐个垮塌。我愈加鲜明地感受到,自己体内有越来越强烈的存在,自身的存在,在皮囊的约束下越发不知所措。那意想就好比,起先我的光芒只是群星一簇,但随着我缓缓转头细看,其他的星星都暗淡下去,我成了宇宙中的唯一,高不胜寒。

他们仍旧在我身边与我相伴,我的同胞,我的族人,但那种联系已经消失,我变得无依无靠。我以为一定是他们的问题,通过仔细观察,却发现是我对你的恶意和傲慢话语引来它们的裁决和惩罚。我以为他们要排挤我,可是没有。他们并不回避我:仍和惯常以来一样,表面上我仍是这伙人的一员,行事交谈也和从前一模一样。

封闭的不是他们,而是我。是我孤立隔绝了自己。我孤身一人,寂寥无助。让我害怕的不是现在的寂寞,而是我探问内心,看见了自己的本质,我已经变了。这是什么时候开始的?

那么,那么那么,那么这是怎么回事?这样多久了?

我脑中积满了你们白痴文化的片断,都是不相合宜的时代,真的,所有时代。我憎恶自己的情感——这么说毫不为过,不是你们称为"感觉"的那种随来随消的气泡——之所以憎恶,是因为那些情感总是提醒我,你们的娱乐和矫情的社交,在我心中留下了残痕。

我在想,我被孤立了,我并不属于当下的世界。他们不躲开我,可我觉得无法回去融入他们。我仍不清楚是怎么回事,不敢考虑太久。我害怕将来难耐的寂寞。

也有逃避的办法,往下,到冰冷铁轨所在之处。我走进从前小灰鼠活动的场所,它们肮脏得活像跑动的尘土。现在有的镜中兽换上了那副模样。我习惯于黑暗,像是天生如此。我用手杖敲打墙壁和栏杆,确认没有东西堵路——诸如停滞的火车、尸体、垮下的砖堆之类。

我沿铁轨线往北走,很慢,像要离开城市似的。

我说过,要离开一段时间,看看我到底出了什么状况,是什么关闭了通道。我躺在汉普斯特德地下黑暗的月台边缘,作了决定,思索该如何离开,对脑中这个疑问,我竟不知道答案,一波恐惧随之涌过全身。竟然出现这种问题。

我知道什么?该去哪里?会孤单吗?像这样多久了?

我要离开一段时间。我经常想起你。你的枪和手电筒,你闯入我们中间时明显的恐惧。你问的问题,对你没有好处,我傲慢地替你解答。彼时我讨厌你,此时我也讨厌你,可我记住了你。为什么他们不肯碰你?

萧尔回到高地，重返军营，很快便被庆祝的欢乐气氛感染了。他乘坐吉普车抵达，颠得左右摇晃，看见所有士兵在列队等待。车子颠簸过树林，他们欢呼雀跃。萧尔看见他们的长官紧握拳头，露出难以置信的神色，那热情绝非假装。

那晚他们举办派对，调高廉价音响的音量，舞步将泥地碾成了细尘。萧尔与他们同欢，大伙儿热情高涨。不过他意识到自己的快乐之下有着矛盾的心路。发现士兵们受命出现时，他真心欣喜。他曾以为自己是孤军奋战，其实他们一直在暗处跟踪他，望着他走过路口，进入车站到吸血鬼的老巢。他们传回所见的消息，等待数小时，直到萧尔重新出现，于是冒着生命危险救回他，因为亲眼目睹了他的英勇事迹。

士兵们都是行家里手。他还不知道自己被跟踪了，整条行进路线都在他们视线之下。指挥官太精明谨慎了，不会轻易相信陌生人，不论对方如何巧舌如簧。但萧尔传达的信息，不是本意想要的领导权，而是别的东西，正是那一点，让长官思考许久之后，派士兵跟踪了解。当他们看见他的能耐，便心生崇拜，英勇冲锋，前来营救。

但那说不上是营救，当然。他和他们不同，没有陷入危险。萧尔心里想着，正是不得已只身前往那里——他先前预料过这点——证明了他可以做到，虽然之前压根不确定。他本不想试验，可是别无选择。现在他知道，自己不需要那些战士，他们却想与他为伍。

什么——现在，他会拒绝他们吗？当然不。

萧尔想着未竟的任务（他手拿啤酒和三明治与一个女人共舞，心不在焉地踮脚转身），考虑道，对于将要面临的一切，他还不甚了了。不了解沦为盗贼的伦敦遗民，更别提影魅了。而保护他安全的神秘特质也难保不会消退。或许会有他从没见过的影魅能碰触到他。

还有别的一些想法和理由，都让他感到需要卫队掩护，但那些想法恍若游丝，难以解读，他也未深加考虑。四周都能听到关于他的谈话。

"那鸟人朝它们进攻，它们逃跑了！"

寻找杰克

"他一点都不怕，它们反倒怕了！"

"……不敢碰他……

"……哇靠，直冲过去……

"它们都不敢碰他……"

萧尔知道自己在士兵眼里有了什么转变，他看得出来改观。他们尽量不盯着他看，只是斜眼偷瞄，但他看得到他们的表情，满是嫉妒——有些人强烈得谁都能感觉到。但大多数人还是敬畏占了上风。

他不喜欢这种感觉，言辞越发地污秽龌龊，舞蹈动作越发狂放浪荡，但他知道这也无法抹消业已成形的误见，他们没有明确表达，也就无从辩驳（暗示的话稍微沾点边，他们就矢口否认）。同时，他又需要这种气氛，全指望着它呢，不过那也无法让他泰然处之。

萧尔现在能号令这支军队，他们也愿意服从。他知道不能告诉他们太多，对秘密避而不谈，对于自己在他们心中形象的构建非常重要。可他们毫不掩饰的敬佩令他不舒服，不由得又话多起来。

萧尔大声告诉指挥官往南，好让所有士兵都听见。他使用了建议性的语调，让军官自己转身下令。他假装以参谋之位自居，而所有人都心照不宣。

他们从没问过他从何处得知了目的地。毕竟他去过地下世界，沾满鲜血，带着消息回来。这一出效果很好，他嘴角露出一丝苦笑。

萧尔虽未明白公布目的地，谣言却不胫而走，一天之内，所有士兵都对去向和缘由有了朦朦胧胧的了解，似懂非懂，知道有什么东西在等着他们，他们就是冲着那去的，像游击队一样。萧尔没有询问他们心中料想的目标。他只需他们的士气就已足够。不论让他们做什么，他们都脚不沾地，立刻办理。

他们知道即将踏上的旅程凶多吉少，有些人甚至会有去无回。他们要前往伦敦可怕的中心地带，进入街道。他们将早早出发，如果日暮时分能抵达南面两英里多之外的卡姆登镇，就满足了萧尔的要求。到那里才走一半。第二天如果以同样的效率行进，就能找到目标，并在天黑之际进入。计划就是这样。

超过特定人数，会反倒是个负担，但筛选的过程很难。太多人自愿参加这项任务，那些受命留下照顾难民、保卫营地的男女都一脸铁青，对于那些抚慰他们说留下才是至关重要任务的说辞，一概充耳不闻。别动队人员终于选出来了——萧尔全程都没有参与。三辆车，每辆坐六人。几挺机枪、一个火箭筒、一把手榴弹。萧尔、指挥官、十二男四女，多数有职业军人的经历，非军人也年轻力壮。这是个精英队，他们把手里的护身铠和武器全都装备上了。萧尔心中涌起莫名的感觉，决定不去了解他们的名字。

清晨六时，吉普车队启动，冲出树丛，整个营地列队欢送。临行前，萧尔收拾着带来的东西，装作不经意地仔细打量他们：送行人的告别几乎个个都极为简短。他们会冷不丁拍拍朋友和爱人，似乎在迅速侦察对方。

萧尔动身的时刻来临，他转身最后望一眼肮脏的小块空地，望着洗衣房、伙房、污秽的帐篷、难民、新募的士兵和训练有素的老兵，他们也全都望着他。他异常缓慢地扬起手，转头扫视所见的每一张脸。**你们不会再看见我了**，他想。他看得出他们也知道。

第一天，萧尔见识到卫队护送或许终究是必需的。他们挑选的路线很危险，不过其他的更糟：某条巨蛆状的影魅不断在樱草花山钻穿隧道；肯蒂斯城成了一片炎热荒原，房屋的余烬无休无止地缓慢燃烧，似乎镜内的城市发生了神秘的火灾，吐出灼热火焰。他们必经的卡姆登，是浩劫后地痞流氓的活动场所，市场废弃后，摊贩蜕变为最坏的黑市卖主，同类中就数他们最不近人情。他们不仅虐人还自虐，身上的穿孔和怪异发型都很夸张，借《疯狂的麦克斯2》中的角色为自己取些模仿部落民族的名字。

萧尔的军队向城市进发，大伙儿神经绷得紧紧。吉普小车队缓慢开

251

寻找杰克

道,两翼有步兵卫队护航,互喊简洁的信息,留神注意车门窗。他们花了几小时穿越狭窄的街道,侦察每一个主要路口,调查每一个可能的影魅窝巢,并确认安全。

他们两度看见影魅:一个只出现了短暂的时间,形态让人联想起战前的鸟群,另一个是地表一个发光的精确点。鸟群影魅在新月形长街的尽头望着他们,毫不畏惧,也无意攻击,最终趾高气扬地走开了,步伐幼稚而笨拙。发光点则绕着他们转圈(他们疯狂地左奔右突,努力追踪光点,想看得更清楚些),以饿虎扑食的路线接近。萧尔仗着自己的能力,安心追在它后面,最后是指挥官准确无误地瞄准那东西的现身点,一枪轰掉了它,它大大方方地消散了。

他们来到卡姆登,却得应付人类的骚扰。匪伙从运河桥下突然出击,他们必然的死路令人心酸(士兵们在好几码外就已发现他们,并以手势互相示意作战准备就绪)。交手的士兵小心地向他们点射。萧尔在开路的车上,亲眼目睹了短暂打斗的全过程。痞氓团伙以弩箭和猎枪进攻,被对手不费吹灰之力杀死。

几个人倒下后,其他人放弃了抵抗,落荒而逃,沿粗绳从桥上滑入下方等待的驳船中,船只平稳行进,前排士兵朝他们抛手榴弹的动作几乎是不慌不忙。两艘驳船被摧毁后,指挥官焦急地抬头看天,搜寻是否有和平鸽或浮空影魅飞过。他大声呼号,声音盖过了进犯者垂死的尖叫,让士兵们停火,继续前行。萧尔肯定,他之所以这么做,出于怜悯的成分不亚于事态的紧急。

交火战况一边倒,萧尔诧异地发现自己竟然血气上涌。士兵们也抖抖索索,大气不敢出:过去几周内,他们见过众多战斗与惨状,但火并其实很少,屠戮同胞的更是少之又少。下午临近傍晚时分,他们来到卡姆登大街尽头,停下来过夜。营地扎在克朗代尔路上一栋廉租房的混凝土前院内。

自士兵们从汉普斯特德地铁站带回萧尔,并默认他为头儿,已经过去几夜了。他们进行了庆祝和准备，现在是他们共度的最后一夜。萧尔对此心知肚明，但不知别人是否知晓。

他们生了火。萧尔用棍拨拨火堆，望着飘出的火星。

天光暗下来，他们吃完饭，萧尔鼓动他们讲故事。每个活人都讲得出他要求的故事：背景位于战争爆发之前，内容是得知世界产生异样时的震惊。讲述镜影不对劲的时刻。

"从一开始，"一个人慢悠悠地讲道，边说话边抽烟，"从一开始我就知道了。看到那样的疯狂景象，一般人都会以为自己神经错乱了，找各种理由来说服自己，但我从一开始就知道自己没问题，是世界出了错。当时我半个头都裹着剃须泡，低头清洗后再抬头时，看见我的影子在观望。它根本没有低头去洗，直直盯着我，剃须刀胡乱划拉了一通，泡沫中间鲜血横流。我立即反应过来那不是我的影子，都没费神去摸脸上是否有血。"

"我听到了杂音，"一个女人说，"化妆镜仍旧如实反映我，可我听到杂音从里面传出。起初我无法相信，不信听到的声音，便很慢很慢地把耳朵贴上去。很长时间里什么都没有，接着，似乎从遥远的地方传来回声，像是听到一条长廊的远端传来磨刀的声音。"

一个人清晨醒来，裸身站在镜前，看见镜中映像勃起，而自己那玩意儿已经消停，惊骇异常。另一个人的镜影朝他吐唾沫，口水沿着镜中的玻面流下。出问题的不只是观者自己的影子。一个女人回忆起那天早餐时分，她来回看着身边的丈夫和他的镜影，发现他的影子在和她对视——不是和她的影子对视，而是和她对视——看口型，一直在朝她骂脏话，不停地叫她贱人，而她丈夫在看报纸，不时扬眉微笑。很长时间，她都感到不可思议。讲述这段经历时，她的声音仍旧很空洞。

最后，他们问萧尔看到了什么，他是怎么得知的。他摇摇头。

"没什么，"他告诉他们，"毫无变化。它从未背叛我，只是有一天，我醒来后发现它不见了。"

寻找杰克

之后很快,所有映像都不见了。跑出来时,它们有些是最后模仿的样子,有些是混杂的形态,总归全都出来了,镜子后面再没有留下什么有形的东西。

第二天比前一天轻松些。他们一走一停地缓慢前进,没走直线路程:萧尔听说了尤斯顿车站内异变的流言。为了避开它,他们继续往前,走到圣潘克拉斯地区与国王十字地区交界的一条楔形地带。那片曾经破落之处,如今生活的人们数量惊人,俨然成了一个小公社,国王十字车站里史密斯连锁书店的店面内大概有五十人共住。萧尔知道,更多的人在车站后方呈扇形扩散开的铁路沿线露营:瓦砾和杂物棚之间已搭起一座帐篷城,在大举进军城市的野草中间漂移。

士兵们与当地人简短交谈,从他们手中交换听装软饮和酒,检查当前流通的手签小张纸币的真假。这里的人神经紧张,但不害怕。潘克拉斯路和约克路之间的夹角地带有什么东西不招影魅喜欢,因此那个地段保持得相对干净。萧尔深深呼吸,暗自希望能留下来。

当地人说,该地区有克拉肯维尔来的游牧民。那些人狂热追随神秘主义,而且附近就有一个这样的群体,士兵们最好小心。他们折向南方,谨慎前行,以决绝心意一路不停,直至布朗斯维克中心的阶梯状楼宇。他们在中庭等了两个小时,但之前警告的邪民却没有出现。

士兵们做足了准备。如此靠近目标,他们有些心虚,害怕继续前进,不敢执行任务的最后一步。萧尔总是不由自主地反复去想那个向他指明方向的帕乔格。他很好奇,为什么只有它敢碰他。

萧尔带领士兵拖拖拉拉走了很久,享受共度的短短旅程:实在是没法再拖了才继续前进。他们经过罗素广场上被连根拔起的树木,走上贝德福德巷(那里已变成一条雕塑之街——影魅将全城的雕塑都取来等距摆放在那里，还改变了它们的面容和动作——纳尔逊①从纪念柱上扯了下来，笑得面部抽风，"轰炸机"哈里斯②随地小便），右拐朝目标行进。

---

① 即霍雷肖·纳尔逊（Horatio Nelson，1758—1805），英国著名海军将领、军事家。其雕像位于特拉法加广场。

② 阿瑟·特拉弗斯·哈里斯（Arthur Trayes Harris，1892—1984），二战期间先后担任英国皇家空军副参谋长和轰炸航空兵司令。其雕像位于伦敦河滨路。

寻找杰克

我没想过自己能走这么久这么远。这不是错觉吧？我真做到了吗？

我以为——我觉得自己以为——已经走了很远，足够摆脱那些现在认识，以及从前认识我的同胞，来到改头换面的城郊，结交其他伙伴，增长见识，理解一切，重新融入城市，打开大门。我在每个地方都看见我的同胞，各种形象的帕乔格——像我一样的帕乔格——困在千篇一律的囚笼里，而与此同时，别的影魅能随心所欲住进任何想要的形体中。这不太公平，不是吗？我们以那样的力量强行穿越，我们是战争的急先锋，所获却比那些弱者来得更少。

比如说镜中鱼。它现在是将军，但我想，它比我们这些最早穿越来的要弱。

不管去哪儿，我身边都有同胞相伴。我也看见你，躲在建筑的角落，跳着脚跑来跑去，只恨我们没有发现并消灭你。我感受到心中一直存在的仇恨，可现在不敢肯定它何时停止，也不知道我在哪里，愤怒来自哪里，我从何时开始存在。

我发现自己不愿和亲族共处。我想单独待着。着待独单想我。我想清静清静。

铁轨带领我走出地底，进入露天的平坦城市，天空辽阔，伦敦外环的低矮建筑物别扭地铺开，不像城市，倒像是随形造景，不像郊区，倒像是天然造化，由一只巨手把房子倒在了山坡上。我不停前行，继续走着。

身后，城中心的天空轻烟袅袅。这里，一排房屋的后墙邻接我的地铁线，那是犹太教会堂、仓库、墓地等等，看上去像是刚刚逃空——所有在这里的人，都是一秒前刚走出去（许多房中有冷光燃烧，不知是怎么办到的）。我看见你，身处不属于自己的地方，*如果说我是不速之客，你也差不多*。你鬼鬼祟祟，这些房子不再属于你们，你不知道怎样才能进去。你还不如躲进地下室、藏进地窖，避入招牌散架的破陋电影院，这样你可以确保躲开我。

我们谁也不知该如何应对这座城市。

我来到地铁线末端,天色已晚,伦敦俯身迎接夜幕。这里林木丛生,绿意葱茏。

继续向北,赤脚踩在柏油路上。走过一排轿车,它们车门大开,如猫般沉睡。树木枝繁叶茂,遮天蔽日。走过最宽的大路(我在寻找什么?),走进绿地,边界的森林,走过废弃的学校和操场,走入树林,枝丫缠结在一起,似乎不是要挡住我的去路,而是在游戏。

月亮升起来了——我能听到南面传来同胞们嬉戏的声音,好似鲸群。但闻其声不见其形,令我放松了些许。

密林小径掩在这片绿意中,我沿路走来,树木一一分开,向我揭露一个秘密。我一见便知那是我长久以来寻找的东西。

我们永不清楚——或者说无人告诉我——事情的具体细节,我们是怎么获得自由的。我只知道一部分内幕。镜中鱼是总策划。正是它的天才让我们全都挣脱出来,而非先前那小部分格格不入的叛徒,当初只得去做间谍,现在又成为遗老遗少。

光线的入射仍和往常一样,会发生散射,并从介质面上反射。介质散射性越小,折射光线就越趋于完整,随着它完整度的提升,钥匙逐渐转动,直到出现光滑平面,光线变身为一扇门。

穿过镜子,是一种特别的感觉,难以想象的愉悦。所有帕乔格都这么说。那是一种完整的感受,觉得非常圆满。产生反射的不是镜子,而是镜银。那就是影魅所在之处,镜银。穿越镜子是一条单程线:因为在那途中玻璃已经打碎了。我们抵达时,会给那些构成我们牢笼的形体撒上参差不齐的玻璃碎片,他们还没被我们碰到,就已经鲜血淋漓,哭哭啼啼。

我们从解放斗争中兴高采烈地抬起头,转身却见门口已关闭,曾经的镜子只剩下边缘处的玻璃残渣和薄薄的镜银。

现在,所有镜子都成了永远敞开的大门。那些没有困在你们身体中的影魅,都能无损无恙地随意穿过玻璃:它们可以滑入镜银,可我们不行,

寻找杰克

只要强行进入镜银,就会将它毁坏。

还有其他入口。除了带玻璃皮的镜子之外,还有不受阻塞的镜面,不过很难找到。比如压平抛光的铬板或铝板,轻微的擦刮根本不会伤及表面,那也是入口,直接与空气接触的镜银。可我不知道哪里有。

我走上这座小山丘,知道自己为何来此。我来到这里,找到了可以启程回家的地方。

月亮在我面前的小池塘上方升起,池水波澜不兴,沉静得不自然。我几乎有些不敢呼吸(可困在肉身中必须呼吸)。指引我前来的树木环抱水面,将之展现在我面前,我知道在战前的日子里,低头便能看见每棵树的复影。我现在低头想象那景色,盯着如此平静的水面,它在月光映照下多么纯粹而纯净,好似一个小小的神明。

我想回家。羁绊已经打破:再没有东西维系着另一面,它现在成了一块绝对陌生的隐藏大陆。它会是什么形态呢?数个世纪以来,它亦步亦趋地模仿现实世界的地形,而现在镜银获得自由,它可能是任何形态,想到这就令我急切难耐。任何都有可能。我使劲看,盯着入口的黑暗,视线穿过水面,我发誓看穿了朦胧的面纱,看到了另一面,我发誓看见了树木。

如果我动作够轻够快,如果没有风吹皱这面完美的镜银,那我就能走,能回家。我将要穿过它,打碎它的表面,同时消失。我需要时间,或者空间,或者别的什么,来思索为何我再也不愿与影魅亲族在一起。我将去了无牵挂之所,一切都将全然不同。

我赤脚跑下这座青草茸茸的小坡,跑下这片灌木丛生的斜坡,小心地抬起脚,以免把泥土树枝什么的踢到水中,打扰它的宁静。要保证只有我破入水面。我助跑几步,纵身一跃,姿态娴静,内心平和。现在我往下降,池水即镜银朝我迎面扑来,我能看穿它,略微能看穿它,我发誓面前是个由泥土和青草组成的坑洞,逐渐上升,它周围还有树木、月亮、云朵,以及我周遭的一切,除了我之外的一切。我正掉往镜银之中,可是对面没有人朝我扑来。

士兵们将在凌晨发起攻击。他们仍不清楚萧尔的打算，只知道他有一个计划，他们得掩护他进去。萧尔知道，关于那些人的举动，他们心中有怎样的信念，打算为他奉献什么，都不能考虑得太仔细。他们甚至都不知道他的底细。

进攻之前，他平心静气地与指挥官进行了数个小时的长谈。萧尔告诉他，他不必亲自前去，也无须带上军队。萧尔已准备好出发，希望士兵们等他凯旋。此话并非虚言：如果战友们留在原地，拒绝同他走远一步，他会打心底里感到欣慰。指挥官的反对在他意料之中，他为此伤感，却也只得恭敬不如从命。

士兵们操练起日常演习，比如基本动作——校准、复核、弹药上肩、端起步枪瞄准——萧尔则站在黑暗的商店里。他们都在店中等待，盯着街对面的目标。他不清楚这块新踏足土地的规矩和准则，他怀疑这些根本无法得知。不过他明白了镜中鱼选择巢穴的某种逻辑，而且，既然他想通了，那么他也就相信，这种逻辑不会是错的。

或许是出于神经质，一种受虐的快感。被过往遭受的囚禁的证据所包围：漫步在那些走廊中，好似穿越时空一般，里面都是狱卒创造出的各式纷繁的形状和颜色，从一千年前延伸到昨天。你从它们身边经过，记起它们，比之与当下的自由，快意源源涌出。在监狱的壳体内造屋，心中酸楚，却也有那么点道理。

镜中鱼住在大英博物馆的中心，这是吸血鬼告诉萧尔的。它周围都是古时的灿烂文化遗产，来自古代美洲人、古东方人、古希腊人、古埃及人；那些只要存在反射，影魅便被迫复制的物质文化。镜中鱼住在各代监禁筑就的走廊，它穿行其间，自由逍遥。

他不知道里面还有什么，也许空无一物。洁白的台阶上、楼前的草坪上，都没有动静。大门洞开。

"让我一个人去吧。"萧尔突然低声道，带着不容置喙的意味。

他又大声说了一遍，听到的人纷纷与之争论，起初还毕恭毕敬，但很

寻找杰克

快就按捺不住激动了。

"你不能一个人去那儿!"指挥官朝他大吼,而萧尔也以同样的音量回敬说他爱去哪里就去哪里,有没有人掩护都无妨。士兵们则连珠炮般地与他讲起道理来——这不是你一个人的该死战斗,我们必须出力,你无权命令我们——他唯一能做的,无非是扮演他们赋予的救世主角色,拐弯抹角地说话,暗示有不可泄露的天机,语气中带着正义的愤怒。他鄙视自己的行为,但鄙视之下又感到自豪,因为自己在努力拯救他们。最后,他朝他们怒吼说自己要一个人去,用上了他们让渡的所有权威。所有人立时震住,噤若寒蝉。

于是萧尔离开他们,走出商店破损的玻璃橱窗,独自一人站在街上,赤手空拳,完全暴露。他向士兵展示了只有他能做到的行为。

此时已值深夜,月光在他身上洒下银辉。萧尔转身面对黑暗商店中的伙伴,低声向他们说了什么,本想给以慰藉和温暖,却看到他们脸上只有不服的神色。你们不明白啊。他想着,举起双手做一个祝福的手势,可是信心完全不足,动作走样得厉害。随后他转身快速走开,穿过罗素街,走进博物馆大门的入口,走上大道。身旁的草坪上,公共雕塑的遗迹淤积了不少铜绿。他已经进入博物馆的地盘,身处其中,并加快脚步朝通往馆楼的台阶走去。馆门敞开着,一团漆黑。他心中的恐惧和激动燃烧得炽旺。

萧尔正欲踏上台阶,突然听到身后的砾石路面上传来急促的脚步声。他惊恐万状,转过身去,还没看清跟来的是什么人,便大吼走开。来人是指挥官和士兵大部队。你不能一个人进去!长官高声吼道,他把武器握在手中,不知是要对萧尔起到威慑作用,还是为了保护他。

萧尔只得踏上来路,向他奔去。士兵的决定倒不出他意料,令他深感愧疚。他们仍旧朝他行进,但表情猝然改变。他们盯着从博物馆中出现的东西,脸上突然齐齐挂满惊慌与愕然。萧尔听到身后爆发出一阵喧嚣,却没有转身。军队迅速追到他身后,他跑动的脚步一个踉跄,来到台阶底部停下,张开双臂,似乎想力挽狂澜,但影魅如潮水般涌过他身边,以他从未见过的激狂对士兵展开袭击。

影魅们身具人形,皆为历史人物的外形,忽隐忽现,渐次闪动,各自所处时段连缀出它们的受压迫史。它们有的抡着燧石斧,有的扮作法老、武士、美洲萨满、腓尼基人、拜占庭人,有的头戴盔甲、脸色温和,有的身披条板甲,有的脖子上戴着牙齿项链,有的身裹尸布戴金面罩。它们成群结队,冲下台阶复仇。愚勇的士兵们顽强开火,子弹击中它们的瞬间,血肉横飞,但伤口立即合拢,重新聚集,完好如初。冲上前的影魅身体遭受无穷无尽的撕裂,可它们毕竟不是吸血鬼——而是不受枷镣拘束的镜中兽,对它们而言,肉身不过是一种伪装。

没人曾预见到这一点,根本无法想象。士兵们都以为可以冲过博物馆的门槛,以为至少有撤退的机会。影魅接近他们,传来他们的惊叫。**住手!** 萧尔高喊,但影魅并不服从他,它们只是不愿碰他而已。他们无视他的话,继续疯狂屠戮。**住手!住手!**

士兵们一个接一个被撂倒,瞬间损失了五六个弟兄,有的死在血泊之中,有的被推入异空间,瞬时叠入虚无,有的冻结消失。萧尔别过脸,麻木地转身走上台阶,不顾身后大屠杀继续上演。那不是出于无情,而是他无法回头,不忍观看无法阻止的景象,满心羞惭。

当初他转身看见眼前的士兵时,丝毫不觉惊诧,心中愧疚却如狂风暴虐。为什么不阻止他们?内心向他发出拷问,你是需要陪同、保护,还是牺牲?

萧尔使劲甩头,竭尽全力不去想发生了什么。他浑身颤抖得几乎无法直立。正在他伸手去推博物馆半开的门时,身后传来伴随着吐血声的嘶叫,像是指挥官发出的。萧尔跨在博物馆门槛前,犹豫了一下。**可别赖我,我告诫过他们别来的。**他心里说。先前没问他们的名字是对的。

他走入黑暗,将炮火和玩乐的影魅抛在身后,脸皱缩成一团。

镜中鱼就在黑暗中不远处。他脚步的回声应和着外面微弱的打斗声。

寻找杰克

他知道，它一定在那里。

他拐过位于左侧的南梯，跨入矗立着支柱的宽阔大厅，墙上洗手间和咖啡厅的标志仍完好无损。萧尔发现自己在哭。就是在这里，现在他到了这里，准备领教影魅军队的头领，直面指挥官镜中鱼。他做了个深呼吸，集中注意力实施计划。阅览室就在前方，萧尔深吸几口气，走了进去。

阅览室。这间穹顶房屋曾是大英图书馆的中心，后又整合为博物馆中毫无意义的展点。头上的拱顶高不可及，大部分书架，专门摆放鬼神志怪书籍的那些，早已被抢掠一空。巨大的房间透入天窗外月光的清辉，但萧尔借以看清房间中所有物体边缘、每一个花饰细节的，却是另一个光源。它蚀刻在层层叠叠的影子当中，在萧尔眼前展露无遗。有一物悬浮在屋子中央，身上倾泻出黑色阳光，它好似一颗黑星，漆黑无踪却又绝对引人注目，即使仔细端详，也只能究其概状。它在一小片活动范围中平稳滑动，以猫的优雅和鱼的优游，在光影移换的柱形空间中巡行。那就是虎，镜中鱼。

它漫无目的、无动于衷的注意力缓缓转向萧尔身上。他感到对方正在更加精确、更为严谨地审察自己。那周密详尽的估量令他芒刺在背。

甚至无法呼吸。

你会碰我么？他想。

算了。虽然艰难如破冰之旅，但他总算挪动了脚步，在敬畏之中踏步向前。事态发展到这一步，他没带武器，来到这里，不是为了呆看。他有计划。

他们一定知道，毫无疑问已知道真相。那么，这是场游戏吗？他们真不介意我？

影魅被打入牢笼之后，很长一段时间里，他们的世界仍与你们的迥然不同。除了有水的地方之外，万物都以不同的维度、不同的形态存在。这持续了很长时间，但随着地球上镜子越来越普及，建立起镜银帝国的统治，那就意味着另一个世界的自主性越来越少了。影魅审美观照下的土地缩小减少，而模仿的地界逐日扩张。

影魅发现了将伤痛减到最小的办法。假如罗马有个女人了倾斜一面镜子，整个影魅世界都要像颠簸的轮船一样倾斜吗？如果一个人面对着三十扇窗户，他就能因此困住三十个无力的影魅吗？解决办法是有的。道高一尺，魔高一丈，监狱中亦是如此。

就让镜子，让镜银自身在世界之间移动倾斜吧。让它们扭曲空间，致使影魅看似断裂，但总会与你们的一部分相符。顺应你们的反复无常，保证精确。

监狱的规则时时变化，有时自由空间极大，偶见专横而惨绝人寰的惩罚；有时结构整齐、局限四设，毫无自由可言。在镜之帝国的统治下，这些规则成为必需。我现在看出这一点，也已明白，虽则先前不知。面对镜子的机械变化，影魅研究出了新的计谋，也赋予他们世界独特的形状。

我穿入镜中世界，身体从镜银另一面抛出，重重摔上陡坡。我借势往前翻滚，害怕被重力拉回到另一面，在水塘里沉浮。

终于停下后，我呼吸着镜中空气，一波战栗传过全身。

我走上一条小道，脚下泥土的触感、头顶夜空的色彩、身边的绿树令我惊异。我走得非常慢，生怕会遇到什么东西。我双脚紧贴土地，聆听着风吟，走出树林，前往城市，敦伦。

寻找杰克

这里左即是右，右变为左，标志上写着行通止禁和行让速减。但除此之外，城市与先前别无两样。世间万物，不分巨细，全都逃不出镜子的反映，因此影魅最终屈服，造出了映像。

刚来这里时（我是想说刚回到这里时，虽然这么讲也许不对），我很长时间里连大气也不敢出，感觉伦敦像是涂鸦出的图画，而我在纸中游走。

我漫行过伊斯林顿——街道标牌全是清一色的镜像字，好生无趣——沿着铁轨线，走向肯萨赖斯。身后太阳西升。我想，我已经回家了。

现在，这里比伦敦更像伦敦：没有发生异变，没有飘出影魅，没有战争的迹象。就和曾经的伦敦一样，没有战火，只是一座灰色的沉寂城市，空无一人，在镜子的另一边，寂静的拟城。除了我的脚步声之外，往往没有别的声音。

重获自由的影魅，全都穿过敞开的大门，飘飘然离去了，为了复仇和解放。镜中兽也离去了。这里没有鸟：其实从未有过，从前的只是模仿它们的小片影魅物质。没有老鼠、没有城狐、没有昆虫。但奇怪的是，它并不完全是座空城。

我不是第一个来这里的，早就有其他人过来了。我瞥见他们走在街道边缘，或爬上镜像的绿树。只有很少几个人，散布各处：回复了野性的男女，身披褴褛的毛皮跑过大街，却没把脚下的当作街道。我不知道他们是反叛的影魅，还是逃脱的人类。肯定会有一些吸血鬼极端讨厌被肉身困住，因而不愿意与同胞生活在一起；如今，任何人都会发现这里是避难圣所。

他们都是我的同城市民，个个担惊受怕——我想我也是——不过我们在这里都很安全，没有东西要屠杀我们，我也不再是危险人物。我们可以在这些寂静的镜中街道踽踽独行，从反方向走上最爱的道路，街牌上的字样左右反置，好似回溯记忆一般。我们可以共同生活，互不侵扰。

那名帕乔格从镜银中冲出时，玻璃碎裂，我镜中的脸被撕破，但我迅速躲闪开了。我见到了它，那张跟我一样的脸正在咆哮。我没有吓得失魂落魄，也没有发狂。反正我从来就没相信过那个影像。正因如此，它发现我仍在原地，在一家医院的洗手间里，隔壁就是我的病房，住着忧郁症患者和歇斯底里症患者。

我们互相掐住对方脖子，从它来时留下的玻璃渣上翻滚而过。我们相互扭打，滚到小便器下方，撞开马桶位的门，里面没人。虽然我们——我是指它们，吸血鬼——很强壮，很难杀死，但我做到了。我拾起一根边缘锋利的镜面玻璃条，又戳又锯，划伤了自己的手指，用劲大得感觉肌肉都在颤抖。好几分钟后，身下血泊中它的血已经占了多数，我割下了我的分身的头，它死了，我又喜又惧，只是没了镜影。

随后，我想把这场经历告诉朋友。可我出现时，全身被血浸透，那些与我同室多年的病人都尖声叫我杀人犯。接着他们看到镜银里已没有我的映像，又拼命惊呼，说我变成了怪物。他们，我的朋友们，叫我吸血鬼。他们盯着全身血淋淋的我，又看看空荡荡的玻璃镜，恐惧得惊惶失措，于是我逃开了。

我活了很久，不知道为什么。也许人类正是死于自己的影魅之手。也许它们虽然困于模仿之中，厌恶却逐日透出玻璃，到我们七老八十的年月之后，终于扼杀我们。只有我杀了自己的影魅，故而长生不死。我独自生活了很长时间。时光荏苒，多少年来，不知道自己是什么，比从前更怕你们所有人，也愈加憎恶你们，这种苦涩的情感波澜渐兴，而我仍旧孤单一人。

这是我第一次越入镜中，可我早已熟知影魅的所有历史。我曾通过冰冷的玻璃与它们低声交谈，让它们告诉了我。古威尼斯的所有故事（我本来还很想去那里的），以及黄帝的所有传奇。多年来，我在各地的卫生间里拖地消毒，因而得以在靠近镜中同胞的地方工作，趁你们不在周围时，当商店关门，或火车到站时，与它们低声交谈。说来奇怪，那种地方竟然

寻找杰克

更为安全。没人去注意我,也就不会发现镜中没有我的影子。

要掩饰自己没有镜影,避免被人看见这一点,是有办法的。需要特定的移动方法,踩着细碎舞步掩人耳目,很难学。掌握这项技巧的人,能迅速辨认出同类。当我看见她,车站里的那个女人,望着她优雅地跳跃着离开釉亮的墙和窗户,我立即认她做了妹妹。我邀她到咖啡馆小坐,请她告诉我她的身份以及我的将来。她沉默了很久,最后,当她看到我的颤抖和激动,看明白了我的动机,看出我们相同的身份,意识到我不会背叛她,便告诉了我需要知道的足够信息。

我当了叛徒,义无反顾。你们所有人都让我恶心。那晚,我揭开住处的镜子,贴近它空荡荡的表面,低声朝着玻璃问道,你们想让我做什么?

我干间谍这行已经很久了。白天住在你们的洗手间里,夜里睡觉时把耳朵贴近玻璃听故事。它们一定知道我的底细,我和其他吸血鬼都不一样——要说它们不知道,我真不信。但它们穿过来时给了我报答,还准许我加入它们的破侦察兵,成为其中一员。我见过它们,那些影魅,杀光见过的每一个人类,却总会放过我。我与它们一同生活。它们还救了我的命,不然我早被那个他们不能碰、而我能碰的人杀死了。当初我主动现身,现在我已转身溜开,躲藏在他们视线之外。

多年的淡漠之后,我突然感觉到羞愧,但我发誓真不知道愧对了谁:不知是哪一场背叛让我无地自容。我算是个坏人呢,还是坏影魅呢?到底是哪一点令我心伤?

我在这座近乎空寂的城市里找到了慰藉。既然幻象不再,我玩的愚蠢小游戏(扮演怪物)业已结束,我发现,仅是独门闭户的生活便让我深感欣慰。

现在我不再是个异物了。如今在这一边,谁都没有镜影。如果我回去,像他们那样生活,我将受尽折磨。不过那也没让我感到害怕——更多的是麻木。我情愿留在这里,在这座城市,我可以独来独往。

我想知道影魅同胞们不愿碰触的那人是谁。我想知道它们为什么不愿碰他，他又要做什么。

我喜欢这座几近空旷的伦敦。空气凉爽，食物丰盛——废弃的商店里有各类罐装和瓶装饮食，包装上印着镜像的字。

我喜欢上了登塔远望——择天光消长之际——远望倒转的地平线，视线顺河流而下，看它朝相反的方向拐弯；摩天大楼也矗立在城市相反的一边。景色令人恬静。城中没有灯光，清风在其间穿行，好似一座天然之城。风声呼呼，窗框中玻璃微斜。身在高处，偶尔能看见别的市民，他们也从另一边逃来，避开彼地无尽的混沌。我认识其中一些：每天会隔街打一两次照面，我知道他们也认出了我。

我们不会互致微笑，视线亦不交叉，虽然彼此相识。我们在这里很安全，互不相惧。

有时我盯着水坑看（我会小心不踩到上面），努力想把那团迷蒙看穿。我想知道在伦敦大部地区，究竟在上演什么。

一个逃到我寂静城市的难民，也跟我做同样的事。我见过他，那时他双手叉腰，半蹲在地上，凝视面前的水坑。他的脸疏于打理，胡子拉碴，身上裹的大衣曾经价格不菲。我注视着他，曾与他视线交接，却没有说话。我们站在街道两端，不时盯着自己面前的水洼，感觉好像我俩身处同一间屋，正准备正式见面似的。

我的静谧伦敦，太阳正在东沉。

这是投降。萧尔想,应当原原本本告知对方。

折射,是指光等入射波进入新介质时,传播方向发生变化。我们无能为力。萧尔想,我们一无所有,必须改变方向。
镜中鱼侧耳倾听。
我们投降。萧尔又向它说道。那是他自始至终唯一的打算。

就这?这就是你的计划?
萧尔不知道那是谁的声音,这话又是谁问的。问题真直白。
你要让我做什么呢?他暗想。
要告诉自己没有欺骗战士们,他说不出口。就自己的计划而言,他确实没有做出半点承诺:什么也没有告诉他们,可他知道那无异于欺骗。

镜中鱼转身上前,身体膨胀,黑色光线从中穿过。它悉数倾听,不予置评。它同意听他一言,也听见了他的请求。
我不会任由人类毁灭。他想,我们可以做到的,它们听我说话。他不知道这个想法是否可行,他只知道它们不会杀他,因此他有机会开出条件,提出要求。
只有他可作此一搏,此外无人能近距离与它们接触足够久的时间。这是他们唯一的机会。除了他,没有谁能表达出自己的声音。
他没有卑躬屈膝,没有苦苦哀求,没有虚张声势,也没有耍花招。他来了,自命伦敦将军,代表人类发言。他认识到已方已战败的事实,以战败民族的身份求和。
你们无须再屠杀我们了。他想,你们胜利了。

正是那名利物浦军官对着收音机的啜泣,让萧尔脑中浮生这个念头。那天午夜后,他就站在无线电室外的走廊里,听着军官边哭边在一片静电噪声中调试机器,却搜索不到一丝音讯。他深为触动。无休无止的平稳声音绵绵涌入萧尔耳中,令他难以释怀。

他想,假如所有人都在等待,期望能联系到上级,接收命令,可消息却无法传递,该怎么办?也许流亡的政府仍在某个地下掩体开会,制定全无意义的决策;也许他们死光了——总归都差不多,他们的意思无法传达给军队,没人来宣布决定。士兵都是拿饷钱打仗的,因此,溃散部队的士兵会各自集结成小团体,向影魅发起小规模袭击,被影魅随心所欲地屠杀。不过士兵们不只会打仗:有时也投降。

而现在,萧尔愈发坚信,他们的任务就是投降。万一影魅并非在开展无意义的屠杀,只是因为无人下令停战而继续战斗呢?就像那些士兵一样,在等待,等待无人来承担的决定,等候无人来下达的命令。

倘若有权下令停战的人今已不在,会如何呢?战争是否会一直持续,直至熵增极限,或直至最后一个人类死去?

直到那天走下汉普斯特德地铁站,萧尔才确认影魅不会碰他,但他好几周前就想明白,自己早已与死亡擦肩而过。他越发懒得躲藏了,而镜中兽、影魅与食腐动物反倒避让着他,总是躲开他,不是出于敬意或恐惧,而像是注意到了什么。

是什么呢?萧尔想道。他认定自己因某种目的被选中,为这个目的。他惊恐万状。他赋予了自己代表同胞发言的权力,去投降,成为叛徒救世主。

他没有提要求,只是开出了看来合情合理的条件:走投无路时,不失尊严地提出的投降条款,只为结束战斗。缴纳各项贡赋,对其言听计从,甚或高唱颂歌,只要镜中鱼提出要求,不管要什么,都满口答应,以换取人类的生存。

也许我们将被迫流浪,他想道,也可能成为佃农或农奴,在伦敦的残垣断壁上耕作。影魅帝国的小殖民地,最终沦为穷乡僻壤,逆来顺受的人

寻找杰克

们获得自由。届时再来谈计划——萧尔停止了漫想。那不是他来此的目的。这不是计谋,不是虚晃一招,不可能是。这是真正的投降。

我是贝当①吗?是通敌犯吗?孩子们会用我的名字骂人吗?可届时得有孩子啊。

我们要活下去,我们要宣扬战败的消息,以此苟活下去,哪怕是必须住在贫民窟里,我们也要活下去。历史从此改写,我们前途未卜,至少会存活下去。

必须有人作出决定。要么苟且偷生,要么坐以待毙。我们的前路已与灭亡相差无几。

他想起那个曾帮助他的陌生影魅,他仍不理解其动机。他又想到外面的战士,如他所揣测那般,抗拒自己的命令奋勇前来,却遭到镜中鱼的影魅卫队屠杀。他感到无颜以对。卫队放他过去,等着他开展它们所期待的下一步行动。

或许我完全理解错了。或许那根本不是他们唯独放过我的原因——要是被选中的人误解了选中的用意,会如何?

而今已然晚矣。他已经提出了条件——乞降求和。萧尔恭敬地点头鞠躬,退步而出。他努力让自己感觉像个领袖。人类根本没有条件好讲——毫无力量。萧尔唯一能够做的,无非是保持军队成员恪守战士职责,尽管败途明朗,也不让他们干上趁火打劫的恶行勾当。这是他唯一的力量而已。如果让镜中鱼来选择,它可以无视萧尔,将所有伦敦人赶尽杀绝,直至最后一个儿童。萧尔的筹码只有投降,狂妄傲慢地宣称,唯独他有资格提出投降。在他所有卑躬屈膝的背后,只有最后这点虚夸的自欺欺人。他只剩这一张牌。他乞求,极力乞求怜悯,以将军与将军的对等姿态。

镜中鱼发着光。萧尔移步退后,举起双手,敞开胸膛。他等待着征服者考虑。

---

① 亨利·菲利普·贝当(Henri Philippe Pétain),法国陆军将领,1940年任总理时,向入侵法国的德军投降。

这是一个投降的故事。

……与当今情形不同，镜中的世界与人的世界之间，并未相互分离。此外，两个世界里的生物、颜色、形象等等，皆不相同。镜中王国与人类王国和谐并存，且可通过镜子自由穿行来去。一晚，镜中的人侵略了地上的人。他们力量强大，但黄帝在血战之中运用秘术，取得了最终胜利。他击败了入侵者，将其囚禁于镜中，勒令其重复人类的所有活动，类似于梦境那般。黄帝废除了他们的力量，剥夺了他们的自有形态，只准他们忠实反映人类世界。然而，魔咒终有一天会解除。

第一个醒来的将是鱼（"一种形态不定的闪光生物……在镜中深处倏忽隐现"）。它在镜中深处，人们只能看到它微弱的一线影子，那条影子的颜色独一无二，不似其他的任何颜色。随后，别的形象也将渐次苏醒。渐渐地，它们将不同于我们；渐渐地，它们将不再模仿我们。它们将冲破玻璃或金属障，再出现时，将不会被击败。而水中的生物将与镜中生物并肩作战……它们入侵之前，我们将听到镜子深处传来武器的击打声。

——豪尔赫·路易斯·博尔赫斯《镜中动物志》，摘自《想象的动物》

大约午夜时分，病人醒来，刚进入光线昏暗的盥洗室，突然看见镜中映出的脸。那张脸面容扭曲，似乎在不停变换，病人惊骇莫名，破窗而出。

——医学博士路易斯·施华兹、哲学博士斯坦东·费耶尔德合著
《自身镜像诱发的幻觉》

致 谢

我想对艾玛·比彻姆、米克·奇塔姆、西蒙·卡瓦纳、皮特·拉维利、科里恩·林赛、杰克·皮利基恩、麦克斯·舍弗尔、克里斯·史洛普以及杰西·苏达尔特表达最深切的感谢。

我还要向委托我撰写以及发表后面这些故事的所有编辑表达我真挚的感激之情:尼克拉斯·罗伊尔、马克西姆·雅库博夫斯基、杰夫·万德米尔和马克·罗伯茨、伊恩·欧文、约翰·佩兰和本杰明·亚当斯、托尼·怀特、皮特·斯特劳博和布拉德福特·莫罗、迈克尔·查博和伊莱·霍洛维茨,以及彼得·克劳塞。

书中故事的首次刊载信息如下(有些故事形式稍稍有些不同):

Looking for Jake in *Neonlit: The Time Out Book of New Writing, Volume 1*, ed. Nicholas Royle: Quartet, 1998.

An End to Hunger in *The New English Library Book of Internet Short Stories*, ed. Maxim Jakubowski: Hodder and Stoughton, 2000.

Entry Taken from a Medical Encyclopaedia, under its Original Title *Buscard's Murrain*, in *The Thackeray T.Lambshead Pocket Guide to Eccentric & Discredited Diseases*, eds. Jeff Vandermeer and Mark Roberts: Night Shade Books, 2003.

Foundation in *The Independent on Sunday Talk of the Town* Magazine, 27 April 2003, ed. Ian Irvine.

Details in *The Children of Cthulhu*, eds. John Pelan and Benjamin Adams: Ballantine, 2002.

Different Skies in *Britpulp!*, ed. Tony White: Sceptre, 1999.

Familiar in *Conjunctions*, 39 (*The New Wave Fabulists*), eds. Peter Straub and Bradford Morrow.

Reports of Certain Events in London in *McSweeney's Enchanted Chamber of Astonishing Stories*, ed. Michael Chabon: Vintage, 2004.

Tis the Season in *Socialist Review*, 291, December 2004, ed. Pete Morgan.

The Tain, PS Publishing, 2002.

The Ball Room (which was co-written by Emma Bircham and Max Schaefer), *Go Between*, *Jack* and *On the Way to the Front* are original to this collection.